メニメニハート

令丈ヒロ子／作　結布／絵

講談社 青い鳥文庫

もくじ

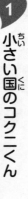

1 小《ち》さい国《くに》のコクニくん

ぼくは、小国景太《おぐにけいた》という名前《なまえ》、なのだ。

でもそれを、五年B組《ねんビーぐみ》のだれも知《し》らない。

今《いま》の学校《がっこう》に転校《てんこう》してきたのは五日前《いつかまえ》だ。

「小《ちい》さい国《くに》と書《か》いて『小国《おぐに》』です。」と自己紹介《じこしょうかい》したんだけど、ぼくの声《こえ》が小《ちい》さくてよく聞《き》こえなかったらしい。

クラス委員長《いいんちょう》のマジ子《こ》が、

「コクニくんの席《せき》は、こっちですよ。」

と、でっかい声《こえ》で言《い》い、しかも担任《たんにん》の須磨先生《すませんせい》が、おおざっぱな人《ひと》なのか聞《き》こえていなかったのか、それを訂正《ていせい》もしてくれず。

それでぼくはクラスじゅうから「コクニくん」と呼《よ》ばれているのだった。

でも、それでかまわないのでそのままにしている。というのは、「小《ちい》さい国《くに》と書《か》いてコクニ」というのは、なんていうか無害《むがい》でめだたない感《かん》じ。そういうイメージでみんながぼくを見《み》ているなら、それでけっこう！　と思《おも》うからだ。

ぼくの好《す》きなことは整理整頓《せいりせいとん》と収納《しゅうのう》の工夫《くふう》。

百円均一《えんきんいつ》ショップで売《う》っているものや、キッチンの引《ひ》き出《だ》しにあるようなちょっとしたものを使《つか》って、部屋《へや》をすっきりとかたづけ、観葉植物《かんようしょくぶつ》のうんと似合《にあ》う部屋《へや》にする。それが大好《だいす》きなのだ。

小《ち》さなアイデアをたくさん活《い》かして、きれいにかたづけた部屋《へや》で、大好《だいす》きなテレビ番組《ばんぐみ》を見《み》ていると、すごく幸《しあわ》せな気持《きも》ちになれる。

特《とく》にインテリアコーディネーターであり、カリスマ主婦《しゅふ》である神崎栗子《かんざきくりこ》先生《せんせい》が出《で》ている番組《ばんぐみ》は絶対《ぜったい》に見《み》る。栗子《くりこ》先生《せんせい》の、ゴミになるようなものを再利用《さいりよう》した収納法《しゅうのうほう》と、てきぱきと手順《てじゅん》も美《うつく》しい整理整頓《せいりせいとん》は、もう魔法使《まほうつか》いのよう。うっとりとしてしまい、メモをとるのも、つい忘《わす》れて見入《みい》ってしまうほどだ。

そのためにも、学校生活《がっこうせいかつ》は、さーっと流《なが》して即帰《そくかえ》りたい。

特《とく》に引《ひ》っ越《こ》して間《ま》もない今《いま》、名前《なまえ》の訂正《ていせい》よりも、やりたいことがたくさんあった。

前《まえ》より一部屋《ひとへや》増《ふ》えたとはいえ、間取《まど》りも収納《しゅうのう》スペースもまったくちがうマンションに合《あ》わせて、きちんときれいに、使《つか》いやすくものをしまうのは、たいへんんだ。

ぼくのお母《かあ》さんは整理整頓《せいりせいとん》がすごくヘタな人《ひと》だ。数日間《すうじつかん》、放《ほう》っておいたら食器《しょっき》だなの引《ひ》き出《だ》しの、スプーンやフォークなどを入《い》れるトレイに、つまようじと飲《の》みかけの薬袋《くすりぶくろ》とばらばらの釘《くぎ》と、くちゃくちゃになったスーパーのチラシが入《はい》っていた。

だから、その日《ひ》もぼくは、さっさと学校《がっこう》から帰《かえ》ろうとしていた。

百円均一《えんきんいっ》ショップに寄《よ》って、引《ひ》き出《だ》しやたなのサイズに合《あ》わせた、プラスチックかごや積《つ》みあげタイプのボックス、S字《エスじ》フックや、カーペット用《よう》プッシュピンなどを買《か》いに行《い》きたかったのだ。できれば、駅前《えきまえ》のスーパー「マイライフ」の百円均一《えんきんいっ》コーナーもチェックしに行《い》きたかった。

引《ひ》っ越《こ》してきたばかりとはいえ、おじいちゃんとおばあちゃんの住《す》むこの町《まち》の、百円均《えんきん》一《いっ》ショップや家庭《かてい》・日用品店関係《にちようひんてんかんけい》はわかっていたし、買《か》いたいものの目当《めあ》ても具体的《ぐたいてき》であったし、心《こころ》はもう駅前商店街《えきまえしょうてんがい》の方向《ほうこう》に走《はし》りだしていた。

しかし、そうはいかなかった。

「コクニくん！　まだ、帰《かえ》らないでください！」

きーん、と耳《みみ》にこたえるような、厳《きび》しい声《こえ》だ。ふりかえると、委員長《いいんちょう》のマジ子《こ》が、腰《こし》に手《て》をあてて立《た》っていた。

「え？　な、なに？」

するとマジ子《こ》が、あずき色《いろ》の太《ふと》いフレームのメガネの奥《おく》からじっとぼくを見《み》て言《い》った。

「今日《きょう》は月曜日《げつようび》だから、コクニくんは掃除当番《そうじとうばん》です。」

そう言《い》って、掃除当番表《そうじとうばんひょう》をぼくの前《まえ》につきつけた。

「あ、そうだったのか、知《し》らなかったよ。ごめんよー。」

ぼくは適当《てきとう》にあやまった。だいたい、女子《じょし》にしろ、近所《きんじょ》のおばさんにしろ、女相手《おんなあいて》は自分《じぶん》が悪《わる》くないことでも、「ごめんよー。」と先《さき》にあやまると、話《はなし》が長引《ながび》かなくてすむ。

ぼくはマジ子《こ》が、「あ、そうか。コクニくん、転校《てんこう》してきたばっかりだから当番《とうばん》のこと知《し》らなかったんだったね。」とかなんとか言《い》って、そのぴきーんと、洗濯《せんたく》ばさみでつりあげたような目尻《めじり》が下《さ》がるのを待《ま》った。

しかしマジ子《こ》は、さらに真剣《しんけん》な顔《かお》つきになって、こう言《い》った。

「コクニくん、あなたがあやまるのはおかしいわ。わたしがこの当番表《とうばんひょう》を、前《まえ》もってわたしておかなかったのがいけなかったのよ。コクニくんにとって、今日《きょう》は転校《てんこう》して初《はじ》めての掃除当番《そうじとうばん》の日《ひ》だものね。わからなくて当然《とうぜん》よ。だからあやまらなくってもいい。」

「………」

あれ？　せっかくあやまったのに、なんか注意《ちゅうい》されてるぞ？　こんなことあるんだ？

「コクニくんがなにか用《よう》があって早《はや》く帰《かえ》ろうとしていたのだったら、コクニくんの予定《よてい》をくるわせたことになるわ。だからわたしがもっと委員長《いいんちょう》として、しっかりしなくちゃいけなかったってことだわ。これから気《き》をつけます。」

あれ？　今度《こんど》はあやまられてる？　しかも、話《はなし》が長引《ながび》いていくこの感《かん》じはなんだ？

ひょっとして、あやまりが足《た》りなかったんだろうか？

「そんな……、ごめんよ。」

一応《いちおう》もう一回《かい》あやまってみた。すると、

「だから、あやまらなくっていいって！」

マジ子《こ》があきらかに、いらっとして、声《こえ》をカン高《だか》くした。

「わ！　ごめん！」

「コクニくん、だからあやまらなくっていいって、何度言《なんどい》ったらわかるの？」

「ごめ、いや、ごめんじゃない！　あやまってない！　今《いま》のは。」

うわー、この人《ひと》、たいへんだよ。

「掃除《そうじ》！　今《いま》すぐ掃除《そうじ》するから。」

ぼくは掃除当番表《そうじとうばんひょう》を、マジ子の手《て》からひったくった。

「コクニくんは、B班《ビーはん》で、この表《ひょう》を見《み》てもらったらわかると思《おも》いますが、今日《きょう》はろうかと窓《まど》ふき担当《たんとう》です。そこの掃除用具《そうじようぐ》入《い》れにぞうきんとバケツがあります。水《みず》はそこの手洗《てあら》い場《ば》の横《よこ》の水道《すいどう》でくむのが原則《げんそく》。でも、もしほかのクラスの人《ひと》たちで混《こ》みあっていたら、トイレの水道《すいどう》を使《つか》ってもらってもかまいません。」

そのままにしておいたら、なにもかも説明《せつめい》してくれそうな勢《いきお》いだ。ぼくは、あわてて話《はなし》をさえぎった。

「いいよ。同《おな》じB班《ビーはん》の人《ひと》にきいて、教《おし》えてもらってやるから。」

「そう？　そうね。そのほうが早《はや》いわね。B班《ビーはん》の班長《はんちょう》は丸田《まるた》さん、あの、掃除用具《そうじようぐ》入《い》れの前《まえ》にいる人《ひと》だから……。」

「わかったよ。丸田《まるた》さんにきくよ。」

「そう？　そうね。では、よろしくお願《ねが》いします。」

まだ、なにか説明《せつめい》したそうだったけれど、やっとそれで、はなれてもらえた。

ぼくは、B班《ビーはん》の人《ひと》たちに交《ま》じって、もくもくと窓《まど》をふきながら、あの日《ひ》、宗形《むなかた》さんが言《い》っていたことは本当《ほんとう》だったのか、と思《おも》った。

同《おな》じクラスで、しかもマンションのお隣《となり》の部屋《へや》の宗形《むなかた》さんは、すごくかわいいうえにとても親切《しんせつ》だ。

引《ひ》っ越《こ》してきたその日《ひ》に、ベランダで、植物《しょくぶつ》の鉢《はち》を並《なら》べていたら、

「ねえ！　あたしたちって、同《おな》じクラスになるんでしょ？」

と、お隣《となり》のベランダからひょいっと顔《かお》をのぞかせて、宗形《むなかた》さんが気《き》さくに声《こえ》をかけてくれたのだ。

「あたし、宗形《むなかた》サワノ。よろしくね。」

「ぼく小国景太《おぐにけいた》。よろしく。同《おな》じクラスだったら、明日学校《あしたがっこう》でも自己紹介《じこしょうかい》するけどね。」

「そうね。ああ、でも、あたしって体《からだ》があんまりじょうぶじゃないから、毎日学校《まいにちがっこう》に行《い》けなかったりするし、明日《あした》、その自己紹介《じこしょうかい》のときに教室《きょうしつ》にいられるかしら？」

と、ちょっとさびしそうな顔《かお》になった。

「え、宗形《むなかた》さんって、どこか悪《わる》いの？」

「え、ええ。ちょっと、治《なお》りきらないような病気《びょうき》でね。でも、あせらないで気長《きなが》に療養《りょうよう》しなくちゃいけないって。……学校《がっこう》だけじゃなくって、お隣《となり》さんだし、どうぞ仲良《なかよ》くしてね！」

そう言《い》って、にこおっと笑《わら》ったその笑顔《えがお》に、どきいっとした。

(なんて、まぶしい笑顔《えがお》なんだ。病弱《びょうじゃく》なのに、明《あか》るくて親切《しんせつ》で……。えらい子《こ》だなあ。)

なんて思《おも》っていたら、ふいに宗形《むなかた》さんがマジメな顔《かお》になり、

「ねえ、ちょっとこっちに来《き》て。」

と、手招《てまね》きした。

女《おんな》の子《こ》に手招《てまね》きされたことなんか今《いま》まで一度《いちど》もない。ぼくは、またどきいっとした。そして、ふらふらーっと宗形《むなかた》さんのそばに寄《よ》っていった。

宗形《むなかた》さんは、くるくるっとコイルのようにきれいにらせん形《けい》になっている茶色《ちゃいろ》い髪《かみ》をかきあげた。宗形《むなかた》さんの顔《かお》は、月《つき》のように真《ま》っ白《しろ》で、瞳《ひとみ》は大《おお》きくて、きらきらしていた。

宗形《むなかた》さんは、ぼくの目《め》をじっと見《み》つめた。

「……ねえ。」

「な、なに?」

「そっちのお隣《となり》の、咲山《さきやま》さんにはあいさつした?」

なんだ、そんな話《はなし》かと思《おも》って、ほっとした。なにかとんでもない話《はなし》だったらどうしようかと思《おも》っていたのだ。いや、どういう種類《しゅるい》のとんでもない話《はなし》かにもよるけれども。

「お母《かあ》さんは、咲山家《さきやまけ》にあいさつに行《い》ったみたいだけどね。」

「じゃあ、景太《けいた》くんはマジ子《こ》とは話《はな》してないのね？」

おお！　「景太《けいた》くん」だって！　いきなり下《した》の名前《なまえ》で呼《よ》ばれた。それにも、ちょっとどきっとしながらもきき返《かえ》した。

「マジ子《こ》って？」

「咲山真美子《さきやままみこ》さんって、あたしたちのクラスの委員長《いいんちょう》なんだけど、とっても真剣《しんけん》な人《ひと》なの。マジメすぎるっていうか……。真美子《まみこ》っていう名前《なまえ》だけど、マジ子《こ》ってみんな呼《よ》んでるの。」

「へー、そうなんだ。」

「あのね……。こんなこと言《い》うと悪口《わるぐち》みたいになっちゃうんだけど、マジ子《こ》って、ちょっとしたことでも真剣《しんけん》につっかかってきちゃうから、あんまりまともに相手《あいて》しないほうがいいわよ。それに、規則《きそく》を守《まも》るってことに命《いのち》をかけてるから、規則違反《きそくいはん》をしたら、追《お》いかけられちゃってたいへんだし。あたしなんて、こんなだから、しょっちゅう学校《がっこう》を休《やす》むし、気分《きぶん》が悪《わる》くて遅刻《ちこく》や早退《そうたい》も多《おお》いから、マジ子《こ》にいつも怒《おこ》られっぱなしなんだ。」

しゅんと肩《かた》を落《お》として、いかにも悲《かな》しそうに宗形《むなかた》さんが言《い》った。長《なが》いまつ毛《げ》が影《かげ》をつくって、なんだかアニメの中《なか》の女《おんな》の子《こ》みたいだ。

「でも、具合《ぐあい》が悪《わる》かったんだったら、規則《きそく》どおりにいかなくても仕方《しかた》ないじゃないか。」

「それが通《つう》じない相手《あいて》なのよ。いっけない、また悪口《わるぐち》になっちゃうわ。」

宗形《むなかた》さんは、ぱふっと自分《じぶん》のくちびるを、きれいにそろえた指《ゆび》でおさえた。

そして、ぼくの耳《みみ》に、顔《かお》を寄《よ》せてささやいた。

「よけいなことかもしれないけど、マジ子《こ》には気《き》をつけてね。」

「……あ、ありがとう。」

「じゃ、ね。」

と言《い》って宗形《むなかた》さんは、顔《かお》をひっこめて、去《さ》っていったのだった……。

宗形《むなかた》さんの思《おも》い出《で》にひたっていると、いきなりでっかい声《こえ》が後《うし》ろからした。

「わあ、コクニくん、窓《まど》ふきうまいわね！」

声《こえ》の方向《ほうこう》を見《み》ると、班長《はんちょう》の丸田《まるた》さんとB班《ビーはん》の女子数人《じょしすうにん》が並《なら》んで、イスにのって窓《まど》を磨《みが》き
あげているぼくを見上《みあ》げていた。

「きれい！　ぴかぴか！」

「大掃除《おおそうじ》レベルよね。」

「いや、ぼく、こういうの好《す》きなんだ。」

「え、そうなんだ？　掃除《そうじ》、好《す》きなの？」

「掃除《そうじ》もまあまあ好《す》きだけど、部屋《へや》をきれいに、いごこちよくするのが好《す》きなんだよ。収《しゅう》納《のう》を工夫《くふう》するとか、家具《かぐ》の配置《はいち》でさらに生活動線《せいかつどうせん》を効率的《こうりつてき》にするとかさ。」

「へえー。」

「すごい。そういう特技《とくぎ》ってイイよね。」

「男子《だんし》にしては珍《めずら》しいわよね。もう、きったないもん、蓑田《みのだ》くんとか坂井《さかい》くんの掃除《そうじ》なんてさ。」

「コクニくんが、同《おな》じ班《はん》でよかったかも！」

女子《じょし》たちが、口々《くちぐち》に言《い》いながら笑《わら》った。

なんだ。けっこう話《はな》しやすい感《かん》じの女子《じょし》たちではないか。

ぼくは、ほっとした。宗形《むなかた》さんはともかく、クラスの女子《じょし》がみんなマジ子《こ》みたいだったら、キツいよなと思《おも》っていたのだ。

それで、ふときいてみた。ぼくがこの学校《がっこう》に来《き》てから宗形《むなかた》さんのすがたを一度《いちど》も見《み》ていないので、実《じっ》はとても気《き》になっていたのだ。

「あのさ、宗形《むなかた》さんって今日《きょう》も具合《ぐあい》が悪《わる》くて休《やす》みなの？」

すると、一秒前《びょうまえ》まで、すごくなごやかだった空気《くうき》が、急《きゅう》にぴきっと凍《こお》りついた。

「……コクニくんって、サギノと仲《なか》いいの？」

「っていうか、学校《がっこう》で会《あ》ってないのに、どこかでサギノと話《はな》したの？」

「サギノって？」

「ああ、宗形《むなかた》さんのこと。宗形《むなかた》サワノのあだ名《な》。」

丸田《まるた》さんが、簡単《かんたん》に説明《せつめい》した。

「仲《なか》いいとかそんなんじゃないよ。宗形《むなかた》さんが同《おな》じマンションのお隣《となり》なんだ。それで引《ひ》っ越《こ》してきた日《ひ》に、宗形《むなかた》さんが声《こえ》をかけてくれて。」

「ああー、そうなんだ。」

「サギノのお隣《となり》かあ。」

女子《じょし》たちが、目配《めくば》せしあった。

「そのときに、体《からだ》がじょうぶじゃないようなこと言《い》ってたから。今日《きょう》も来《き》てないんだなって思《おも》ってさ。」

「そんなこと……。」

なにか言《い》いかけた女子《じょし》のわきを、丸田《まるた》さんが、ひじでついた。

「ほかに、サギノ、なにか言《い》ってた？」

「ええ？　なにかって？　お隣《となり》さんだしよろしくとか。あと、咲山《さきやま》さんのこととか。」

「マジ子《こ》のこと？」

「そのう、とっても真剣《しんけん》な人《ひと》だから、規則《きそく》を守《まも》らないと怒《おこ》られるし、気《き》をつけたほうがいいよって話《はなし》で。」

「ああ、なるほど。」

丸田《まるた》さんがうなずいた。

「サギノもたまには本当《ほんとう》のことも言《い》うんだね。」

小声《こごえ》で、だれかがそう言《い》った。

ぼくは、なんだかもやもやっとした気持《きも》ちになった。

よくわからないけど、感《かん》じがよくない。でも、それはぼくには直接関係《ちょくせつかんけい》ないことであって、ぼくが気《き》にすることじゃない、とも思《おも》った。

「…………。」

ぼくは、そーっと体《からだ》を前《まえ》に向《む》け、窓《まど》ふきの仕上《しあ》げ作業《さぎょう》に戻《もど》った。と、そのとき。

「けほん、けほん、けほん。」

と、なんだか、マンガの書《か》き文字《もじ》みたいにはっきりした「咳《せき》をする人《ひと》の声《こえ》」が聞《き》こえた。

ぼくの後《うし》ろの空気《くうき》がざわざわっとゆれた。

ふりむくと、宗形《むなかた》さんが、でっかいミニーマウスの絵《え》のついたピンクのマスクをして立《た》っていた。

「あ、宗形《むなかた》さん。」

「景太《けいた》くん、久《ひさ》しぶりー！」

宗形《むなかた》さんは、マスクをずらして、けほんっ！　とまたひとつ、大《おお》きく咳《せき》をした。

「風邪《かぜ》ひいちゃって。でも景太《けいた》くんにはあいさつしたくってね！　熱《ねつ》もやっと下《さ》がったし、家《いえ》で寝《ね》てるのもつまらなくなっちゃって！」

宗形《むなかた》さんが、きゅっと肩《かた》をすくめた。

丸田《まるた》さんたち女子《じょし》の一群《いちぐん》が、ざっと引《ひ》いて遠巻《とおま》きに、ぼくらを厳《きび》しい目《め》でにらんでいる。なんでだ!?　と思《おも》っていると、ひそひそ声《ごえ》が聞《き》こえた。

「……またウソよ。」

「男子《だんし》にはあれだもんね。」

「……よくやるよね。」

ぼくは、女子《じょし》たちのその言葉《ことば》の意味《いみ》もすごく気《き》になったけれど、それよりも、もっと気《き》になることを先《さき》に言《い》った。

「そうなんだ……。それはごていねいにどうも……。でも、そんな寒《さむ》そうなかっこうしてだいじょうぶなの？」

ぼくは宗形《むなかた》さんのはいている、すごく短《みじか》いスカートと、肩《かた》が出《で》ているシャツを見《み》て言《い》った。

「なんか下《した》に、あったかいやつはいたほうがいいんじゃないの？　モモ引《ひ》き的《てき》なやつ。」

「モモ引《ひ》き？」

宗形《むなかた》さんの目《め》が、全開《ぜんかい》になった。

「ああ、今《いま》はモモ引《ひ》きって言《い》わないんだよね。なんだっけ、カタカナで言《い》うんだ……。あ、スパッツだっけ？」

「スパッツ？」

今度《こんど》は後《うし》ろの女子《じょし》たちも、目《め》を丸《まる》くした。

「……それって、あのう、ひょっとしてレギンスのこと？」

宗形《むなかた》さんが、おそるおそるという感《かん》じできいてきた。

「れぎんす？　ああ、そんなだっけ。早《はや》いなあ、最近《さいきん》の言葉《ことば》の移《うつ》り変《か》わりは。」

ぼくがそうつぶやいて、女子《じょし》を見《み》ると、全員《ぜんいん》がふるえながら笑《わら》っていた。

「……なんか、ぼく、おもしろいこと言《い》った？」

マジメにきいたら、またみんなが爆笑《ばくしょう》した。

「コクニくんって、なに？　昭和《しょうわ》の人《ひと》なの？」

丸田《まるた》さんが、きいてきた。

「ううん。もちろん平成生《へいせいう》まれだよ。どうしてそんなことをきくの？」

「だって、うちのおじいちゃんみたいなこと言《い》うんだもん！」

「ほんとだよ。コクニくんって、おじいちゃんキャラだったんだ！　がんばってもスパッツってところがツボ！」

丸田《まるた》さんたちが、そう言《い》ってまたどっと笑《わら》った。

「景太《けいた》くんって……おもしろい人《ひと》だったんだねえ。」

宗形《むなかた》さんだけが笑《わら》わずそう言《い》って、なぜか感心《かんしん》したようにしみじみとぼくの顔《かお》を見《み》たのだった。

2 人生《じんせい》の警報《けいほう》ランプ

ぼくが宗形《むなかた》さんと並《なら》んで歩《ある》いていたら、なぜかずいぶんたくさんの人《ひと》と目《め》が合《あ》った。校庭《こうてい》を横切《よこぎ》りながら顔《かお》をあげると、校舎《こうしゃ》の窓《まど》のあちこちから顔《かお》が出《で》ている。ぼくがその方向《ほうこう》を見《み》ると、ささっと窓《まど》の奥《おく》に顔《かお》がひっこむ。

（なんでだ？）

「宗形《むなかた》さんは、有名人《ゆうめいじん》なの？」

ぼくは歩《ある》きながら、たいくつそうにミニーマウスのマスクを引《ひ》っ張《ぱ》ったり、鼻《はな》の下《した》にずらしたりしている宗形《むなかた》さんにきいた。

「ええ？　ううん、まさかあ。どうして？」

「だって、すっごく見《み》られてるし。」

「ふふふ。あたしが学校《がっこう》に来《き》てるのが珍《めずら》しいからじゃない？　あれー、あんな人《ひと》いたっけみたいな？」

「そうなんだ……。そんなに学校《がっこう》に来《き》てないんだ？」

「うん。久々《ひさびさ》かな。でも今日《きょう》はもう特別《とくべつ》！　だって、景太《けいた》くんと学校《がっこう》でおしゃべりしたかったんだもん！」

そう言《い》って、首《くび》をかたむけてにこおっと笑《わら》った宗形《むなかた》さんの笑顔《えがお》に、ぼくは固《かた》まった。

「……宗形《むなかた》さんってさ、すごいよね。」

「ええ？　なに？」

宗形《むなかた》さんが口《くち》に手《て》をあてて、目《め》をぱちぱちさせた。

「きっと、みんなきみから、目《め》がはなせないんだな。」

ぼくの言葉《ことば》に、宗形《むなかた》さんが、「え。」と、真顔《まがお》になった。

「いや、だってさ。きみって、いつもアニメの中《なか》の女《おんな》の子《こ》か、マンガの中《なか》の女《おんな》の子《こ》か、あと、テレビの中《なか》の女《おんな》の子《こ》みたいなんだよ。ぼく、そんな人《ひと》に、会《あ》ったことなかったから、きみってすごいなって思《おも》ってさ。」

精《せい》いっぱいの言葉《ことば》でほめたんだけど、宗形《むなかた》さんは残念《ざんねん》ながらあまりうれしそうな顔《かお》をしなかった。

「あ、そう。」

と言《い》っただけ。

うつむいて、自分《じぶん》のつま先《さき》あたりを見《み》ながら、つぶやいた。

「……景太《けいた》くんも、相当《そうとう》おもしろいと思《おも》うけど？」

「え、ぼくが？　さっきもみんなに笑《わら》われたけど、ぼくってどこがそんなにおもしろいのかなあ。自分《じぶん》じゃ、ふつうのつもりなんだけど。」

「ううん。ふつうの男《おとこ》の子《こ》じゃないわよ。だって、ふつうの男《おとこ》の子《こ》はあたしのこと、そんなふうには見《み》ないもの。景太《けいた》くんって、よくわかってるわね。」

ふいに宗形《むなかた》さんが、太《ふと》い、ちょっと怒《おこ》ってる感《かん》じの声《こえ》になった。

「え、よくわかってる？　とは？」

「とぼけないでよー。『天然昭和《てんねんしょうわ》キャラ』と『お掃除上手《そうじじょうず》』ってすごくいいところついてるわよ。うまく考《かんが》えたわね。女子《じょし》の人気獲得作戦《にんきかくとくさくせん》としたら、ポイント高《たか》いと思《おも》うわ。」

ぼくは、思《おも》わず立《た》ちどまった。

ぜんぜん、宗形《むなかた》さんの言《い》っていることがわからないのだ。

「ポイント高《たか》い？　とは？」

「あたしもさ、いっぱいアニメの中《なか》の女《おんな》の子《こ》とか、テレビドラマやバラエティー番組《ばんぐみ》とか見《み》て、作戦練《さくせんね》ってるの。どうしたらかわいく見《み》えるかってね。だってさ、どんどん流行《りゅうこう》って変《か》わるじゃない。だからわかるのよ。景太《けいた》くんも相当考《そうとうかんが》えてるんでしょ。」

「……きみは、なにが言《い》いたいの？　考《かんが》えてるって、なにをだよ。」

ぼくが真剣《しんけん》にたずねると、宗形《むなかた》さんが、へえ？　と本気《ほんき》でおどろいた顔《かお》をした。

「景太《けいた》くん、計算《けいさん》じゃないの？　それ？　マジで？　ホントに天然《てんねん》なの!?」

だからなにが計算《けいさん》で、なにが天然《てんねん》なんだ？　とき返《かえ》そうとしたとき、

「コクニくーん！」

校庭《こうてい》じゅうに響《ひび》きわたるような大声《おおごえ》が、後《うし》ろから追《お》いかけてきた。

ふりかえると、校庭《こうてい》のど真《ま》ん中《なか》を、マジ子《こ》がすごい勢《いきお》いでダッシュしてくる。

「出《で》た！　マジ子《こ》！」

宗形《むなかた》さんが、顔《かお》をしかめた。

マジ子《こ》は、プリントをつかんだ手《て》をふりまわして叫《さけ》んだ。

「コクニくん！　またわたすの忘《わす》れるところだったわ！　きゅ、給食《きゅうしょく》の献立表《こんだてひょう》……。」

息《いき》を切《き》らしながらマジ子《こ》はそう言《い》って、なぜかなにも障害物《しょうがいぶつ》のない平地《ひらち》でつまずいた。

「あ！」

フレームがあずき色《いろ》のメガネが、ずれてふっとんだ。

「だいじょうぶ⁉」

ぼくはメガネを拾《ひろ》って、地面《じめん》にはいつくばっているマジ子《こ》の手《て》を取《と》り、助《たす》けおこした。

「あ、ありがとう……。」

ぼそぼそっと、口《くち》の中《なか》でマジ子《こ》が礼《れい》を言《い》った。

「ぷっ。」

宗形《むなかた》さんが、ふきだした。

「マジ子《こ》、かっこわるーい！　はりきりすぎ。転校生《てんこうせい》が来《き》たからって、なにもそんなにマジ転《ころ》びするぐらいテンションあげないでもいいんじゃない？」

「て、転校生《てんこうせい》のお世話《せわ》はクラス委員《いいん》の仕事《しごと》ですから。いっしょうけんめい務《つと》めてあたりまえでしょう。」

よたよたっと、ぼくに支《ささ》えられて立《た》ちあがりながら、マジ子《こ》は言《い》いかえした。

「それより、コクニくん！　宗形《むなかた》さんとなんの話《はなし》をしていましたか？」

「な、なんのって言《い》われても。」

「要約《ようやく》でいいですから、教《おし》えてください。」

そう言《い》われても、短《みじか》くまとめるのが難《むずか》しい。ぼくも、宗形《むなかた》さんの言《い》っていることの内容《ないよう》がよくわかっていないんだから。

するとと、ぼくのうでをぐいっとつかんで、宗形《むなかた》さんが言《い》った。

「なんで、あたしたちの話《はなし》を、あんたに教《おし》えないといけないわけ？」

「なぜかというと、あなたの言《い》うことは、事実《じじつ》とちがうことが多《おお》いからです。転校《てんこう》してきて間《ま》もない、コクニくんが混乱《こんらん》するような話《はなし》はよしてほしいですから。」

じ、事実《じじつ》とちがうことって、ウソってことか？　そういえば、クラスの女子《じょし》たちにもそれらしきこと言《い》われてたけど。

「そんなこと言《い》っちゃって、マジ子《こ》、景《けい》くんに目《め》つけてるんじゃないの？」

あれ、なんか、景《けい》くんに呼《よ》び方《かた》も変《か》わってるし。しかも、ぼくのうでにずっとつかまって話《はな》しているのはなぜだ？　宗形《むなかた》さん。

「目《め》、つけてるとはどういう意味《いみ》ですか？」

マジ子《こ》が、ぼくの手《て》からメガネを取《と》り、びしっとかけ直《なお》した。

「転校生《てんこうせい》ですから、ほかの人《ひと》たちより注意《ちゅうい》して動向《どうこう》を見《み》てますけど。」

……厳《きび》しい顔《かお》つきのわりには、かけたメガネが上下《じょうげ》さかさまなんですけど！　なぜ気《き》がつかないんだ？　マジ子《こ》。

「本当《ほんとう》にあんたって、かわいくないわね。いちいち委員長《いいんちょう》だってことを前《まえ》に出《だ》さないと、話《はなし》ができないわけ？」

「………」

「ホント、あんたって、変人《へんじん》！　ふつうに話《はなし》ができないんだから、ヘンな子《こ》ね！」

宗形《むなかた》さん、「ヘンな子《こ》」の注意《ちゅうい》をするなら、そのことよりも、メガネがさかさまなのを教《おし》えてあげるほうが先《さき》じゃないのか？

すると、歯《は》を食《く》いしばって聞《き》いていたマジ子《こ》が、ぶるぶるっとふるえだした。顔《かお》がいっきに、メガネのフレームの色《いろ》と同《おな》じぐらい、赤《あか》くなった。マジ子《こ》はメガネをはずして、顔《かお》にふきでた汗《あせ》をぬぐった。

「あなたに言《い》われたくないです！」

マジ子《こ》のバカでかい声《こえ》が、校庭《こうてい》のすみずみにまで響《ひび》きわたった。校舎《こうしゃ》の窓《まど》からのぞく顔《かお》がいっきに倍増《ばいぞう》した。また、校庭《こうてい》のすみで、ドッジボールをしていたグループでは、ボールの動《うご》きが止《と》まった。

「あなたみたいな、おかしな人《ひと》に……言《い》われたくないです！」

マジ子《こ》の勢《いきお》いに、今度《こんど》は宗形《むなかた》さんが、たじろいだ。

「あたしのどこがおかしいっていうの？」

「おかしいです。仮病《けびょう》で学校《がっこう》を休《やす》んでるのに、派手《はで》なかっこうで夜《よる》、出歩《であるい》いたり。テストも宿題《しゅくだい》もしないで、注意《ちゅうい》されたら、病気《びょうき》だとか、親戚《しんせき》が亡《な》くなったとか、すぐにバレるようなウソをついて、平気《へいき》でいられるような人《ひと》、なに考《かんが》えてるかわかりません。そんなおかしな人《ひと》に、変人《へんじん》だなんて言《い》われたくないです。」

「な、なんですって……。」

叫《さけ》びかけたが、宗形《むなかた》さんは、ぱっと口《くち》を閉《と》じた。

ぼくら三人《にん》を注目《ちゅうもく》している大勢《おおぜい》の目《め》を気《き》にしてか、さっとマスクをかけ直《なお》し、小《ちい》さくけほんと咳《せき》をした。

「……マジ子《こ》を相手《あいて》にすると、ホントこれだからいやなのよ。こっちまで、マジでムカつくからね。景《けい》くん帰《かえ》ろう。」

宗形《むなかた》さんが、ぼくのうでを、ぐいっと引《ひ》っ張《ぱ》って歩《ある》きだした。

「ムカつくのは、わたしのほうです。あなたよりも、わたしのほうがもっとムカついて、気分《きぶん》が悪《わる》いです！」

なぜかマジ子《こ》が、ぼくの反対側《はんたいがわ》のうでを、がしっとつかんで、そう叫《さけ》んだ。

「こっちは、あんたの百倍《ばい》ムカついてる！　絶対《ぜったい》に！」

宗形《むなかた》さんが、ぼくのうでを、引《ひ》っ張《ぱ》り返《かえ》した。

「わたしはそっちの千倍《ばい》ムカついてます！」

「ちょっと、そこの三人《にん》。いいかげんにしなさいよ！」

担任《たんにん》の須磨先生《すませんせい》がこっちに向《む》かって、怒鳴《どな》りながら駆《か》けてきた。

「なにかもめごと？　ケンカするにしても、もっと別《べつ》の場所《ばしょ》でやりなさい。あなたたち二人《ふたり》が、コクニくんを取《と》りあってケンカしてるって、みんな大騒《おおさわ》ぎしてるわよ。」

「取《と》りあい？　景《けい》くんを？」

「わたしたちが？　コクニくんを？」

宗形《むなかた》さんとマジ子《こ》が同時《どうじ》に、ぱっとぼくのうでから手《て》をはなした。おかげでぼくは、やっとまっすぐに立《た》つことができた。

「ちがうわ！」「ちがいます！」

二人《ふたり》の声《こえ》が、ぴったりそろった。

「ケンカしてるんじゃないんだったら、さっさと帰《かえ》りなさい。」

「……はーい。」

三人《にん》で、歩《ある》きだした。

きまりがわるくて、ついつい三人《にん》とも早足《はやあし》になる。

「マジ子《こ》、なんでついてくるのよ！」

「同《おな》じ帰《かえ》り道《みち》だから仕方《しかた》ありません！」

「ほかの道《みち》で帰《かえ》りなさいよ！」

「あなたこそ！　この道《みち》が最短距離《さいたんきょり》なんです！」

ぼくをはさんで、また二人《ふたり》のにらみあいになった。

「ぼ、ぼくさ、寄《よ》りたいところがあるから、ここで別《わか》れるよ。」

「え？　景《けい》くん、どこ行《い》くの？」

「うん、まあちょっと……買《か》い物《もの》。じゃあまたね。ごめん、さよなら。」

行《ゆ》き先《さき》をあいまいにして、ぼくは逃《に》げるようにその場《ば》をはなれた。

いや、逃《に》げるようにじゃなくて、本気《ほんき》で、逃《に》げだした。

あのかわいいアニメ顔《がお》の宗形《むなかた》さんが、ウソつきで、病気《びょうき》も仮病《けびょう》だって！

マジ子《こ》もマジ子《こ》で、本当《ほんとう》にマジすぎでコワいし！

この二人《ふたり》がお隣《となり》さんだなんて、この先《さき》、いったいどうなるんだよと、ぼくは思《おも》った。

「いつもきちんと整《ととの》ったここちよくおだやかな暮《く》らし」を目指《めざ》すぼくの生活《せいかつ》に、警報《けいほう》ランプがちかちかと、点滅《てんめつ》した気《き》がした。

3 ヘンのサンドイッチ

「……お隣《となり》の咲山《さきやま》さんに聞《き》いたんだけど、宗形《むなかた》さんって、変《か》わってるみたい。」

晩《ばん》ごはんを食《た》べているとき、お母《かあ》さんが、ぽそっと言《い》った。

うちの晩《ばん》ごはんは、二回《かい》ある。

まず、第《だい》一回《かい》はぼくがごはんを食《た》べ、お母《かあ》さんがいっしょにおやつを食《た》べる。

第《だい》二回《かい》は、だいたい三時間後《じかんご》に帰《かえ》ってくるお父《とう》さんと、お母《かあ》さんがごはんを食《た》べる。ぼくはそのとき気《き》が向《む》いたら、いっしょにおやつを食《た》べたりする。

だから今《いま》も、お母《かあ》さんはぼくの前《まえ》で、紅茶《こうちゃ》と小《ちい》さいサンドイッチを食《た》べていた。

ぼくは、「咲山《さきやま》・宗形《むなかた》」という名前《なまえ》を聞《き》いて、ぴくっとなった。今《いま》、まさにマジ子《こ》と宗《むな》形《かた》さんのことを考《かんが》えていたからだ。

ぼくの人生《じんせい》の中《なか》で、あんなに言《い》いたいことを好《す》きなだけ言《い》い、大勢《おおぜい》の見《み》ている前《まえ》でケンカしても平気《へいき》で、強気《つよき》な女《おんな》の子《こ》たちに会《あ》ったのは初《はじ》めてだったから、どうもいつまでも心《こころ》に残《のこ》って、いろんなことを思《おも》いだしてしまうのだった。

ぼくは、わかめのスープを飲《の》むのをやめて、きき返《かえ》した。

「……そうなの？　どんなふうに？」

「ぜんぜんゴミの分別《ぶんべつ》や、出《だ》す曜日《ようび》を守《まも》らないし、マンションの集会《しゅうかい》にも出《で》ないし、すべてのルールを守《まも》らない人《ひと》だって、咲山《さきやま》さんがすごく怒《おこ》っててねえ。」

「ふーん。」

「夜中《よなか》に歌《うた》いだして大騒《おおさわ》ぎをしたり、親子《おやこ》でびっくりするような派手《はで》なかっこうをして、出《で》ていったかと思《おも》うと、朝方帰《あさがたかえ》ってきたりするんだって。夏祭《なつまつ》りでもないのに、浴衣着《ゆかたき》てたり。外国《がいこく》の人《ひと》がやたら部屋《へや》に出入《でい》りしてたり、とにかくすべてがなぞらしいわよ。」

「へえー。」

ぼくは、なるほどと思《おも》った。宗形《むなかた》さんがマジ子《こ》にヘンだと言《い》われたのには、こういう背景《はいけい》があったのだ。

夕方《ゆうがた》、宗形《むなかた》さんのお母《かあ》さんを目撃《もくげき》したが、宗形《むなかた》さんそっくりの、くるくるっとコイルみたいな赤《あか》い巻《ま》き毛《げ》に、すだれみたいに長《なが》いまつ毛《げ》のおばさんだった。星《ほし》の模様《もよう》のぴったりとしたシャツとくるぶしまでの短《みじか》いズボンをはいていた。それにフランスパンを、二宮金次郎《にのみやきんじろう》の薪《まき》かと思《おも》うほどたくさんかかえていた。

「こんにちは。」

と、声《こえ》をかけても返事《へんじ》がないので、(あれ? なんか無視《むし》されてる?)と思《おも》ったら、おばさんは、イヤホンをはずして、

「あ、ごめんね! 音楽《おんがく》聴《き》いてたから聞《き》こえなかった! きみお隣《となり》の、景《けい》くんよね? サワノからきみの話《はなし》はいっぱい聞《き》かされてるわよ。」

と、笑顔《えがお》で言《い》われた。

(そう言《い》われれば、いかにも、好《す》きなときに好《す》きなことをして、自由《じゆう》に生《い》きてるふうのお母《かあ》さんだよな。お母《かあ》さんがああいう感《かん》じだから、宗形《むなかた》さんがああなんだ。)

「でも、悪《わる》い人《ひと》じゃないとは思《おも》うの。これくださったし。なんでも今《いま》、バゲットサンド作《づく》りに凝《こ》ってるんですって。たくさん作《つく》っては、ご近所《きんじょ》に配《くば》ってるって。」

お母《かあ》さんは、お皿《さら》にこんもりと小山《こやま》になっている、一口《ひとくち》サイズのサンドイッチを指《ゆび》さした。具《ぐ》もカラフルでなかなかおいしそうだ。

「……そうなんだ。それ、宗形《むなかた》さんのおばさんからもらったんだ。」

ぼくはうなずいた。あの、薪《まき》のようなフランスパンの束《たば》はそういうことだったのか。

「で、そういう咲山《さきやま》さんもちょっと変《か》わってるみたいなの。」

お母《かあ》さんは、声《こえ》を小《ちい》さくして言《い》った。

「このマンションの管理人《かんりにん》さんよりも規則《きそく》に厳《きび》しくって、守《まも》らない人《ひと》がいるとガンガン攻《こう》撃《げき》するんですって。ゴミ置《お》き場《ば》を率先《そっせん》して掃除《そうじ》してくれたりするのはいいんだけど、駐輪《ちゅうりん》場《じょう》の自転車《じてんしゃ》を勝手《かって》に、自分《じぶん》の好《す》きなように並《なら》べ替《か》えたりするし。駐車場《ちゅうしゃじょう》の車《くるま》の停《と》め方《かた》が悪《わる》いと、文句《もんく》を言《い》いに行《い》くし。もう、咲山《さきやま》さんの監視《かんし》がつらいって泣《な》いてる人《ひと》もいっぱいいるんですってよ。って、これは宗形《むなかた》さんから聞《き》いたんだけど。」

「……そうなんだ。」

ぼくはまた、なるほどと納得《なっとく》した。

咲山《さきやま》さんのおばさんには朝《あさ》、階段《かいだん》のところで会《あ》った。

ゴミ置《お》き場《ば》の掃除《そうじ》をすませてきたらしく、きっちりと「咲山《さきやま》」と名前《なまえ》が書《か》かれたほうきとちり取《と》り、ゴム手袋《てぶくろ》などが入《はい》った、青《あお》いマイバケツをさげていた。バケツの胴体《どうたい》にも、四角《しかく》いきちょうめんそうな字《じ》で「SAKIYAMA《サキヤマ》」とはっきり書《か》いてあった。

ぼくが、「おはようございます。」とあいさつすると、

「きっちりとしたあいさつができるなんてえらいわ！　あいさつは、礼儀《れいぎ》の基本《きほん》だからね！　真美子《まみこ》が言《い》ってたわ。あなた若《わか》いのに、『昭和《しょうわ》』にくわしいんですってね。」

と、すごくほめてくれたのだ。

（自分《じぶん》の決《き》めたことは絶対《ぜったい》に守《まも》るって感《かん》じはさすがマジ子《こ》のお母《かあ》さんだな。それにしても駐輪場《ちゅうりんじょう》の自転車《じてんしゃ》を、勝手《かって》に移動《いどう》するなんて、マジメを通《とお》りこしてコワいよなあ。だからマジ子《こ》もああいう感《かん》じなんだ。）

「咲山《さきやま》さんの真美子《まみこ》ちゃんも、宗形《むなかた》さんのサワノちゃんも、景太《けいた》と同《おな》じクラスなんでしょう？　どう？　仲良《なかよ》くなった？」

「……二人《ふたり》ともすごくよく、話《はな》しかけてくれるよ……。」

「まあ、それはよかったわね！　さっそくお友達《ともだち》ができて。それがお隣《となり》さんだったら、なにかと安心《あんしん》よね。」

「……うん……。」

ぼくは、すっかりぬるくなったわかめスープの残《のこ》りを飲《の》んだ。

「食《た》べる？」

お母《かあ》さんが、サーモンとクリームチーズのサンドイッチをぼくの顔《かお》の前《まえ》につきだした。

「……あとでおやつとして食《た》べるよ。」

ぼくは、断《ことわ》った。

早《はや》くごはんを終《お》えて、自分《じぶん》の部屋《へや》の整理《せいり》にとりかかりたくて、後半《こうはん》はかなりスピードをあげて食《た》べた。百円均一《えんきんいつ》ショップで買《か》ってきた、ミニボックスを使《つか》いたくてしょうがなかった。

ぼくは時間《じかん》を忘《わす》れて、収納《しゅうのう》の工夫《くふう》に熱中《ねっちゅう》していた。

前《まえ》から、新《あたら》しい部屋《へや》に移《うつ》ったら、発泡《はっぽう》スチロール製《せい》のブロックを積《つ》んで、そこに板《いた》をわたし、手製《てせい》のたなを作《つく》りたいと思《おも》っていたのだ。

今日《きょうか》買ってきた、ミニボックスを並《なら》べてみたら、もうサイズがばっちりだった。

もともと、ブロックの高《たか》さや奥行《おくゆ》き、板《いた》の長《なが》さなどに合《あ》わせて選《えら》んだサイズのボックスだから、合《あ》うのはあたりまえといえばあたりまえなのだが、こういうことは、実際《じっさい》にやってみると、微妙《びみょう》な傾斜《けいしゃ》がじゃましたり、色合《いろあ》いに違和感《いわかん》があったりして、なにもかもイメージどおりということは少《すく》ないものなのだ。

「うわ、イイ感《かん》じ！」

ぼくは、汗《あせ》をぬぐいながら、壁紙《かべがみ》や窓《まど》の高《たか》さや、部屋《へや》全体《ぜんたい》の空気《くうき》に合《あ》ったそのブロックだなのできばえに、うっとりしてしまった。

ボックスのこげ茶色《ちゃいろ》が浮《う》いてしまわないかすごく心配《しんぱい》だったのだが、窓《まど》わくもフローリングも明《あか》るい色《いろ》だったから、かえって落《お》ちついた。

それに、ベッドカバーにお母《かあ》さんがフリーマーケットで買《か》ってきた、茶色《ちゃいろ》い葉《は》っぱ模様《もよう》の布《ぬの》を使《つか》ったのも、ボックスと統一感《とういっかん》が出《で》て、よかったかもしれない。

ほれぼれと自分《じぶん》の完璧《かんぺき》な部屋《へや》をながめていると。

コン！　と、なにかが窓《まど》にぶつかる音《おと》がした。

ふりかえると、宗形《むなかた》さんがベランダで、笑《わら》いながら窓《まど》ガラスをたたいていた。

花《はな》と虎《とら》の刺繍《ししゅう》が胸《むね》にしてある、真《ま》っ赤《か》なジャージの上下《じょうげ》を着《き》ているので、ぼくはちょっとほっとした。

あんまり寒《さむ》そうなかっこうをしていたら、風邪《かぜ》が仮病《けびょう》かもしれなくても、まずそこが気《き》になるからだ。

「やあ、どうしたの？」

ぼくは窓《まど》を開《あ》けた。宗形《むなかた》さんの後《うし》ろを見《み》たら、うちと宗形《むなかた》さんのベランダの間《あいだ》を仕切《しき》っているはずの、非常《ひじょう》のときにしか動《うご》かしてはいけない壁《かべ》が斜《なな》めになっていて、人一人《ひとひとり》が楽《らく》に通《とお》れるぐらいのすきまができていた。

「うん、ちょっと遊《あそ》びにきた。さっきから見《み》てたんだけど、すごいね！　本当《ほんとう》に掃除《そうじ》や部《へ》屋《や》の整理《せいり》が大好《だいす》きなのね。もう、見《み》とれちゃった。あんまりてきぱきしてるし、楽《たの》しそうだから。」

「なんだ、見《み》てたのか。声《こえ》をかけてくれたらいいのに。」

「わー、すごーい！」

宗形《むなかた》さんは、ぼくを押《お》しのけるように部屋《へや》に入《はい》ってきたかと思《おも》うと、ぽーんとベッドに座《すわ》った。

「きれいね！　モデルルームみたい！」

「そう？　うれしいなあ。ぼくは、住宅展示場《じゅうたくてんじじょう》のモデルルームみたいな部屋《へや》が、理想《りそう》なんだ。」

「いいなあ、かたづけ上手《じょうず》で。あたし、すっごくヘタなの。ここに引《ひ》っ越《こ》してきてから、まだ開《あ》けてない段《だん》ボール箱《ばこ》があるんだ。」

ぽむぽむと、ぼくの枕《まくら》をたたいてそのやわらかさを確《たし》かめながら、宗形《むなかた》さんが言《い》った。

「え、宗形《むなかた》さんも最近《さいきん》、引《ひ》っ越《こ》してきたの？」

「うん、二年前《ねんまえ》。」

「え、二年《ねん》も段《だん》ボール箱《ばこ》を開《あ》けてない⁉　そ、それで平気《へいき》なの？」

ぼくはショックをうけて、きいてしまった。

「平気《へいき》じゃないわよ。でもどうしても、その箱《はこ》が開《あ》けられないの。」

「どうして？」

「箱《はこ》の上《うえ》にいろいろ置《お》いちゃって、どけられなくなってるの。」

「あー、そのパターンか！　宗形《むなかた》さん、ひょっとしてクローゼットの奥《おく》にも開《あ》けてない段《だん》ボール箱《ばこ》入《い》れて、出《だ》せなくなってない？」

「そういうのもある。だけどもう中《なか》になにが入《はい》ってたか、思《おも》いだせないのよね。」

「それはいけないなあ。うーん……。」

「今《いま》はもう、そういう箱《はこ》が部屋《へや》のどこにあるのか、何箱《なんはこ》あるのかも、わからない。」

「わあ、それはいやだなあ、うーん……。」

ぼくは想像《そうぞう》しただけで、体《からだ》のあちこちがむずむずしてきた。

「ねえ、よかったらさ、いっしょにその段《だん》ボール箱《ばこ》、掘《ほ》りだしてくれない？」

「え？　今《いま》から？」

「そう。ねえ、お願《ねが》い！　あたし一人《ひとり》で、そういうことしたらもっと部屋《へや》がめちゃくちゃになりそうな気《き》がするの。」

それはきっと、「そういう気がする。」じゃなくて、「百パーセントそうなる。」だろうなと、ぼくは思《おも》った。

「……わかった。」

ぼくは宗形《むなかた》さんといっしょにベランダに出《で》て、ゆがんだ仕切《しき》り板《いた》のすきまから、宗形家《むなかたけ》のベランダに入《はい》った。

間取《まど》りはうちと同《おな》じで、そのベランダから入《はい》れる部屋《へや》が、宗形《むなかた》さんの部屋《へや》だった。

ぼくは、まず、窓《まど》ガラスごしに、ぼうぜんと立《た》ちすくんでしまった。

これは、いったい！　なにがあったんだ？　噴火《ふんか》か？

「えへへ。かたづけるのヘタでしょ！」

ぺろっと舌《した》の先《さき》を出《だ》して、宗形《むなかた》さんが、肩《かた》をすくめた。アニメの女《おんな》の子《こ》の動《うご》きが、また出《で》た。しかし、それはもう、「かわいい動《うご》きと表情《ひょうじょう》」だけでは、とてもじゃないけどフォローできない問題《もんだい》だった。

「……これはね、宗形《むなかた》さん。かたづけがヘタとか苦手《にがて》とか、そういうレベルの問題《もんだい》じゃないと思《おも》うよ。なにか、生《う》まれつきとか、家系《かけい》がそうだとかいう、根《ね》の深《ふか》いことじゃないか

なあ。」

ぼくは、どうしてもぼくの部屋《へや》と間取《まど》りや構造《こうぞう》がいっしょだとは思《おも》えない、その部屋《へや》を見回《みまわ》した。家具《かぐ》が、服《ふく》や雑誌《ざっし》や小物《こもの》で埋《う》め尽《つ》くされて端《はし》や角《かど》も見《み》えない。部屋全体《へやぜんたい》の色合《いろあ》いも、まさしく火山《かざん》の噴火《ふんか》カラー。茶色《ちゃいろ》、黒《くろ》、白《しろ》、赤《あか》、オレンジ、ピンク、黄色《きいろ》が、部屋《へや》にうずまいている。

「宗形《むなかた》さん、今《いま》はよそう。」

ぼくは、首《くび》を横《よこ》にふった。

「二十分《ぷん》や三十分《ぷん》で解決《かいけつ》できる問題《もんだい》じゃない。日《ひ》をあらためて、時間《じかん》もたっぷり使《つか》って、この部屋《へや》にとり組《く》む。」

「え？　とり組《く》むって、段《だん》ボール箱《ばこ》一個《こ》見《み》つけるだけでいいのよ？」

「いや、それだけじゃすまない。それを発掘《はっくつ》したら、たぶんどこかが崩《くず》れて二次災害《にじさいがい》がおきる。とにかく今日《きょう》はぼくは帰《かえ》る。」

ぼくはそう言《い》うと、とっとと自分《じぶん》の部屋《へや》のベランダに戻《もど》った。

すると宗形《むなかた》さんは追《お》いかけてきて、叫《さけ》んだ。

「そんなの、おおげさよ！　段《だん》ボール箱《ばこ》一個《こ》よ？　どこかがちょっとぐらい崩《くず》れても、今《いま》とたいして変《か》わんないじゃないの!」

「ぼくは、やりはじめると完成途中《かんせいとちゅう》でやめるっていうのが、性格的《せいかくてき》にできないんだよ。」

「だから、なんの完成《かんせい》? 意味《いみ》わかんない!」

「あの部屋《へや》を、ちょっとでもいじると、どんどんかたづけたくなるってことだよ! あそこまで、どうにかなっている部屋《へや》は見《み》たことがない! もう、整理整頓《せいりせいとん》したくってしょうがないんだ!」

「ええ? そんなことがしたいの?」

宗形《むなかた》さんが、目《め》を丸《まる》くしてぼくを見《み》た。

「したいさ! あたりまえだろ!」

ぼくは叫《さけ》んだ。

「絶対《ぜったい》、あんたってヘンね。今《いま》さらだけど。」

「きみこそ、ヘンだ。あんな部屋《へや》のどこで寝《ね》てるんだ。」

「あんたに関係《かんけい》ないでしょう? ヘンなこと気《き》にするのね!」

「ヘンなのは、あなたたち二人《ふたり》ともです!」

聞《き》き覚《おぼ》えのある声《こえ》が、ぼくの後《うし》ろから聞《き》こえた。

宗形《むなかた》さんと同時《どうじ》に、声《こえ》のほうを見《み》ると、マジ子《こ》が仕切《しき》り板《いた》のむこうから、上半身《じょうはんしん》をつきだして、こっちをにらみつけていた。

「こんな時間《じかん》にこんな場所《ばしょ》で大騒《おおさわ》ぎしないでください。マンションじゅうにあなたたちの声《こえ》が響《ひび》きわたり、安眠妨害《あんみんぼうがい》です！」

「マジ子《こ》ったら！　まだ九時《じ》よ。だれも寝《ね》てないって。」

「わたしは寝《ね》る時間《じかん》です！」

そう言《い》われれば、マジ子《こ》はピンクのＴ《ティー》シャツの上《うえ》に縦《たて》じまのパジャマを着《き》ていた。

しかも、シャツのすそをパンツの中《なか》にきっちりと入《い》れている。おまけになぜか、枕《まくら》をかかえている。

宗形《むなかた》さんはアニメやマンガから出《で》てきた女《おんな》の子《こ》みたいだけども、ある意味《いみ》、マジ子《こ》もそうかもしれない。ただし、現代《げんだい》のものじゃなくて「昭和《しょうわ》の漫画《まんが》」に出《で》てくる人《ひと》みたいだけど。

「こんな時間《じかん》に寝《ね》るなんて、あんたがヘンよ。」

「早寝早起《はやねはやお》きは健康《けんこう》にいいんです！」

言《い》いあう二人《ふたり》にはさまれながら、ぼくは思《おも》った。

このヘンな二人《ふたり》にサンドイッチされてるぼくの生活《せいかつ》がいちばんヘンかもな、と。

4 怪談《かいだん》の階段《かいだん》

次《つぎ》の日《ひ》。

朝《あさ》なのに、空《そら》の色《いろ》が、夜《よる》かと思《おも》うほど濃《こ》くって暗《くら》い灰色《はいいろ》だった。じとっとしめった、いやな空気《くうき》だった。

「行《い》ってきます。」

家《いえ》を出《で》てすぐに大雨《おおあめ》になった。強《つよ》い風《かぜ》で傘《かさ》の骨《ほね》が折《お》れ、雨《あめ》が傘《かさ》の中《なか》に吹《ふ》きこんできた。

学校《がっこう》に着《つ》いたときには、腰《こし》から下《した》はプールに飛《と》びこんだぐらい、ぐっしょりとぬれていた。

教室《きょうしつ》に入《はい》ろうとしたら、

「待《ま》ってください！」

マジ子《こ》がカン高《だか》い声《こえ》をあげて、ぼくが教室《きょうしつ》に入《はい》るのを阻止《そし》した。

「まず、これでぬれた体《からだ》をふいてください！　教室《きょうしつ》の床《ゆか》に水《みず》が落《お》ちるとすべってあぶないですから！」

と、保健室《ほけんしつ》から借《か》りてきたらしい大《おお》きなタオルを、ぼくの頭《あたま》からかぶせた。目《め》の前《まえ》が真《ま》っ暗《くら》になったと思《おも》ったら、

「キャー、もう！　ひどいわあ！　見《み》てこれ！」

カン高《だか》い悲鳴《ひめい》とともに、ぼくのタオルが、ぐいっと横取《よこど》りされた。

「もう、シャツがビタビタくっついて気持《きも》ち悪《わる》いわあ。ソックスも最低《さいてい》！」

宗形《むなかた》さんが、タオルで髪《かみ》をふきながら、言《い》った。

「珍《めずら》しいね。一時間目《じかんめ》から来《く》るなんて。」

ぼくが言《い》うと、宗形《むなかた》さんがけらけらっと笑《わら》った。

「だってさ、嵐《あらし》の日《ひ》に学校《がっこう》にいたことがないから。どんな感《かん》じかな？　と思《おも》って！」

「え、嵐《あらし》になるの？」

「そうらしいわよ。雷《かみなり》もすごいみたい。テレビで言《い》ってた。」

「宗形《むなかた》さん、そのかっこうでは風邪《かぜ》をひくから、体操服《たいそうふく》に着替《きか》えてください。」

マジ子《こ》が、言《い》った。

「えー？　体操服《たいそうふく》ってやだなあ。まだジャージのほうがいい。」

「じゃあ、ジャージに着替《きか》えてください。そんなかっこうで、教室内《きょうしつない》を歩《ある》かれたら、迷惑《めいわく》

です。」

「そんなかっこうでって？」

「短《みじか》いスカートがぬれて、足《あし》にはりついていて、見苦《みぐる》しいです。」

「ふーん。これ、見苦《みぐる》しい？」

宗形《むなかた》さんが、教室《きょうしつ》のすみにいた男子《だんし》三人組《にんぐみ》にきいた。

急《きゅう》に宗形《むなかた》さんに声《こえ》をかけられた三人組《にんぐみ》は、そろって首《くび》を横《よこ》にふった。

「景《けい》くんはどう思《おも》う？」

「見苦《みぐる》しくないけど、いろんなことが気《き》になるな。足《あし》にはりついて気持《きも》ち悪《わる》くないかなとか、風邪《かぜ》が悪化《あっか》しないだろうかとか。ぼくもジャージに着替《きか》えたほうがいいと思《おも》うよ。」

「ふーん。じゃあ、着替《きか》えてこようっと。」

宗形《むなかた》さんが、そう言《い》ってロッカーのほうに歩《ある》いていった。

すると、マジ子《こ》が一歩前《ぽまえ》に出《で》たかと思《おも》うと、いきなりぼくの手《て》をつかんだ。

「ありがとう、コクニくん！」

「お、おい、なにがありがとうなんだよ。」

「あなたの言《い》うことなら、あの宗形《むなかた》さんが聞《き》くのね！　すごくすごく助《たす》かるわ！」

マジ子《こ》にぎゅうっと手《て》をにぎりしめられて、とても困《こま》ってしまった。

教室《きょうしつ》にいるみんなが、おどろいた顔《かお》をして、ぼくとマジ子《こ》を見《み》ている。

「は、はなしてくれよ。」

ぼくが小声《こごえ》で言《い》うと、マジ子《こ》が、

「あ、ごめんなさい！」

と、手《て》をはなして飛《と》びのいた。

「つい、うれしくって！」

「……う、うーん。」

ぼくはどう答《こた》えていいかわからなかった。

そのあと、教室《きょうしつ》の空気《くうき》が、なんだかヘンだった。なんというか、ぼくのほうを、みんなが見《み》ている気《き》がするのだ。

昼休《ひるやす》みも、給食《きゅうしょく》を食《た》べてくつろいでいたら、ひそひそと話《はな》し声《ごえ》が聞《き》こえた。

「まさか、でしょ？」

「でも、昨日《きのう》も校庭《こうてい》の真《ま》ん中《なか》で、引《ひ》っ張《ぱ》りあいをしてたって。」

「サギノとマジ子《こ》が、……取《と》りあってるだなんて、信《しん》じられる？」

「あのコクニくんをねえ……。」

(ぼくを取《と》りあってるだって？　なんだそれ！)

ぼくは、冷《ひ》や汗《あせ》が出《で》てきた。

いったいなんで、そんなうわさがひろまってしまっているのだろう。

いったいぼくらの、あの会話《かいわ》の内容《ないよう》で、どうして宗形《むなかた》さんとマジ子《こ》がぼくを取《と》りあうということになるのだ？

納得《なっとく》できない気持《きも》ちでいると、ふいに、わあーっと大《おお》きな笑《わら》い声《ごえ》が聞《き》こえた。

見《み》ると、教室《きょうしつ》のすみのほうで、宗形《むなかた》さんが机《つくえ》の上《うえ》に腰《こし》をかけ、それを取《と》り囲《かこ》むように集《あつ》まっていた男子《だんし》たちだった。

「そういうのって、信《しん》じる？　あたし、こわいけど、確《たし》かめたいっていう気持《きも》ちもあるし。でも、こわいし……。微妙《びみょう》な感《かん》じ。」

「おれはばかばかしいと思《おも》うよ。『学校《がっこう》の怪談《かいだん》』なんてさ、ほとんど、適当《てきとう》にだれかが作《つく》ってるから、似《に》たようなのばっかりなんだろ？」

稲本《いなもと》くんが、胸《むね》をはって言《い》った。

「でも、旧校舎《きゅうこうしゃ》の『呪《のろ》いの大鏡《おおかがみ》』の話《はなし》は、あんまりよそでは聞《き》かないけどね。」

宗形《むなかた》さんが首《くび》をかしげて言《い》った。

「それは、聞《き》いたことないなあ。どんな話《はなし》なの？」

博多《はかた》くんが、身《み》を乗《の》りだした。

「うん。旧校舎《きゅうこうしゃ》の階段《かいだん》の踊《おど》り場《ば》にある大《おお》きな鏡《かがみ》の中《なか》にね、この学校《がっこう》の生徒《せいと》で、雷《かみなり》に打《う》たれて死《し》んじゃった女《おんな》の子《こ》が住《す》んでるんだって。雨《あめ》の日《ひ》に、鏡《かがみ》の前《まえ》に立《た》つと、その子《こ》に会《あ》えるらしいわよ。」

「へー、じゃあ今雨《いまあめ》だから、会《あ》えるじゃん。」

「でも、雷《かみなり》が鳴《な》ったら要注意《ようちゅうい》！　その子《こ》にうでをつかまれて鏡《かがみ》の中《なか》に引《ひ》っ張《ぱ》りこまれちゃうかも……。」

「引《ひ》っ張《ぱ》りこまれたら、どうなるの？」

「さあ、一生鏡《いっしょうかがみ》の中《なか》ですごすことになるのかな。」

「うわあ。それはこわいよ！」

博多《はかた》くんが、顔《かお》をしかめた。

へえ、そんな怪談《かいだん》が、この学校《がっこう》にあるのか……と思《おも》っていると、丸田《まるた》さんたち、女子《じょし》グループのささやき声《ごえ》が聞《き》こえた。

「……また、ウソ話《ばなし》よ。」

「男子《だんし》もすぐのせられるんだから……。」

ええ？　今《いま》のはウソ話《ばなし》だったのか？　ぼくにはまったく、宗形《むなかた》さんの話《はなし》がウソなのか本《ほん》当《とう》なのか区別《くべつ》がつかない。女子《じょし》にはそれがわかるのだろうか？

「おまえ、そんな話《はなし》、本気《ほんき》にしてるの？　おれ、そんなのぜんぜんこわくねえよ。」

稲本《いなもと》くんが、胸《むね》をあひるのように反《そ》らして言《い》った。

「本当《ほんとう》に？　じゃあ、鏡《かがみ》に女《おんな》の子《こ》が出《で》てきたら、どうするの？」

「ハローってあいさつしてやるよ。」

「うでつかまれて鏡《かがみ》の中《なか》に引《ひ》っ張《ぱ》られるかもよ。」

宗形《むなかた》さんがさも恐《おそ》ろしそうに言《い》うと、稲本《いなもと》くんが、ふんと鼻《はな》で笑《わら》った。

「つかまれるもんか！　雷《かみなり》が鳴《な》らなきゃだいじょうぶなんだろ？」

「じゃあ、今《いま》すぐに行《い》ってみる？」

宗形《むなかた》さんが、言《い》った。

「鏡《かがみ》の前《まえ》に行《い》って、タッチして帰《かえ》ってくるの！　できる？」

「できるさ！」

稲本《いなもと》くんが立《た》ちあがった。

「わあ、わくわくしちゃう！　じゃ、行《い》こう。」

ジャージのそでの中《なか》に手《て》をひっこめて、長《なが》くしたそでほおをおさえて、宗形《むなかた》さんがにこおっと笑《わら》った。

必殺《ひっさつ》かわいいアニメ笑顔《えがお》。これは認《みと》める。

ウソつきでも、気《き》まぐれでも、規則破《きそくやぶ》りでも、男子《だんし》はそんなのどうでもよくなるだろうな。ぼくも男子《だんし》だからその気持《きも》ちはわかる。ぼくもウソつき、気《き》まぐれ、規則破《きそくやぶ》りまでは、「かわいい」のほうが勝《か》つけど、でもあの地獄《じごく》のような彼女《かのじょ》の部屋《へや》だけは、どうでもよくはならない。あれを見《み》た以上《いじょう》、もうそれはない。

宗形《むなかた》さんが、稲本《いなもと》くんのうでをつかんで、教室《きょうしつ》を出《で》ようとしたら、博多《はかた》くんが跳《と》びあがるような勢《いきお》いで立《た》ちあがり、

「ぼくも行《い》く！」

と、二人《ふたり》のあとをついていった。

稲本《いなもと》くんや博多《はかた》くんも、彼女《かのじょ》のあの部屋《へや》を見《み》たら、きっとついていかないだろうな。

（……気《き》の毒《どく》に。）

ぼくは宗形《むなかた》さんに「呪《のろ》いの大鏡《おおかがみ》」に連《つ》れていかれる、男子二人《だんしふたり》の背中《せなか》に、そっと心《こころ》の中《なか》で合掌《がっしょう》した。

宗形《むなかた》さんたちと入《い》れちがいに、マジ子《こ》が教室《きょうしつ》に戻《もど》ってきた。

「みなさん！　これから雷雨《らいう》がますますひどくなるそうです。しばらく校舎《こうしゃ》の外《そと》に出《で》ないようにということです。」

「サギノたち、出《で》ていったよー。稲本《いなもと》と博多《はかた》と、旧校舎《きゅうこうしゃ》に行《い》った。」

丸田《まるた》さんが、すばやく告《つ》げた。

「旧校舎《きゅうこうしゃ》!?　どうしてですか？」

マジ子《こ》が、メガネの奥《おく》で目《め》をむいた。

「雨《あめ》の日《ひ》は、階段《かいだん》の踊《おど》り場《ば》のとこのでっかい鏡《かがみ》に、死《し》んだ女《おんな》の子《こ》が現《あらわ》れるんだってさ！それを見《み》に行《い》ったよ。」

「そんなばかばかしいことをしに、旧校舎《きゅうこうしゃ》へ？　これからもっと雨《あめ》がひどくなるのに！もう！　コクニくん、どうして止《と》めてくれなかったんですか！」

「え。ぼく？」

いきなり怒《おこ》られて、ぼくはのけぞった。

「な、なんでぼくなの？」

「コクニくんしか、宗形《むなかた》さんを止《と》められる人《ひと》がいないじゃないですか！　いっしょに来《き》てください！　すぐに連《つ》れもどさなきゃ！」

マジ子《こ》が、またしてもぼくの手《て》をつかんで、ぐいぐいっと強引《ごういん》に歩《ある》きだした。

ぼくが、教室《きょうしつ》を出《で》るときに、ちらっと丸田《まるた》さんと目《め》が合《あ》った。

丸田《まるた》さんは、

「がんばって！」

と、半笑《はんわら》いで手《て》をふってくれた。

いったいなにを、どうがんばればいいのか、ぼくにはわからない。

そしてなぜ、この短《みじか》い期間《きかん》に、ぼくがまるで宗形《むなかた》さんとマジ子《こ》の担当者《たんとうしゃ》みたいになってしまっているのかも、のみこめない。

だけど、ぼくの気持《きも》ちには関係《かんけい》なく、ものごとは動《うご》くみたいだ。

ぼくは、うす暗《ぐら》くって古《ふる》い木造《もくぞう》の、あまりにも怪談《かいだん》が似合《にあ》うその校舎《こうしゃ》の中《なか》に、マジ子《こ》に手《て》を引《ひ》っ張《ぱ》られて足《あし》を踏《ふ》みいれたのだった。

5 ぼくのタイプの女《おんな》の子《こ》

「うわー、こええええ！」

その古《ふる》い旧校舎《きゅうこうしゃ》のろうかに立《た》ったとたん、ぼくは、ふるえあがった。

あまりにも、それらしい……怪談《かいだん》にぴったりすぎる空気《くうき》だった。

ひびが入《はい》ったり割《わ》れてしまった窓《まど》ガラスのあちこちを、板《いた》でふさいであるので、もう夜《よる》のように暗《くら》い。そこに切《き》れかけた蛍光灯《けいこうとう》がちかちかしている。

「この校舎《こうしゃ》は、取《と》り壊《こわ》しが決《き》まってるって先生《せんせい》がおっしゃるんだけど、物置《ものおき》に使《つか》われているし、なかなか本当《ほんとう》に壊《こわ》せないみたい。」

マジ子《こ》が説明《せつめい》してくれた。

「なるほど。ものを置《お》き放題《ほうだい》だもんな。」

ぼくは、ろうかに立《た》てかけられている、学芸会《がくげいかい》の劇《げき》ででも使《つか》ったらしい、森《もり》の絵《え》が描《か》かれている背景《はいけい》の板《いた》や、ベニヤ板《いた》でできている平《ひら》たいお城《しろ》、ほこりだらけのかにの衣装《いしょう》などを見《み》た。

ろうかはしんと静《しず》かで、人《ひと》の声《こえ》はしない。雨《あめ》が激《はげ》しく屋根《やね》を打《う》つ音《おと》、かなり旧式《きゅうしき》の蛍光《けいこう》灯《とう》がジージーいう音《おと》しか聞《き》こえなかった。

「宗形《むなかた》さんたちは、本当《ほんとう》にここにいるのかな？　やけに静《しず》かだけど。」

「……そうねえ。ひょっとして気《き》が変《か》わって、ここに来《こ》なかったのかも。」

マジ子《こ》が急《きゅう》に心細《こころぼそ》い顔《かお》つきになって、自分《じぶん》で自分《じぶん》の体《からだ》を抱《だ》きしめるように、うでをぎゅっとつかんだ。

「その……例《れい》の場所《ばしょ》に行《い》く？」

「……一応《いちおう》、ここまで来《き》たんだから行《い》ってみるわ。……もしものことがあったらいけないから。」

「も、もしものことって？」

ぼくは、どきどきしながらたずねた。

「……たとえば、うす暗《ぐら》いところで転《ころ》んで、だれかがケガなどしてはいけないわ。なんといっても、勢《いきお》いだけはある人《ひと》だから、調子《ちょうし》にのってすべって転《ころ》ぶかも！」

「あ、ああ、そういう『もしも』ね。」

ぼくはその言葉《ことば》にちょっとほっとした。マジ子《こ》までが、「呪《のろ》いの大鏡《おおかがみ》」に、死《し》んだ女《おんな》の子《こ》が現《あらわ》れるという話《はなし》を信《しん》じていたら、もっとこわいと思《おも》っていたのだ。

「さ、行《い》きましょう！」

マジ子《こ》が、自分《じぶん》をふるいたたせるようにそう言《い》うと、いきなりしゅばっと階段《かいだん》を駆《か》けあがった。

「うあ、待《ま》ってよ。」

階段《かいだん》をのぼっていくと、広《ひろ》めの踊《おど》り場《ば》が前方《ぜんぽう》にぬっと現《あらわ》れた。大《おお》きな鏡《かがみ》がその壁《かべ》にあるのも、見《み》えた。

そこはもう、ものすごくいやな感《かん》じだった。

うす闇《やみ》が、ねばー、ぬたーっと、沼《ぬま》のようによどんでいる……という感《かん》じ。

例《れい》の鏡《かがみ》も、なにかをうつすようなものには見《み》えなかった。そこだけ黒《くろ》い紙《かみ》をはりつけたように、真《ま》っ黒《くろ》に見《み》えた。

マジ子《こ》は、息切《いきぎ》れしているぼくをふりむくことも、ためらうこともいっさいなしに、その闇《やみ》の中《なか》に飛《と》びこんでいった。

「おい！　待《ま》てよ！」

ぼくが声《こえ》をかけたその瞬間《しゅんかん》、ぱしっと窓《まど》のむこうにいなずまが光《ひか》った。

「あ！」

その光《ひかり》に照《て》らされて、目《め》に入《はい》ってきたのは、三階《がい》から階段《かいだん》をすごい勢《いきお》いで駆《か》けおりてきている、宗形《むなかた》さんのすがただった。

「あぶない！　ぶつかる！」

ぼくが叫《さけ》んだのに、でっかい鬼《おに》が爪《つめ》で屋根《やね》を引《ひ》き裂《さ》くような音《おと》が重《かさ》なった。

バリバリ、グワラグワラ、ドガラララーン！

その落雷《らくらい》の音《おと》があまりにも大《おお》きすぎたので、マジ子《こ》と宗形《むなかた》さんが正面衝突《しょうめんしょうとつ》して、きゃあっ！　とあげた悲鳴《ひめい》は、かきけされてしまった。

二人《ふたり》はぼくの目《め》の前《まえ》で衝突《しょうとつ》した。ばあん！　とおたがいにはねかえされて、それぞれ後《うし》ろにひっくり返《かえ》った。

「おい、だいじょうぶか！」

ぼくは、二人《ふたり》の間《あいだ》に走《はし》っていった。

「あたたたた。」

「痛《いた》……。」

二人《ふたり》とも、自分《じぶん》のひたいをおさえて、それぞれ、起《お》きあがれなくてもがいている。

ぼくは、二人《ふたり》を起《お》こそうと手《て》をのばした。

そのとき、ぼくは、おかしなものを見《み》た。

宗形《むなかた》さんのおでこから、ぷくっとピンク色《いろ》の光《ひかり》がかたまりで出《で》てきたのだ。

「ん？」

ぼくは固《かた》まってしまった。

同時《どうじ》にマジ子《こ》のおでこからも、ブルーの光《ひかり》のかたまりが、丸《まる》っこい形《かたち》で、ぽこっと飛《と》びだしてきた。

「ええ？」

見《み》ている間《ま》に、そのピンクの光《ひかり》とブルーの光《ひかり》は、ふわふわっとおどるように二人《ふたり》の頭上《ずじょう》で向《む》かいあった。

ハート？

ぼくは目《め》をこすった。

それは、どう見《み》ても光《ひか》るハートだった。

大《おお》きさはぼくの手《て》のひらにおさまるぐらい。

ピンクのハートはややスリムで、ブルーのハートはぷくっと丸《まる》かった。

あぜんとしているぼくの目《め》の前《まえ》で、二つのハートは、対面《たいめん》をすませると、すーっとすれちがって、それぞれのおでこの中《なか》に、もぐりこんでいった。

ピンクのが、マジ子《こ》のおでこに。

ブルーのが、宗形《むなかた》さんのおでこに。

「ええ?」

ぼくは、思《おも》わず声《こえ》をあげた。

おでこからハートが出《で》てくるのもおかしなことだが、それがまた、自分《じぶん》じゃない相手《あいて》のほうに入《はい》っていくのって、倍《ばい》おかしい気《き》がした。

「ちょっと、あんた!　そこにいるんなら、立《た》たせてよ!」

宗形《むなかた》さんが、世《よ》にもにくったらしい顔《かお》で叫《さけ》んだ。

「そうですよ。そうでなければ、先生《せんせい》を呼《よ》んできてくれるとか、してください!」

マジ子《こ》も、しかめっつらで怒鳴《どな》った。

「あ、そ、そうだな。」

ぼくは、二人《ふたり》の手《て》を同時《どうじ》につかんで、引《ひ》っ張《ぱ》った。

二人《ふたり》とも、今《いま》のハートのことは気《き》がついていないのか?

ぼくは、おそるおそる、きいてみた。

「……二人《ふたり》とも、なんともない？」

「なんともないはずないじゃん！　思《おも》いきりマジ子《こ》に頭突《ずつ》きされたんだから。あー、痛《いた》いったら。」

「いや、その、そういう表面的《ひょうめんてき》な痛《いた》みじゃなくて、そのー、なんかヘンじゃない？　なんかこう、頭《あたま》の中《なか》がスースーするとか、逆《ぎゃく》に重《おも》いとか。」

「景《けい》くん、なにヘンなこと言《い》ってるの？」

「なにかの診断《しんだん》ですか？」

二人《ふたり》に妙《みょう》な顔《かお》をされて、ぼくは口《くち》ごもった。

「いや、あの。そうなんだ。頭《あたま》って、ぶつけるとこわいからさ。こう、なんか光《ひか》ってぴかぴかしてる丸《まる》ーいものとか、見《み》えなかった？」

「頭《あたま》ぶつけてヘンになったら、マボロシが見《み》えるってこと？　そんなの見《み》えないって。」

宗形《むなかた》さんが、顔《かお》の前《まえ》で手《て》をふった。

「わたしも見《み》えません。でも念《ねん》のため、保健室《ほけんしつ》に行《い》ったほうがいいでしょうね。もしものことがあってはいけませんから。」

「保健室《ほけんしつ》ねえ。めんどうくさいなあ。で、マジ子《こ》、あんたなんで来《き》たの？」

「宗形《むなかた》さんたちが、勝手《かって》にこんなところに来《く》るから、呼《よ》びもどしに来《き》たんです！　稲本《いなもと》くんと博多《はかた》くんはどうしました？」

「あいつら、根性《こんじょう》ないのよ。ここまでこわくて来《こ》れなかったんだから。どっかでふるえてるんじゃない？」

「そりゃ、いけないいな。」

ぼくは、そこだけは力《ちから》を込《こ》めて言《い》った。

「女《おんな》の子《こ》だけ、こんなこわいところに行《い》かせるなんて、意気地《いくじ》のないやつらだ……。」

言《い》いながら、顔《かお》をあげると。

真《ま》っ黒《くろ》い鏡《かがみ》の中《なか》に、うつっていたものと目《め》が合《あ》った。

それはぼくの後《うし》ろに立《た》っていて、くすくすっとおかしそうに笑《わら》っていた。

白《しろ》い顔《かお》をした、髪《かみ》の長《なが》い、同《おな》い年《どし》ぐらいの女《おんな》の子《こ》だ。

ぼくは、声《こえ》が出《で》なくなった。

それからかちんかちんに固《かた》まっている首《くび》を無理《むり》やり動《うご》かしてふりむき、自分《じぶん》の後《うし》ろにはだれもいないことを確認《かくにん》した。

もう一度《いちど》、鏡《かがみ》を見《み》たら、その女《おんな》の子《こ》が声《こえ》を出《だ》さずになにか言《い》いながら、すいっと鏡の奥《おく》に消《き》えた。

宗形《むなかた》さんや、マジ子《こ》よか、よっぽどかわいらしくって女《おんな》の子《こ》らしい、きゃしゃできれいな女《おんな》の子《こ》だった。

鏡《かがみ》の中《なか》の住人《じゅうにん》でなければ、ぼくのタイプの女《おんな》の子《こ》と言《い》っていい。

だが、ぼくは、息《いき》が止《と》まってしまった。

「……ちょっと、景《けい》くん、景《けい》くんったら！」

「コクニくん、どうしました⁉」

二人《ふたり》の声《こえ》が聞《き》こえたのはそこまでで、あとはなぜかあたりが真《ま》っ暗《くら》になった。

6 信《しん》じられない二人《ふたり》

その日《ひ》、ぼくはハートの形《かたち》の巨大《きょだい》な風船《ふうせん》が部屋《へや》いっぱいにふくらんで、ぎゅうむっとおしつぶされる夢《ゆめ》を見《み》た。

お母《かあ》さんが、ぼくを起《お》こしてくれて、

「だいじょうぶ？　うなされてたわよ。」

と、言《い》った。

「うなされてた？」

「ええ、ハートがいっぱい、とかなんとか言《い》いながら、苦《くる》しそうにうめいてたわよ。」

「……いやな夢《ゆめ》を見《み》たんだ。」

そう、あの階段《かいだん》の踊《おど》り場《ば》で見《み》たものも全部《ぜんぶ》、夢《ゆめ》であってほしい。

「熱《ねっ》をはかろうか。」

お母《かあ》さんが体温計《たいおんけい》をくれた。

「ぼく、熱《ねっ》があるの？」

「そうみたいよ。うちに運《はこ》ばれてきたとき、もう顔《かお》が真《ま》っ赤《か》で、体《からだ》が熱《あつ》かったもの。保健《ほけん》室《しつ》の先生《せんせい》が、引《ひ》っ越《こ》しや転校《てんこう》など急《きゅう》な環境《かんきょう》の変化《へんか》で、疲《つか》れがたまってるところに、雨《あめ》に打《う》たれて風邪《かぜ》をひいたんじゃないかっておっしゃってたわ。」

「……熱《ねつ》か。」

そうだよ、熱《ねつ》だよ。きっと、今朝《けさ》からぼくは熱《ねつ》が出《で》てたんだ。だから、あんなありえないものばかり、見《み》たんだ。でないと、マジ子《こ》と宗形《むなかた》さんのおでこから、ハートが湧《わ》いて出《で》てきて、しかもそれが入《い》れ替《か》わってまた体《からだ》に入《はい》った、なんていうのは、完全《かんぜん》に幻《まぼろし》だよ。熱《ねつ》が見《み》せた空想《くうそう》の世界《せかい》だよ。

そう思《おも》うと、ほっとした。

理由《りゆう》がわかると、そんなにこわいことじゃない。あの鏡《かがみ》の中《なか》の女《おんな》の子《こ》の顔《かお》も、怪談《かいだん》にびくびくしてたから、見《み》えてしまったのだろう。熱《ねつ》があったから。

体温計《たいおんけい》をわきにはさんだ。

ピピッという音《おと》がして、体温《たいおん》を確《たし》かめると、三十七度《ど》一分《ぶ》だった。

「あら、微熱《びねつ》になったわね。」

「うん。」

「汗《あせ》だくよ。着替《きか》える？」

「うん。」

ぼくは、起《お》きあがるなり、ふーっとひたいをおさえた。

「なんだか、おなかがすいたよ。」

「宗形《むなかた》さんのお母《かあ》さんがくださった、サンドイッチがたくさんあるけど？」

「……またフランスパンのやつ？」

「ううん。あなたのことを心配《しんぱい》して、フルーツのサンドイッチを作《つく》ってくださったのよ。熱《ねつ》があっても口当《くちあ》たりがさっぱりしていれば食《た》べられるだろうからって、中《なか》のクリームがヨーグルト風味《ふうみ》らしいわ。」

「……食《た》べるよ。」

「それから、咲山《さきやま》さんのお母《かあ》さんが、すごくていねいにあやまりにこられたわよ。『うちの娘《むすめ》についていって、うす暗《ぐら》い危険《きけん》な場所《ばしょ》で倒《たお》れたのですから、うちの娘《むすめ》にも責任《せきにん》があります。』とか言《い》って。おいしそうな青《あお》りんごをくださったわよ。食《た》べる？」

「……食《た》べる。」

「景太《けいた》は、宗形《むなかた》さんと咲山《さきやま》さんがお隣《となり》で、よかったわねえ。どちらのおうちからも、こんなに心配《しんぱい》してもらえるなんて。さ、先《さき》にシャツを替《か》えてしまいなさい。」

お母《かあ》さんにそう言《い》われると、微妙《びみょう》な気持《きも》ちになった。

ぼくは、宗形《むなかた》さんと、マジ子《こ》にはさまれて、正直《しょうじき》いってすごく疲《つか》れていた。この熱《ねつ》だって、引《ひ》っ越《こ》しや転校《てんこう》や雨《あめ》に打《う》たれたから出《で》たんじゃなくて、あの二人《ふたり》のおしの強《つよ》さとか、言《い》いたいことを言《い》い、まったくほかの人《ひと》への気《き》づかいなしに自分《じぶん》のやりたいことをやりとおす、強烈《きょうれつ》なキャラにやられて出《で》たような気《き》がする。

明日《あした》から、学校《がっこう》に行《い》くのいやだな、と、ぼくは思《おも》った。

ぼくは、もともと学校《がっこう》に行《い》くのが、好《す》きなほうではない。友達《ともだち》に会《あ》うのが楽《たの》しみでしょうがないとか、けしてそんなタイプじゃない。でも、学校《がっこう》に行《い》きたくないとまで思《おも》ったのは、初《はじ》めてだった。

今朝《けさ》でさえ、宗形《むなかた》さんとマジ子《こ》がぼくを取《と》りあっているというおかしなうわさが流《なが》れていたのに、「呪《のろ》いの大鏡《おおかがみ》」の前《まえ》に、宗形《むなかた》さんとマジ子《こ》と三人《にん》で行《い》ってぼくが気絶《きぜつ》したわけだ。今度《こんど》はどんな話《はなし》が、クラスにひろまっているかわからない。

とはいうものの、フルーツのサンドイッチと青《あお》りんごは、すごくおいしくて、ぼくは自《じ》分《ぶん》でもびっくりするほどたくさん、食《た》べてしまった。

「それだけ食《た》べられたら、だいじょうぶね。明日《あした》、学校《がっこう》に行《い》けるわね。」

お母《かあ》さんに言《い》われて、しまったなあ、と、思《おも》った。

ひょっとしたら、明日《あした》、学校《がっこう》を休《やす》めるかも……と、ひそかに期待《きたい》していたのだ。宗形《むなかた》さんにならって仮病《けびょう》でも使《つか》えばよかった。でも仮病《けびょう》だったら食欲《しょくよく》のないふりとか、ぐったりするしばいなどをしなくてはいけない。

宗形《むなかた》さんは、自分《じぶん》をかわいく見《み》せる努力《どりょく》だけでなく、病気《びょうき》っぽく見《み》せるためにそれなりにがんばっているのかもしれない。

案外《あんがい》、宗形《むなかた》さんも、マジ子並《こな》みにがんばるやつなのかもな、と思《おも》った。がんばる方向《ほうこう》が、ヘンなのはまあ置《お》いておいて。


翌日《よくじつ》。

ぼくはおそるおそる、教室《きょうしつ》に入《はい》った。なるべくめだたないように、みんなの注目《ちゅうもく》をあびないようにと、そーっと静《しず》かに自分《じぶん》の席《せき》を目指《めざ》した。

すると丸田《まるた》さんが、

「あ、コクニくん、おはよう!」

と、大《おお》きな声《こえ》であいさつしてきた。

「お、おはよう。」

「もうだいじょうぶなの？　なんかすごい熱《ねつ》があったって、先生《せんせい》が言《い》ってたけど？」

「も、もうだいじょうぶだよ。熱《ねつ》も下《さ》がったしね。」

「そう。それだったらいいけど。」

丸田《まるた》さんが、それ以上《いじょう》なにもきいてこなかったので、ぼくはほっとした。

すると、がらっとドアが開《あ》いて、宗形《むなかた》さんが入《はい》ってきた。

ぼくは、宗形《むなかた》さんを見《み》て、おや？　と思《おも》った。

いつものくるくるした、コイル状《じょう》の完璧《かんぺき》な髪形《かみがた》じゃない。ラーメンみたいにうねった髪《かみ》をそのままのばしっぱなしにしている。それに、服装《ふくそう》もどことなく印象《いんしょう》がちがう。いつもは、必《かなら》ず短《みじか》いスカートをはいているのに、今日《きょう》は、ジーパンをはいて、上着《うわぎ》は、前《まえ》に家《いえ》で着《き》ていた赤《あか》いジャージをはおっている。

「サギノ、今日《きょう》、地味《じみ》じゃん。」

「……サギノにしちゃ、手抜《てぬ》きよね。」

さっそく女子《じょし》たちが、ささやくのが聞《き》こえた。

宗形《むなかた》さんが妙《みょう》なのは、それだけじゃなかった。

妙《みょう》にふきげんな顔《かお》つきで、なんだかぴりぴりしている。自分《じぶん》の席《せき》につくと、ひじをついて、なにか考《かんが》えごとを始《はじ》めた。

宗形《むなかた》さんに、稲本《いなもと》くんと博多《はかた》くんが、そろって話《はな》しかけた。

「宗形《むなかた》。昨日《きのう》はさあ、おれたちべつにこわかったわけじゃないんだぜ。」

「そうそう。ただ、その、やっぱり行《い》かないほうがいいかなって話《はなし》になったときに、もう宗形《むなかた》が先《さき》に行《い》っちゃってて。」

すると、宗形《むなかた》さんがぎろっと、二人《ふたり》をにらみつけた。

「今《いま》さ、あたしが考《かんが》えごとしてるのが、わからない？」

稲本《いなもと》くんと博多《はかた》くんは、息《いき》をのんで縮《ちぢ》みあがった。

「本当《ほんとう》に、男子《だんし》って空気《くうき》読《よ》めないんだから！　それにこわくて逃《に》げたことの言《い》い訳《わけ》なんかしにこなくっていいわよ。はじめからあたしは、あんたたちが頼《たよ》りになるなんて、これっぽっちも期待《きたい》してなかったしね。」

宗形《むなかた》さんの、斬《き》ってすてるようなその言葉《ことば》が響《ひび》きわたり、教室内《きょうしつない》が、しんと静《しず》まりかえった。

三十秒《びょう》ほど固《かた》まっていた博多《はかた》くんが、ひきつった笑顔《えがお》で、ようやく言《い》った。

「きょ、今日《きょう》は、ずいぶんごきげんが悪《わる》いんだなあ。」

稲本《いなもと》くんも、うなずいた。

「そうだよ。そんな言《い》い方《かた》、いつも明《あか》るい宗形《むなかた》らしくないぞう。」

すると、宗形《むなかた》さんが、きっと稲本《いなもと》くんを見《み》すえてこう言《い》った。

「今日《きょう》、きげんが悪《わる》いんじゃないわ。いつも、きげんがいいふりをしてただけ。あたし、今日《きょう》は、本当《ほんとう》のことを言《い》ってるの、それだけ。いつもあたしがなにを思《おも》ってるかも知《し》らないくせに、あたしらしくないとか、軽《かる》く言《い》わないでほしいわ。」

教室内《きょうしつない》に、びょーっと吹雪《ふぶき》がうずまき、全員《ぜんいん》が凍《こお》りついた。

稲本《いなもと》くんと博多《はかた》くんは、たがいをひじでつつきあって、逃《に》げだすように教室《きょうしつ》から出《で》ていった。

「……サギノ、どうしちゃったの?」

丸田《まるた》さんが、小声《こごえ》でぼくにきいてきた。

「ぼくにきいたってわからないよ。」

「サギノはさ、女子《じょし》にはともかく、絶対男子《ぜったいだんし》にあんなこと言《い》う子《こ》じゃないのよ? どんなやつでも男子《だんし》にはかわいくふるまってさ、いっぱいウソついて同情《どうじょう》を買《か》ったり、関心《かんしん》をもってもらったりするのが得意《とくい》なのよ。コクニくんだって病弱《びょうじゃく》で学校《がっこう》に来《こ》られないとか、ウソ言《い》われたでしょ？」

「あ、ああ、そういえば。」

「いったいどうしちゃったんだろう。なんで、サギノが本気《ほんき》で怒《おこ》ってるの？」

「さあ？」

首《くび》をかしげあっていると、ドアが開《あ》いて、先生《せんせい》が現《あらわ》れた。

みんな、あわてて自分《じぶん》の席《せき》についた。そして、じっと号令《ごうれい》がかかるのを待《ま》った。

「起立《きりつ》！　礼《れい》！　着席《ちゃくせき》！」

という、いつものやつだ。

ところが、号礼《ごうれい》はいつまで待《ま》っても、かからなかった。

なんとなく、おかしな間《ま》があって、みんながざわついた。

「おかしいと思《おも》ったら、今日《きょう》は咲山《さきやま》さんがまだ来《き》ていないのね。」

須磨先生《すませんせい》が、おどろいた顔《かお》でそう言《い》ったので、ようやくみんな、マジ子《こ》がいないことに気《き》がついた。

「じゃあ、副委員長《ふくいいんちょう》の花田《はなだ》くん。号礼《ごうれい》、かけてください。」

言《い》われて、花田《はなだ》くんが、照《て》れくさそうに立《た》ちあがった。

「は、はい。じゃあ、き、きりーつ！　っと、えー、れいー！」

花田《はなだ》くんの間延《まの》びした号礼《ごうれい》に、みんな調子《ちょうし》がくるってしまった。全員《ぜんいん》が半笑《はんわら》いで、ちゃんと礼《れい》をしている人《ひと》は半分《はんぶん》ぐらい。

「うーん。やっぱり咲山《さきやま》さんの号礼《ごうれい》でないとしまらないわね。」

須磨先生《すませんせい》が苦笑《にがわら》いして、朝《あさ》の会《かい》が始《はじ》まった。

マジ子《こ》が現《あらわ》れたのは、一時間目《じかんめ》も終《お》わりに近《ちか》いころだった。

いきなりドアが開《あ》いて、現《あらわ》れたマジ子《こ》は、

「すみません！　あのう、ええと、頭《あたま》が痛《いた》くて起《お》きられませんでした。」

と言《い》った。

「遅刻《ちこく》するなら、おうちの人《ひと》に連絡《れんらく》してもらいなさいよ。」

「それが、親戚《しんせき》の法事《ほうじ》で、ゆうべから家族《かぞく》がだれも家《いえ》にいなくて。すみません。」

いつもきっちりと、顔《かお》の両側《りょうがわ》で髪《かみ》を結《ゆ》っているのだが、今日《きょう》はぼさぼさと寝起《ねお》き頭《あたま》のまだ。それに、なぜか派手《はで》なピンクのＴ《ティー》シャツを着《き》ている。

学校《がっこう》に行《い》くときはつねに白《しろ》かベージュのポロシャツに紺色《こんいろ》や灰色《はいいろ》のスカートという、「自主的《じしゅてき》な制服《せいふく》」を貫《つらぬ》いているはずのマジ子《こ》が、そんなかっこうなのは、珍《めずら》しい。

よっぽど、頭痛《ずつう》がつらくて、身《み》なりにかまっていられなかったんだろうな……。

そう思《おも》ったが。あれ？　ぼくは、妙《みょう》なことを思《おも》いだした。

今朝《けさ》、マンションの階段《かいだん》で、咲山《さきやま》さんのおばさんとすれちがってあいさつした。いつもどおりに、ゴミ置《お》き場《ば》の掃除《そうじ》をすませた帰《かえ》りらしく、例《れい》の「SAKIYAMA《サキヤマ》」と書《か》かれた青《あお》いバケツと掃除用具一式《そうじようぐいっしき》を持《も》っていた。

ゆうべから家族《かぞく》がだれもいないって……それ、ウソじゃないか。あのマジメで規則正《きそくただ》しいおばさんが、マジ子《こ》が寝過《ねす》ごすのに気《き》がつかないはずがないぞ。

それにあのピンクのT《ティー》シャツはたしか、マジ子《こ》がパジャマの中《なか》に着《き》てたやつだ。前《まえ》に、宗形《むなかた》さんとベランダでしゃべっているのを注意《ちゅうい》しに来《き》たとき、マジ子《こ》は縦《たて》じまのパジャマの中《なか》に、あのピンクのT《ティー》シャツを着《き》ていた。

なぜそこまで覚《おぼ》えているかというと、ピンクのT《ティー》シャツの胸《むね》に、「ハローダーリン！」という文字《もじ》が、赤《あか》い太《ふと》いカタカナで書《か》いてあるのだが、あの夜《よる》パジャマのしま模様《もよう》ごしにそれが透《す》けて見《み》えていて、とても印象的《いんしょうてき》だったからだ。

あのマジ子《こ》が寝巻《ねま》きにしているT《ティー》シャツをそのまま学校《がっこう》に着《き》てくるのもヘンだし、ウソまでついて遅刻《ちこく》をごまかすのもヘンだ。

「ちょっと！　さっさと席《せき》につきなさいよ。遅刻《ちこく》の言《い》い訳《わけ》をウダウダやられちゃ、授業《じゅぎょう》のさまたげになるでしょ！」

きんきん声《ごえ》が飛《と》んできた。

それを言《い》ったのが宗形《むなかた》さんだとわかった瞬間《しゅんかん》、また教室《きょうしつ》がざわついた。

ウソつきの、仮病多用《けびょうたよう》の遅刻常習犯《ちこくじょうしゅうはん》で、授業《じゅぎょう》のさまたげが気《き》になるはずもないキャラの宗形《むなかた》さんが、まさかのマジメ発言《はつげん》だ。

いったい、二人《ふたり》はどうなってしまったんだ？

ぼくは、信《しん》じられない思《おも》いで、二人《ふたり》の顔《かお》を見比《みくら》べた。

二人《ふたり》はまるで反対《はんたい》のことをしている。

やること言《い》うことが、まるで入《い》れ替《か》わったようだ。

ん？　入《い》れ替《か》わり？

ぼくは、その瞬間《しゅんかん》、思《おも》いだした。

ピンクとブルーのハートが、宗形《むなかた》さんとマジ子《こ》のひたいから湧《わ》いて出《で》てきて、相手《あいて》に入《はい》ったことを。

「あーっ！　もしかして、あのときハートが入《い》れ替《か》わったのか!?」

ぼくは思《おも》わずそう叫《さけ》んでしまった。

はっと気《き》がついたら、教室《きょうしつ》じゅうの視線《しせん》がぼくに集《あつ》まっていた。

「なに？」

宗形《むなかた》さんが、ぼくをにらんでいた。

「なに？」

どこかけだるそうに、マジ子《こ》がぼくを見《み》た。

「……いえ、なんでもありません。」

ぼくは、うつむいて座《すわ》りなおした。

こんな話《はなし》、なんのしょうこもないし、ぼくが熱《ねつ》にうかされて見《み》た幻《まぼろし》かもしれないのだ。

「……まだ熱《ねつ》があるみたいだな……。」

そらぞらしくつぶやく。ああ、ぼくまでウソをつくはめになってしまった。

7 だまりこむ三人《にん》

「ちょっと、景《けい》くん、待《ま》って。」

授業《じゅぎょう》が終《お》わり、早足《はやあし》で教室《きょうしつ》を出《で》ようとしたぼくを、宗形《むなかた》さんが呼《よ》びとめた。

「う……。」

ぼくは、軽《かる》くうめいて立《た》ちどまった。

「……なんでしょうか？」

「ききたいことがあるんですけど。」

「なに？」

「今朝《けさ》、あんたが言《い》いかけてごまかしたことについて。」

「なんでしたでしょうか？」

「あーっ！　もしかして、あのときハートが入《い》れ替《か》わったのか!?」

宗形《むなかた》さんが、うろたえたぼくのそのときの様子《ようす》を、ものすごく巧《たく》みに真似《まね》した。

「思《おも》いだした？」

腰《こし》に手《て》をあてて、宗形《むなかた》さんがあごをつきだして言《い》った。

「はい。今《いま》、思《おも》いだしました。」

ぼくはうつむいて返事《へんじ》した。

「昨日《きのう》、あんたがひっくり返《かえ》ったのも、おかしなタイミングだったし。いったい昨日《きのう》、なにを見《み》たの？　言《い》いなさいよ！」

さらに、ずいっとつめ寄《よ》ってきた宗形《むなかた》さんを、

「待《ま》って！」

マジ子《こ》が止《と》めた。

「宗形《むなかた》さん、コクニくんをこれ以上《いじょう》、ここで問《と》いつめるのはよくないわ。みんなも見《み》てるし。」

マジ子《こ》が、ぼそぼそっと小声《こごえ》で言《い》った。

マジ子《こ》の言《い》うとおり、教室《きょうしつ》のみんなはぼくら三人《にん》の様子《ようす》を、じーっと見《み》ている。

「外《そと》で……、どっかで話《はな》しましょうよ。」

「そういうの、あたし嫌《きら》いなの！　今《いま》すぐ、本当《ほんとう》のことを知《し》りたいの！」

宗形《むなかた》さんがキレた。

するとマジ子《こ》が、それよりも高《たか》くてでっかい声《こえ》でこう叫《さけ》んだ。

「そういうのって、よくないと思《おも》うわ！　宗形《むなかた》さん、いえ、サギノちゃん！　いくらあなたが、コクニくんのことが大好《だいす》きだからって、コクニくんにわがまま言《い》いすぎよ！」

ぼくも、宗形《むなかた》さんも、おどろきすぎて一瞬声《いっしゅんこえ》が出《で》なかった。

マジ子《こ》、いったいどうした？　なんでそんな意味不明《いみふめい》のウソをつくんだ？

キャーッと、女子《じょし》のたまっている場所《ばしょ》から悲鳴《ひめい》があがった。ヒョーッと、男子《だんし》のグループから、歓声《かんせい》ともひやかしの声《こえ》ともつかない奇声《きせい》がわいた。

「だ、だ、だれが！」

宗形《むなかた》さんの顔《かお》が、かーっと赤《あか》くのぼせた。

「だれが、景《けい》くんを好《す》きだって？　あたしはただ、き、昨日《きのう》のことをはっきりさせたくて！　も、もうマジ子《こ》、あんたバカじゃないの!?」

わめく宗形《むなかた》さんの口《くち》を、ばっとマジ子《こ》が手《て》のひらでふさいだ。

「そうそう、サギノちゃんはコクニくんの気持《きも》ちをはっきり聞《き》きたいのよね。わたしも聞《き》きたいわ！　さ、これ以上《いじょう》は、三人《にん》の問題《もんだい》だし、三人《にん》だけになれるところで話《はな》しあいましょう！　みなさん、さよなら。お騒《さわ》がせしました。」

マジ子《こ》が宗形《むなかた》さんとぼくのうでをつかんで、教室《きょうしつ》から外《そと》に引《ひ》っ張《ぱ》りだした。

ぼくらは三人《にん》とも無言《むごん》で、必死《ひっし》で校庭《こうてい》を走《はし》った。

校門《こうもん》を出《で》ても、勢《いきお》いは止《と》まらず、結局学校《けっきょくがっこう》が見《み》えなくなる角《かど》まで走《はし》りきった。

「ほ、歩道橋《ほどうきょう》の上《うえ》で話《はな》そう！」

ぼくは、あわい緑色《みどりいろ》の歩道橋《ほどうきょう》を指《ゆび》さした。

宗形《むなかた》さんとマジ子《こ》は、返事《へんじ》もせずに、ぼくよりも前《まえ》に飛《と》びだして、歩道橋《ほどうきょう》の階段《かいだん》を駆《か》けのぼった。ぼくは、いちばんあとから二人《ふたり》を追《お》いかけた。

「ちょっと、マジ子《こ》、なんであんなウソ言《い》ったの？　急《きゅう》になんのつもり！」

宗形《むなかた》さんが、マジ子《こ》にかみつきそうな顔《かお》で怒《おこ》った。

「ごめんなさい。みんなの前《まえ》で、あれ以上昨日《いじょうきのう》のことを話《はな》すのはよくないと思《おも》って、ごまかすために、つい……。」

「つい？　それなら、ふつうに話《はなし》を止《と》めればよかったじゃないのよ！　なんであたしが景《けい》くんに片思《かたおも》いして、そのお返事待《へんじま》ち、みたいな感《かん》じの話《はなし》を作《つく》るのよ！　意味《いみ》わかんない！」

「ごめんね。自分《じぶん》でも、どうしてあんなウソついちゃったかわかんないんだけど……。わたし、昨日《きのう》からなんだかヘンなのよ……。」

マジ子《こ》が、ふいにけだるい顔《かお》つきになって、メガネをはずし、両目《りょうめ》を閉《と》じて指《ゆび》でおさえた。

「自分《じぶん》が自分《じぶん》じゃないみたいな感《かん》じなの。都合《つごう》が悪《わる》くなると出《で》まかせのウソばっかりついてる。今朝《けさ》だって、べつに頭《あたま》が痛《いた》かったわけじゃないし、両親《りょうしん》も家《いえ》にいたわ。ただ、あれもしなくちゃいけない、これもしなくちゃいけないって思《おも》った瞬間《しゅんかん》になにもかもめんどうくさくなって……。よっぽど休《やす》んじゃおうかと思《おも》ったんだけど……。」

すると、宗形《むなかた》さんが、大《おお》きく目《め》を見開《みひら》いてきいた。

「マジ子《こ》って、そんなことふだん、思《おも》わないの？」

「ぜんぜん思《おも》ったことない。しなくちゃいけないことがあると、いつもよりも早起《はやお》きして一秒《びょう》でも早《はや》く学校《がっこう》に行《い》きたいと思《おも》うし、予定《よてい》どおりにすべての用《よう》をすませることができたら、すかっとするもの。それに、ウソなんかつきたくないし。」

「ふーん。そうなんだ。あたしは、毎日《まいにち》めんどくさいし、本当《ほんとう》の気持《きも》ちを人《ひと》にくだくだ説明《せつめい》するよりも、みんながおもしろいとか思《おも》ってくれるほうがいいから、すぐ作《つく》り話《ばなし》をしちゃうけどね。」

宗形《むなかた》さんが、くすっと笑《わら》った。

「ええ、そうなの？　サギノちゃんって、そんなこと思《おも》ってたんだ。」

「今日《きょう》の宗形《むなかた》さんは、いつもとちがって見《み》えたけど。」

ぼくがそう言《い》うと、宗形《むなかた》さんは、はーっとため息《いき》をついて言《い》った。

「景《けい》くん、もう宗形《むなかた》さんはやめて。サギノでいいよ。あたしがウソつきだから、宗形《むなかた》サワノじゃなくて宗形《むなかた》サギノって呼《よ》ばれてるの、知《し》ってるでしょ？　あんただけよ、クラスであたしを宗形《むなかた》さんって呼《よ》んでるの。」

「でも、マジ子《こ》は……。」

「気《き》がついてないの？　マジ子《こ》ですら、さっきからあたしのことサギノって呼《よ》んでるよ。」

「あ。」

そう言《い》われれば、そうだったかもしれない。

「景《けい》くんの言《い》うとおり、実《じつ》はあたしも昨日《きのう》からヘンなの。あたしってさ、けっこうものごと、どうでもいいほうなの。そのとき楽《たの》しかったりおもしろかったほうがイイし、そのほうが『人生楽《じんせいたの》しいことばっかで終《お》わるだろう』派《は》なんだ。」

ぼくは、サギノのあの部屋《へや》の惨状《さんじょう》を思《おも》いだして、うなずいた。

「だから、なにかをやらなきゃいけないとか、人《ひと》にこれをしなさいとか、指図《さしず》されるのが大嫌《だいきら》い。でも、あたしがいやなのはそれぐらいのことで、細《こま》かいことは気《き》にならないのよね。人《ひと》がどうしようが、どう言《い》おうが自分《じぶん》に関係《かんけい》ないし。なのにさ……。」

サギノが、いらいらっと、髪《かみ》の中《なか》に手《て》をつっこんでひっかいた。

「それが今日《きょう》はすごくムカついたんだよね。稲本《いなもと》と博多《はかた》の言《い》い訳《わけ》とかさ。あと、委員長《いいんちょう》のあんたが来《き》てないからって、花田《はなだ》のやつが号礼《ごうれい》かけたよね。あのいいかげんな態度《たいど》も腹《はら》が立《た》った。なんでかな？」

「それは、花田《はなだ》くんがきちんと、副委員長《ふくいいんちょう》としての役目《やくめ》をはたそうとしてない、その態度《たいど》が気《き》になったということ？」

マジ子《こ》がたずねた。

「そう、そうなの。べつに花田《はなだ》がうまく号礼《ごうれい》かけられなくても、どうでもいいはずなのよ。もともとぴしっとしてない、ふにゃふにゃしたやつだってわかってるから。だけど、急《きゅう》にこう思《おも》ったの。いつもいつもマジ子《こ》にめんどうなことをおしつけてるんだから、マジ子《こ》がいないときぐらい、マジメにやれって！」

サギノのけんまくに、ぼくは引《ひ》いてしまった。

その怒《おこ》った顔《かお》は、マジ子《こ》が肩《かた》をいからせて、クラスのみんなに注意《ちゅうい》を与《あた》えている様子《ようす》にそっくりだったからだ。

「それ、わかるわあ。意外《いがい》。サギノちゃんにそんな一面《いちめん》があっただなんて。」

マジ子《こ》が、歩道橋《ほどうきょう》の手《て》すりにもたれかかって、おおあくびをした。

「ああ、眠《ねむ》い。ゆうべ、遅《おそ》くまでテレビ見《み》てたから。」

「え、なに見《み》てたの？」

「『キラリン☆トーク』。おもしろくって最後《さいご》まで見《み》ちゃったら起《お》きられなくて。」

「わかる、それ！　あたしもだから、キラリンの次《つぎ》の朝《あさ》は特《とく》に起《お》きられないのよね。おもしろいよね、スレイナって。占《うらな》いもよく当《あ》たると思《おも》わない？」

「うんうん、当《あ》たってる。おうし座《ざ》って今週《こんしゅう》びっくりするようなアクシデントに見舞《みま》われるけど、それは結果的《けっかてき》にあなたを成長《せいちょう》させることだから、恐《おそ》れずに受《う》けいれなさいって。」

「え？　マジ子《こ》もおうし座《ざ》なの？　あたしもよ。血液型《けつえきがた》はなに型《がた》？」

「O型《オーがた》。」

「ウソ！　あたしも！　って、マジ子《こ》、それもウソ？」

「これは本当《ほんとう》よ！　アハハ。」

いきなり話《はなし》が弾《はず》みはじめた二人《ふたり》に、ぼくはついていけなくなってきた。

二人《ふたり》がいがみあっているよりはいいけれど、なんで、わざわざこの流《なが》れで、しかも歩道《ほどう》橋《きょう》の上《うえ》で、星座《せいざ》や血液型《けつえきがた》の話《はなし》になっているのかがよくわからない。

「コクニくんはなに座《ざ》?」

「え、えーっと、いて座《ざ》。」

「で、なに型《がた》?」

「……関係《かんけい》ないと思《おも》うよ。そういうのって性格《せいかく》とかに。」

「あー、A型《エーがた》でしょう!」

「そういう人《ひと》ってたいていA型《エーがた》なんだよね。」

「そうそう。A型《エーがた》って血液型《けつえきがた》の話《はなし》にノリが悪《わる》いんだよね!」

図星《ずぼし》だったので、ぼくはうつむいた。

「……そうだけど、この話《はなし》には関係《かんけい》ないじゃないか。昨今《さっこん》の風潮《ふうちょう》として、すぐ血液型《けつえきがた》でその人《ひと》を決《き》めつけるその感《かん》じが、ぼくは苦手《にがて》なだけだよ。」

「さっこんのふうちょうだって。さすが『昭和《しょうわ》くん』。ぷっ。」

サギノが笑《わら》い、マジ子《こ》も笑《わら》った。

「……なんだか、ばかばかしくなってきたから、ぼく帰《かえ》るよ。」

ぼくが、二人《ふたり》に背《せ》を向《む》けると、二人《ふたり》が同時《どうじ》にぼくを止《と》めた。

「待《ま》って！　あんたの話《はなし》を聞《き》いてないわ！」

「そうよ、コクニくん。さっきの話《はなし》の続《つづ》きをしましょう！」

だから、その話《はなし》にぜんぜん続《つづ》かないから、もういいのかなと思《おも》ったんじゃないか。

「で、景《けい》くん。ずいぶん話《はなし》がそれちゃったけど、なんだったの？　あれ。」

それたのは、二人《ふたり》の話《はなし》のほうだろ。

「あれって、なんだよ。」

わかってるのに、なんかそう言《い》ってしまう。

「あたしたちだけで話《はなし》が盛《も》りあがったからって、むくれないでよ。」

「む、むくれてなんかないよ！」

「そう？　なんかブーって顔《かお》してるけど？」

「ちがうよ！」

「じゃ、教《おし》えてよ。お願《ねが》い。」

「教《おし》えて。コクニくん。」

両側《りょうがわ》から二人《ふたり》にはさみこまれた。ぼくが逃《に》げだせないように、ブロックされている。

いつのまに、二人《ふたり》はこんなに息《いき》が合《あ》うようになったんだ？

「……実《じつ》はさ。昨日《きのう》、見《み》たんだ。」

ぼくは観念《かんねん》して、昨日《きのう》、「呪《のろ》いの大鏡《おおかがみ》」の前《まえ》で見《み》た、信《しん》じられない光景《こうけい》のことを二人《ふたり》に、とうとう話《はな》した。

「ハートが？」

「入《い》れ替《か》わった？」

「うん。そうとしか、見《み》えなかった。サギノがピンクで、マジ子《こ》のがブルーだった。」

「やったー。あたし、ピンクでよかった！　って、そんなことで喜《よろこ》んでる場合《ばあい》じゃないかー。」

サギノが自分《じぶん》で自分《じぶん》をいましめた。

「ハートが入《い》れ替《か》わったって。それってつまり、ああ！」

マジ子《こ》が、ひたいをおさえて叫《さけ》んだ。

「こ、心《こころ》が入《い》れ替《か》わったかもってこと!?」

「へえ？」

サギノが、首《くび》をかしげた。

「心《こころ》が入《い》れ替《か》わるって、あれのこと？　ほら、古《ふる》い映画《えいが》で見《み》たけど、男《おとこ》の子《こ》と女《おんな》の子《こ》が階《かい》段《だん》から落《お》ちて、中身《なかみ》が入《い》れ替《か》わるやつ……。『転校生《てんこうせい》』だっけ？　でも入《い》れ替《か》わってないよ。あたし、サギノだし。」

「わたしもわたしのままだけど……。」

マジ子《こ》がつぶやきながら、考《かんが》えた。

「でも、鏡《かがみ》の前《まえ》でサギノちゃんとぶつかったあと、わたし、ウソつくの平気《へいき》になっちゃったし、いつもしてるはずのことがめんどうになったし。夜更《よふ》かししてテレビ見《み》て、寝坊《ねぼう》するなんてありえなかったもの。それって、その、サギノちゃんに似《に》てない？」

「あーっ！　そういうこと？　それならあたし、なんか人《ひと》のことが目《め》についていらいらするし、人《ひと》がマジメにやらないことに腹《はら》が立《た》つし、それにこんなふつうっぽいかっこうで外《そと》に出《で》るなんてありえない……。って、それ、マジ子《こ》っぽいってこと？」

二人《ふたり》が絶句《ぜっく》し、ぼくを見《み》た。

「ぼくは、今日《きょう》の二人《ふたり》を見《み》て、こう思《おも》ったんだ。ぼくの見《み》た入《い》れ替《か》わったハートは小《ちい》さかった。ぼくがつかんだら、手《て》の中《なか》にかくれそうな大《おお》きさだったよ。だから、パーツだけ入《い》れ替《か》わったんじゃないかな？」

「パーツって？」

「一部分《いちぶぶん》ってこと？」

「うん。心《こころ》の一部分《いちぶぶん》だけ、ショックで入《い》れ替《か》わったんじゃないかな。」

「じゃ、サギノちゃんの気持《きも》ちがわたしの中《なか》に？」

「マジ子《こ》のハートがちぎれて、ここに入《はい》っちゃったってこと？」

二人《ふたり》がそれぞれにそう言《い》って、自分《じぶん》の胸《むね》をおさえた。

「……マジ子《こ》、信《しん》じられる？」

「ううん。サギノちゃんは？」

「あたしも信《しん》じられない。なんか疲《つか》れてて、いらいらして男子《だんし》にあたっちゃっただけかもしれないし。」

「そうよね。ピンとこないわ。わたしも長年《ながねん》のマジメ生活《せいかつ》に曲《ま》がり角《かど》がやってきて、サボりたくなっただけかもしれないし。」

二人《ふたり》にそう言《い》われると、ぼくだって確証《かくしょう》はない。

「そ、そうなのかな。」

「そうかもしれないよ。」

「コクニくんだって熱《ねつ》があって見《み》たものだしね……。」

「……じゃあ、そうかもしれないな。」

「………。」

「………。」

「………。」

ぼくら三人《にん》は、夕闇《ゆうやみ》が迫《せま》ってくる歩道橋《ほどうきょう》の上《うえ》で、だまりこんでしまった。

8 昭和《しょうわ》の男《おとこ》の決心《けっしん》

次《つぎ》の日《ひ》。

学校《がっこう》に行《い》くとき、ぼくはもう、はっきり言《い》ってやけくそだった。

昨日《きのう》のマジ子《こ》の大《おお》ウソ、

「サギノちゃんはコクニくんが大好《だいす》きで、コクニくんの気持《きも》ちをはっきり聞《き》きたい。」

という問題発言《もんだいはつげん》が、今日《きょう》の教室《きょうしつ》にどう影響《えいきょう》するのか。想像《そうぞう》するのも恐《おそ》ろしかった。

ぼくこそ、ウソついて学校《がっこう》を休《やす》みたかったが仕方《しかた》がない。

サギノとマジ子《こ》のその後《ご》、ハートの一部入《いちぶい》れ替《か》わりが本当《ほんとう》なのか、気《き》のせいなのかが気《き》になって、やっぱりきっちり遅刻《ちこく》もせず、登校《とうこう》してしまうのだった。

教室《きょうしつ》のドアの前《まえ》で深呼吸《しんこきゅう》した。

ひるむな、ぼく。堂々《どうどう》と行《い》けよ！

「おはよう！」

ぼくは声《こえ》を必要以上《ひつよういじょう》にはりあげて、ドアを勢《いきお》いよく開《あ》けた。

すると。

教室《きょうしつ》の中《なか》が、二色《しょく》アイスのようにはっきり二つの色《いろ》に分《わ》かれているので、ぼくはとまどった。

よく見《み》ると、教室《きょうしつ》の後《うし》ろに、男子《だんし》が輪《わ》になってなにか、ひじょうに盛《も》りあがっており、教室《きょうしつ》の前《まえ》のほうには、女子《じょし》が固《かた》まって、ひそひそとやっている。

男子《だんし》チームの熱気《ねっき》と、女子《じょし》チームの間《あいだ》に流《なが》れる空気《くうき》との温度差《おんどさ》が、とても奇妙《きみょう》だった。

思《おも》わず、マジ子《こ》とサギノのすがたをさがしたが、二人《ふたり》ともいなかった。

ぼくは、どぎまぎしながら、自分《じぶん》の席《せき》に向《む》かって歩《ある》いた。

ちょうど男女《だんじょ》二色《しょく》アイスの境界線《きょうかいせん》を歩《ある》くような感《かん》じだった。

「……なんで『昭和《しょうわ》くん』が？」

「さあ。サギノの趣味《しゅみ》ってわかんない。あの子《こ》けっこう、モテてたじゃない。」

「マジ子《こ》も、意外《いがい》と熱《あつ》いんだね。三人《にん》で話《はな》しあおうって、自分《じぶん》から言《い》うなんて。」

「コクニってさ、強力《きょうりょく》なんじゃない？」

「なにが？」

「フェロモンが。」

「フェロモンって、なに？」

「モテ物質《ぶっしつ》だよ。知《し》らないの？　フェロモンがすごいと、顔《かお》とか性格《せいかく》とか関係《かんけい》なく、めっちゃモテるんだよ。」

「えー。じゃあ、気《き》をつけないと、女子《じょし》がみんなコクニに夢中《むちゅう》になっちゃうってこと？」

「近寄《ちかよ》らないほうがいいよね。コクニに夢中《むちゅう》になりたくないもん。」

「わたしも！　あー、ウチがコクニんちのお隣《となり》でなくてよかった。」

ぼくは、うなだれすぎてのどが圧迫《あっぱく》され、気分《きぶん》が悪《わる》くなってきた。

なんてことを言《い》うんだ。女子《じょし》って、いったいなにを考《かんが》えてるんだ。

ちらっと顔《かお》をあげたら、おとなしくってかわいいなと、ひそかに思《おも》っていた、野々宮《ののみや》あずみさんまでがその会話《かいわ》のメンバーだったので、ぼくはとても悲《かな》しい気持《きも》ちになった。

なんで、女子《じょし》の性格《せいかく》って、こう見《み》た目《め》と合致《がっち》しないのだろうか。

ぼくは、このところ気《き》になっていたことについて、つらつらと考《かんが》えながら席《せき》についた。

女子《じょし》って、どうしておとなしそうでかわいらしい子《こ》が、おとなしくてかわいい性格《せいかく》とは限《かぎ》らないのか。

丸田《まるた》さんみたいにすでに三十五歳《さい》ぐらいの貫禄《かんろく》があり、いかにも強《つよ》そうな見《み》た目《め》の子《こ》が、ああいうことを言《い》うならまだ許《ゆる》せる。気持《きも》ちがついていきやすいのだ。

いやいや、そうでもないか。

なぜなら今《いま》、「コクニに夢中《むちゅう》になりたくないもん。」と言《い》いきった子《こ》は、ぼくの見《み》たところ、クラスで一、二を争《あらそ》う、「かわいくない子《こ》」で、しかもいかにもきついことを言《い》いそうな、きつね面《づら》をしている。あれなら、マジ子《こ》のほうがよっぽどかわいい。そいつに、「コクニに……。」と言《い》われたら、やっぱりムカつくし許《ゆる》せる気持《きも》ちになれない。

わかりやすい女子《じょし》の法則《ほうそく》があればいいのになと、ぼくは自分《じぶん》の席《せき》につくなり、うで組《ぐ》みして目《め》を閉《と》じた。

めっちゃかわいい子《こ》が、かわいい性格《せいかく》で、めっちゃきれいな子《こ》が、心《こころ》がきれいで、メガネの子《こ》がめっちゃマジメで、髪《かみ》の短《みじか》い子《こ》がめっちゃ男勝《おとこまさ》りで……とか。

それか、その真逆《まぎゃく》だと、それはそれで納得《なっとく》がいくのにな。心《こころ》がかわいくないけど顔《かお》がかわいかったら、まあしょうがない、と思《おも》えるだろうし。ぜんぜん、かわいくなかったら、一目《ひとめ》でその子《こ》はすごくいい子《こ》なんだと判別《はんべつ》できて、安心《あんしん》して話《はな》せるし。どうして、そういうふうに、すっきりといかないのかな。

「……おい、コクニ。」

ささやき声《ごえ》が聞《き》こえて、ぼくのわきをつつくやつがいた。

目《め》を開《あ》けると、稲本《いなもと》くんと博多《はかた》くんだった。二人《ふたり》とも目《め》をきらきらさせて、ぼくを見《み》つめている。

「コクニ、おまえ、やるよな。」

「すげえよな。」

女子《じょし》に気《き》をつかってか、すごく控《ひか》えめな声《こえ》だ。

「……すごくないよ。」

ぼくもほとんど息《いき》だけで返事《へんじ》した。

「いや、すげえよ。あのサギノとマジ子《こ》との三角関係《さんかくかんけい》だぜ。いったいどうやったんだよ。」

「な、なにもしてないよ。それに三角関係《さんかくかんけい》じゃないし……。」

「そんなはずねえだろ。」

「かくすなよ。」

ぼくらの小声《こごえ》での会話《かいわ》に、ほかの男子《だんし》たちが聞《き》き耳《みみ》を立《た》てているのがわかった。

「サギノとどうやって仲良《なかよ》くなったんだよ？　あの子《こ》はコクニにだけは本気《ほんき》で話《はな》すじゃないか。やっぱ家《いえ》が隣《となり》だと有利《ゆうり》？」

「有利《ゆうり》って……。サギノがベランダを伝《つた》って、ぼくの部屋《へや》に遊《あそ》びにきたりしたけど、それはむこうからだし。」

「ええ！　サギノ、おまえの部屋《へや》に来《き》たの！」

「うん。で、今度《こんど》は自分《じぶん》の部屋《へや》に来《き》てくれって言《い》うから、見《み》つからない段《だん》ボール箱《ばこ》をさがしにいったんだけど、見《み》つからなくって。あ、そうだった。いっしょにサギノのあの部屋《へや》をかたづけるって言《い》ってたんだった。思《おも》いだした。」

「おいおいおいおいおい。それ、すごすぎるよ！」

いつのまにか、ぼくを真《ま》ん中《なか》に男子《だんし》が折《お》り重《かさ》なって囲《かこ》んでいた。

「ドラマみたいじゃね？」

「サギノはまあ、話《はな》しかけてくれるほうだから、わからなくもないけど、マジ子《こ》はどうして仲良《なかよ》くなったんだ？」

「それそれ。おれもききたい。」

「仲《なか》いいわけじゃないけどさ。いつも怒《おこ》られてばっかりだから。ベランダでサギノとしゃべってたら、マジ子《こ》がパジャマすがたで自分《じぶん》のベランダから顔《かお》を出《だ》して、『うるさい。』って注意《ちゅうい》してきたんだよ。」

「へー。じゃあ、マジ子《こ》は最初《さいしょ》から、コクニのことを気《き》にいってたんだな。」

「え、なんで?」

「だって、もうすでに、サギノとコクニが仲良《なかよ》くしてることに嫉妬《しっと》してるわけだよ。」

「だから、そんなんじゃないって。」

「そんなんじゃなければ、どうして昨日《きのう》三人《にん》で話《はな》しあいをしたんだよ。わざわざ歩道橋《ほどうきょう》の上《うえ》で一時間《じかん》もさ。」

「え!　知《し》ってたの!」

ぼくはおどろいて、また不用意《ふようい》な発言《はつげん》をしてしまった。

「のんきだなあ、コクニは。あの歩道橋《ほどうきょう》は、登下校《とうげこう》にみんなが使《つか》うんだけど、昨日《きのう》はきみらの話《はな》しあいがあったもんだから、みんな気《き》をつかって、迂回《うかい》して帰《かえ》ったんだよ。」

にやにやと笑《わら》いながら、博多《はかた》くんがぼくのうでをたたいた。

「きみらの話《はな》しあいの結果《けっか》がどうなったか、教《おし》えてくれないかなあ。コクニはどっちが好《す》きなんだよ?」

「もちろんサギノだろ?」

「いや、意外《いがい》とマジ子《こ》かもしれないぜ。」

ぼくは、頭《あたま》をかかえてしまった。

「……ぼくはどっちも好《す》きじゃないよ。」

うめきながらぼくがつぶやくと、うおっ！　と男子《だんし》がどよめいた。

「なんだって！　コクニ！　おまえはそこまで悪《わる》いやつだったのか！　どっちも好《す》きでないのに、両方《りょうほう》とつきあおうとしてるのか？」

「すげえ！　昭和《しょうわ》の男《おとこ》ってそこまでワイルドだったのか!!」

ぼくは「昭和《しょうわ》くん」と言《い》われてはいるが、平成生《へいせいう》まれだし、昭和《しょうわ》の男《おとこ》ではない。それに、どっちともつきあおうとなんかしていない。

ぼくはそうみんなに伝《つた》えたかった。しかし、興奮《こうふん》して口々《くちぐち》にいろんなことを言《い》っている男子《だんし》の群《む》れに、それをわかってもらうのは不可能《ふかのう》だと思《おも》った。

ああ、ぼく、またこの教室《きょうしつ》の中《なか》でのポジションが変《か》わったみたい。

もう、この流《なが》れに身《み》を任《まか》せれば楽《らく》かもな。人《ひと》ごとのようなうつろな気持《きも》ちになってきた
そのとき、

「おはよう！」「おはよう。」

教室《きょうしつ》に、サギノとマジ子《こ》がそろって現《あらわ》れた。

しかも二人《ふたり》が、仲良《なかよ》くおしゃべりしながら入《はい》ってきたので、また事態《じたい》は変《か》わった。

「あ、コクニくん、おはよー！」

「景《けい》くん、あのさ、また例《れい》のことで三人《にん》で話《はな》したいから、よろしくねー！」

二人《ふたり》がにこにこと、ぼくに手《て》をふった。

男子《だんし》たちが歓声《かんせい》をあげた。

ばんばん！　と背中《せなか》をたたかれたり、後頭部《こうとうぶ》をつつかれた。

「おいおいおい！ あんなにもめてたのに、女子二人《じょしふたり》が仲良《なかよ》くなってるぞ。すげえな。もうコクニの取《と》りあいはやめたのか？」

「いや、話《はな》しあいが続行《ぞっこう》されるってことで、一時休戦《いちじきゅうせん》ってことじゃないのか？」

「へー、けっこうサギノもマジ子《こ》も大人《おとな》な感《かん》じだな。」

「コクニー。冷《つめ》たいこと言《い》ってやるなよ。せめてどっちかを選《えら》んだら？」

「……そういうわけにはいかないよ。本当《ほんとう》にそんな気持《きも》ちは二人《ふたり》にないんだ。」

「ヒョー！　クール！」

「なんかもう尊敬《そんけい》するな。昭和《しょうわ》の男《おとこ》は平成《へいせい》の男《おとこ》より、根性《こんじょう》がある。」

「これからは昭和《しょうわ》の男《おとこ》の時代《じだい》か!?」

ぼくは、もう、なにも答《こた》えず、みんなの言葉《ことば》を聞《き》きながした。

今日《きょう》、登校《とうこう》してから授業《じゅぎょう》の始《はじ》まるまでのたった三十分《ぷん》の間《あいだ》に、「フェロモンのすごい男《おとこ》」から「ワイルドな昭和《しょうわ》の男《おとこ》」になり、そして「尊敬《そんけい》されるクールなモテ男《おとこ》」にまで上《のぼ》りつめた。

次《つぎ》はいったいなにが来《く》るんだろう？

きっと避《さ》けられないんだろうな。

ぼくは、占《うらな》いの本《ほん》をいっしょに仲良《なかよ》く見《み》ている、サギノとマジ子《こ》を遠《とお》い目《め》でながめているうち、ふっと苦《にが》い笑《わら》いがこみあげてきた。

ぼくには、この激流《げきりゅう》から逃《のが》れるすべはないのだ。あの二人《ふたり》にかかわって、あんなものを見《み》てしまった以上《いじょう》、もう、なにがおころうと、受《う》けいれ、乗《の》り越《こ》えるしかないのだ。

それなら、もう、とことんかかわってやろうじゃないか。

みんながぼくを「昭和《しょうわ》」と言《い》うなら、それも受《う》けいれよう。昭和《しょうわ》の男《おとこ》は、粘《ねば》り腰《ごし》！

ふりかかる災難《さいなん》に、背《せ》を向《む》けたりしないのだ！

ぼくは、ようし！　と一人《ひとり》静《しず》かにうなずいた。

9 武士《ぶし》の戦《たたか》い

「二人《ふたり》とも、あのあとどんな感《かん》じ？」

昼休《ひるやす》み。ぼくらはみんなに見送《みおく》られて、「三人《にん》の話《はな》しあい」を屋上《おくじょう》でしていた。

「どんな感《かん》じって？」

マジ子《こ》がきいた。

「うん。それぞれ、昨日《きのう》、自分《じぶん》が自分《じぶん》じゃないみたいだって言《い》ってたじゃないか。そういうの、続《つづ》いてる？」

「うーん。」

サギノが首《くび》をかしげた。

「そうねえ。ゆうべ、ママが冷蔵庫《れいぞうこ》の中《なか》をぐちゃぐちゃにしてるのがすごく気《き》になって、そう言《い》ったら大《おお》ゲンカになったわ。」

「それは、サギノちゃんの家《いえ》ではケンカになることなの？」

マジ子《こ》がびっくりした顔《かお》で言《い》った。

「そうよ。ママは自分《じぶん》の好《この》みや、やり方《かた》に口《くち》を出《だ》されるのが大嫌《だいきら》いなの。それにあたしも生《う》まれて初《はじ》めてよ。うちの冷蔵庫《れいぞうこ》に、こぼれたシチューの汁《しる》がついたまま、牛《うし》の模様《もよう》みたいにぶちになってるのが気《き》になったのは。」

「そうなの。うちではわたしが、時間《じかん》どおりにお風呂《ふろ》に入《はい》らなかったから大問題《だいもんだい》になったわ。」

「え、それは、マジ子《こ》の家《いえ》では大問題《だいもんだい》になることなの？」

今度《こんど》はサギノが目《め》を丸《まる》くしてきき返《かえ》した。

「ええ。でもね、わたしは昨日《きのう》初《はじ》めて、自分《じぶん》の入《はい》りたい時間《じかん》に、好《す》きなだけお湯《ゆ》を使《つか》ってお風呂《ふろ》に入《はい》ってやったのよ！」

胸《むね》をはったマジ子《こ》に、サギノがぱちぱちと拍手《はくしゅ》した。

「それはいいことよ。マジ子《こ》！　あんたは今《いま》まで、決《き》めごとを守《まも》るのに必死《ひっし》になりすぎて、ちっとも楽《たの》しそうじゃなかったもの。そういうのって楽《たの》しいでしょう？」

「楽《たの》しかったわ。」

マジ子《こ》が、ゆうべの入浴《にゅうよく》タイムを反《はん》すうするように、目《め》を閉《と》じてうっとりとため息《いき》をついた。

「お母《かあ》さんが五年《ねん》もしまいこんでいた、いただきものの、ハチミツとハーブのボディーシャンプーをたっくさん使《つか》って、思《おも》いきり泡《あわ》をたてて、体《からだ》をごしごし洗《あら》ったの。お母《かあ》さんには、ぶつぶつ言《い》われたけど。お風呂上《ふろあ》がりの自分《じぶん》から、ずーっといいにおいがして、いくら文句《もんく》言《い》われても平気《へいき》！　もう笑《わら》っちゃった。わたしどうして今《いま》まで、このボディーシャンプーを使《つか》いたいって、お母《かあ》さんに言《い》えなかったのかって思《おも》ったわ。」

「そういう香《かお》りや、コスメ関係《かんけい》のことって、けっこう大事《だいじ》よ。だって自分《じぶん》がとても気分《きぶん》よくすごせるもの。」

「朝《あさ》まで、気分《きぶん》がよかったわ。」

「でしょうね！」

二人《ふたり》がうなずきあった。

「サギノちゃんも、こんな冷蔵庫《れいぞうこ》よくないと思《おも》うってお母《かあ》さんに言《い》えたとき、すーっとしなかった？」

「……したわ。」

今度《こんど》はサギノが、しみじみとした顔《かお》つきで、大《おお》きくゆっくりとうなずいた。

「ママのすることに、腹《はら》を立《た》てたことなんかなかったんだけど、それは、今《いま》まで、『これはこういうもので変《か》えられないんだ。』と思《おも》っていたからかもね。ケンカになったんだけど、でも、胸《むね》がすきっとしたもん。……って、景《けい》くん、さっきからなにを書《か》いてるの？」

ぼくは、二人《ふたり》の会話《かいわ》を記録《きろく》するのをやめて、二人《ふたり》の顔《かお》を交互《こうご》に見《み》た。

「いや、あきらかに二人《ふたり》がちがってきてることを記録《きろく》していこうと思《おも》ってさ。」

「記録《きろく》？」

「そういうふうにしたら、冷静《れいせい》に、二人《ふたり》が本当《ほんとう》に入《い》れ替《か》わっているのか。入《い》れ替《か》わったとしたらどんな部分《ぶぶん》かが、判断《はんだん》できるだろ？　ほら、こういうの。」

ぼくは、書《か》きかけのノートを二人《ふたり》に見《み》せた。

「これ、なに？」

「ハート入《い》れ替《か》わり仮説観察記録《かせつかんさつきろく》？」

左《ひだり》のページの上《うえ》にはサギノ、右《みぎ》のページの上《うえ》にはマジ子《こ》と書《か》いてある。各《かく》ページの左端《ひだりはし》の欄《らん》には日付《ひづけ》が入《い》れてあり、その日《ひ》におこったことと、二人《ふたり》が自覚《じかく》したことなどを箇条書《かじょうが》きにまとめてある。また、各日《かくじつ》の下《した》には、ぼくが二人《ふたり》を見《み》て考察《こうさつ》したことを書《か》く項目《こうもく》もある。われながらひじょうにきれいにまとまった、見《み》やすくわかりやすいノート作《づく》りだ。

「……あたしのとこ、なんて書《か》いてあるの？」

「読《よ》んであげようか？」

「ええ。」

「サギノ記録《きろく》・十月八日水曜日《がつようかすいようび》。

〈見《み》た目《め》〉髪《かみ》がコイル状《じょう》でなく、ラーメン状《じょう》になっている。ジーパンに赤《あか》いジャージの上着《うわぎ》。女子評《じょしひょう》『地味《じみ》で手抜《てぬ》き。』

〈行動《こうどう》〉遅刻《ちこく》せず時間《じかん》どおりに登校《とうこう》。男子《だんし》にキレる。本人《ほんにん》いわく、『いつもはきげんがいいふりをしていたが、今日《きょう》は本当《ほんとう》のことを言《い》っているだけ。』女子評《じょしひょう》『男子《だんし》にはかわいくふるまうはず。』

〈自覚《じかく》〉人《ひと》のいいかげんな態度《たいど》に腹《はら》が立《た》つ。それを口《くち》に出《だ》して言《い》ってしまう。」

「ちょっと、それ、なによ！　ムカつく！」

サギノが、ぼくからノートをひったくった。

「ひどいわ！　今日《きょう》の〈見《み》た目《め》〉も書《か》いてある。髪《かみ》がのびたラーメン状《じょう》。昨日《きのう》と同《おな》じジーパンに黒《くろ》いジャージ。女子評《じょしひょう》『どうしちゃったんだろう？　ふつう路線《ろせん》に変更中《へんこうちゅう》？』だって！」

「それはひどいわね！　サギノちゃん、わたしのとこにはどう書《か》いてある？」

「マジ子《こ》のとこも読《よ》んであげるわ。

マジ子記録《こきろく》・十月八日水曜日《がつようかすいようび》。

〈見《み》た目《め》〉パジャマ下《した》に着《き》ている『ハローダーリン！』T《ティー》シャツ。女子評《じょしひょう》『いつもは紺《こん》や灰色《はいいろ》などの制服《せいふく》みたいなのを着《き》てくるのに。』

〈行動《こうどう》〉遅刻《ちこく》。遅刻《ちこく》の理由《りゆう》に頭痛《ずつう》、両親《りょうしん》の留守《るす》などのウソをつく。また、K《ケー》のことをサギノが好《す》きだという大《おお》ウソをつき、教室内《きょうしつない》を混乱《こんらん》におとしいれる。

〈自覚《じかく》〉都合《つごう》が悪《わる》くなるとウソをついてしまう。なにかしなくてはいけないと思《おも》ったとたんにめんどうくさくなる。深夜《しんや》テレビを見《み》ていてやめられなくなり夜更《よふ》かし。」

「今日《きょう》の〈見《み》た目《め》〉は、なんて？」

「黒《くろ》っぽいポロシャツに、ゆるいぶかぶかパンツ。カーディガンが白《しろ》。髪《かみ》はしばっていないのでややボサボサっぽい。女子評《じょしひょう》『なんだかバランスが悪《わる》い。それにカーゴパンツが合《あ》ってない。』だって！」

「ひどーい！　ひどいじゃない！　コクニくんがそんな人《ひと》だなんて思《おも》わなかったわ！」

マジ子《こ》が、ばしばし！　と平手《ひらて》でぼくをたたいてきた。

「いて、いて！」

「わたしだって、今日《きょう》のかっこうがバランスが悪《わる》くて、おしゃれじゃないことぐらいわかってるわよ。でも、どうしていいかわからなかったんだもの！　今《いま》までみたいなかっこうじゃない、もっとみんなみたいな、楽《らく》そうでかわいい服《ふく》を着《き》たかったんだけど、どんなのを買《か》っていいかもわからないし。今持《いまも》ってるんじゃ、これで精《せい》いっぱいなんだもの。」

「マジ子《こ》、つまり、もっとラフでカジュアルにしたいってこと？」

「そう。」

「できればもうちょっと女《おんな》の子《こ》らしくラブリーな要素《ようそ》も取《と》りいれたい？」

「そうなの。」

マジ子《こ》がうなだれた。

「急《きゅう》に気《き》がついたの。自分《じぶん》のかっこうが、一人《ひとり》だけ入学式《にゅうがくしき》のときの服装《ふくそう》みたいだって。」

「そんなの、あたしがなんとかしてあげるよー。あんたの手持《ても》ちでも、組《く》みあわせでなんとかなるって！」

サギノがどんと胸《むね》をたたいた。

「え？　サギノちゃん、本当《ほんとう》に？」

「そうだよ。そういうのおまかせだし……って、景《けい》くん、あんた、なに観察記録《かんさつきろく》を書《か》きつづけてんの？」

「いや、また二人《ふたり》に新《あたら》しい行動《こうどう》が見《み》られたから。」

「なに？」

「えーっと、マジ子《こ》〈行動《こうどう》〉ラフでカジュアルでラブリーな服装《ふくそう》をしたいとうったえる。サギノ〈行動《こうどう》〉マジ子《こ》の服装《ふくそう》をアドバイスする約束《やくそく》をする。今《いま》までにないめんどうみのよさをみせる！　って、これもひどい！」

サギノが眉《まゆ》をきりきりっと逆立《さかだ》てた。

ぼくは、サギノからも殴《なぐ》られると思《おも》い、うっと目《め》をつぶって一歩後《ぽあと》ずさった。

「……かと思《おも》ったけど、そうでもないか。」

サギノが、ノートをかかえたまま、どかっと屋上《おくじょう》にあぐらをかいた。

「……なかなかよく観察《かんさつ》してるじゃない？　こうやってみると、本当《ほんとう》に、あたしとマジ子《こ》、どっか入《い》れ替《か》わってるのかもしれない。」

サギノが、急《きゅう》にそんなことを言《い》いだしたので、ぼくはびっくりしてしまった。サギノがこんなに冷静《れいせい》に自分《じぶん》のことを考《かんが》えられる子《こ》だとは思《おも》っていなかったのだ。

「サギノ、そう思《おも》う？」

「思《おも》うわ。たった二日間《ふつかかん》で、こんなに今《いま》までの自分《じぶん》が変《か》わるのはおかしいと思《おも》う。景《けい》くんさ、この観察記録《かんさつきろく》続《つづ》けてよ。」

「……サギノちゃん、どうしてそう思《おも》うの？」

「だってありえないことばかりだもの。たとえばあたしってさ、本当《ほんとう》に人《ひと》のめんどうみるのが大嫌《だいきら》いなの！　あんたの服《ふく》のことをなんとかしてあげる、なんていうキャラじゃぜんぜんないはずなのよね。」

「そ、そうなの？」

「そうよ。マジ子《こ》が毎日《まいにち》、クラスの用事《ようじ》とかさ、だれかのために走《はし》りまわってるの見《み》て、うっとうしい意味不明《いみふめい》なやつって思《おも》ってたぐらいだから。」

「え、そ、そんなこと思《おも》ってたの？」

マジ子《こ》が息《いき》をのんだ。

「そうよ。あたしだけじゃないよ。あんたがいくらがんばったって、だれもあんたにありがとうって言《い》わないじゃない。みんなあんたが、好《す》きでめんどうな用事《ようじ》をやってる変《か》わった趣味《しゅみ》の人《ひと》、ぐらいにしか思《おも》ってないもん。」

「え……そ、そうなの？　みんな、きっと、クラスのためにがんばってるわたしの努力《どりょく》は認《みと》めてくれてると思《おも》ってたんだけど……。」

マジ子《こ》が、へなへなっと、しゃがみこんだ。

「認《みと》めてないし感謝《かんしゃ》もしてない。あんた見《み》てたら腹立《はらた》つもん。お願《ねが》いお願《ねが》いって言《い》われたら、掃除当番《そうじとうばん》だのプリント配《くば》りだの引《ひ》きうけてやってさ。それも自分《じぶん》から、『わたしがやります！』って、いきりたった声出《こえだ》してさ。」

「……わたしを信頼《しんらい》して、みんなが頼《たよ》ってきてくれてるんだと思《おも》ってた。」

マジ子《こ》が両手《りょうて》で顔《かお》をおおった。

「マジメなのをいいことにテキトーに利用《りよう》されてるだけだって。目《め》を覚《さ》ましなよ。」

「……そんなことないもん。」

マジ子《こ》が指《ゆび》のすきまから声《こえ》をもらした。

「わたしのことを、『えらいなあ。』とか、『がんばってる。』とか思《おも》ってくれてる人《ひと》だってきっといるもん。」

「ほら、やっぱり！」

サギノが、声《こえ》を高《たか》くした。

「えらいとかがんばってるって思《おも》われたいわけでしょ？　ほめられたくってやってるわけ

でしょ？　そういうところが、バレバレなの！　だから、みんなにウザいって思《おも》われて、感謝《かんしゃ》もされないわけ。」

「ほめられたくってやってるわけじゃないわ！」

マジ子《こ》が、声《こえ》をふるわせて、言《い》いかえした。

「それだけじゃない！」

「でも、あんた今《いま》、自分《じぶん》で言《い》ったじゃない。『えらいなあ。』とか『がんばってる。』って人《ひと》が思《おも》ってくれてるって。そういうのがいやな感《かん》じなのよ。人《ひと》に伝《つた》わっちゃうのよね。」

「じゃあ、サギノちゃんはどうなの？」

マジ子《こ》が目《め》ににじんだ涙《なみだ》を手《て》の甲《こう》でぬぐいながら、サギノを見返《みかえ》した。

「男子《だんし》の前《まえ》では、かわいいふりして。関心《かんしん》をひくためにはすぐばれるウソをいっぱいついて。毎日毎日《まいにちまいにち》、芸能人《げいのうじん》みたいに必死《ひっし》のおしゃれをして。そういうのはどうなの？　クラスのみんなが、気《き》がついてるよ。だれも心《こころ》から、あなたのことをかわいい子《こ》だと、思《おも》ってないよ。」

「……そりゃまあ、モテない女子《じょし》どもはね。あたしのこと、ねたんでるし！　ウソもおしゃれもテクニックだっていうのがわかってないの。そういう努力《どりょく》をしないで、自分《じぶん》がモテないことをひがまれちゃ、たまらないわね。」

サギノが、ふんっとうそぶいた。

ぼくはもう、こわくて記録《きろく》するどころではなかった。

いったいこの対決《たいけつ》はなんなんだ？

さっきまで、親切《しんせつ》に、服《ふく》のコーディネートをしてあげるとか言《い》ってたじゃないか。今朝《けさ》もいっしょに占《うらな》いの本《ほん》なんか読《よ》んで笑《わら》いあってたじゃないか。それなのにどうして、ちょっとしたことでこんな真剣勝負《しんけんしょうぶ》になるんだ？

ひょっとして、こいつら武士《ぶし》か？　女武芸者《おんなぶげいしゃ》なのか？　いつも刀《かたな》をさげていて、気持《きも》ちも常時臨戦態勢《じょうじりんせんたいせい》なのか？

「……女子《じょし》だけじゃないよ。」

マジ子《こ》が、すらっともう一本《ぽん》の心《こころ》の刀《かたな》を抜《ぬ》いた。びくん、とサギノが顔《かお》をひきつらせる。

ぼくは、ごくっとつばをのんで、二人《ふたり》の戦《たたか》いのじゃまにならないように、二歩《ほ》ほど下《さ》がった。

「あなたは、うまく男子《だんし》たちの心《こころ》をつかんでるって思《おも》ってるかもしれないけど、男子《だんし》もかげで言《い》ってるよ。『サギノはかわいいけど、長《なが》く話《はな》してるとうっとうしいな。』って。『こんなふうに話《はな》したら、かわいく見《み》えるとか、作《つく》ってるのが見《み》え見《み》え。』だって。」

サギノが、う、と声《こえ》をもらして体《からだ》を反《そ》らせた。

「『サギノはおもしろいしかわいいけど、疲《つか》れるから、結局《けっきょく》、いいのは野々宮《ののみや》さんみたいなタイプかな。』って。わたしもそう思《おも》う。」

ずさっと、刃先《はさき》がサギノの胸《むね》に刺《さ》さった音《おと》が、聞《き》こえたような気《き》がした。

「よ、よせ！」

気《き》がついたら、ぼくはノートを放《ほう》りだして、二人《ふたり》の間《あいだ》に割《わ》って入《はい》っていた。

「これ以上戦《いじょうたたか》うのは、おたがいを傷《きず》つけるだけだ！　そういうのは、むなしいぞ！　もうやめるんだ！」

だが、一瞬遅《いっしゅんおそ》かった。

「あんたになにがわかるのよ！」

「あなたこそ、そうよ！」

二人《ふたり》は、言葉《ことば》の刀《かたな》を放《ほう》り投《な》げて、おたがいにつかみかかった。

二人《ふたり》は武士《ぶし》は武士《ぶし》だったが、やはり女子《じょし》だった。

言葉《ことば》の刀《かたな》をふりかざす戦《たたか》いは見事《みごと》な間合《まあ》いで、ぼくが割《わ》って入《はい》るすきなどなかったが、

肉弾戦《にくだんせん》となると、うまくはなかった。

うわっ！　と考《かんが》えもなく、怒《いか》りのまま走《はし》り寄《よ》った二人《ふたり》は、ごっちーん！　とひたいをぶつけて、悲鳴《ひめい》をあげた。

「きゃあ！」

「痛《いた》あい！」

二人《ふたり》は、自分《じぶん》のおでこをおさえて、コンクリートの屋上《おくじょう》にひっくり返《かえ》った。

「おい、だいじょうぶか……。」

そう言《い》ったきり、ぼくは声《こえ》を出《だ》せなくなってしまった。

ハートが、二人《ふたり》のおでこから、またぽこりと湧《わ》いて出《で》てきたのだ！

「うあ！」

ぼくは、その光景《こうけい》を目《め》にやきつけた。今度《こんど》こそしっかり見《み》て、記録《きろく》するのだ！

サギノのおでこからは、さくら色《いろ》のハートがすいっと浮《う》かびあがった。マジ子《こ》のおでこからは、水色《みずいろ》のハートが、しゅるっと出《で》てきて飛《と》びあがった。

今度《こんど》のは、前《まえ》より大《おお》きかった。CD《シーディー》よりもちょっと大《おお》きいぐらいだった。

さくら色《いろ》のは、なんとなくうすくて、ひらひらしてて大《おお》きな花《はな》びらみたいだった。水色《みずいろ》のは、ぽてっとしていて、でも動《うご》きはすばやく、さくら色《いろ》のがふわふわ、風《かぜ》に舞《ま》っているような動《うご》きをしている間《あいだ》に、しゅばっと高《たか》く飛《と》んだり、空中《くうちゅう》で飛《と》び跳《は》ねるように弾《はず》んだりした。

ハートのダンスを見《み》ていたのは、ほんの短《みじか》い時間《じかん》だったと思《おも》う。十秒《びょう》とかそんなぐらい。でも、ぼくにはそれがとても長《なが》く感《かん》じられた。

やがてハートは、すいっと、出《で》てきたのではないほうの体《からだ》に入《はい》っていった。ハートは、またしても、もとの体《からだ》には戻《もど》らなかった。

「景《けい》くん、どうしたの？」

サギノが先《さき》に、ぼくの様子《ようす》がおかしいのに気《き》がついた。

「……出《で》た。」

ぼくは、自分《じぶん》のハートが出《で》てしまったような、うつろな声《こえ》でつぶやいた。

「出《で》た？　なにが？　って、まさか、また？」

マジ子《こ》がぎょっとしたように、自分《じぶん》の頭上《ずじょう》を見上《みあ》げた。

「今《いま》、ハートが出《で》て、また入《い》れ替《か》わった。」

ぼくの言葉《ことば》に、二人《ふたり》は固《かた》まった。

いや二人《ふたり》だけじゃない、ぼくもだ。

三人《にん》とも、しばらく動《うご》けなかったし、なにも話《はな》せなかった。いかにも秋《あき》っぽい、ひんやりした風《かぜ》が、ひょうひょうと、ぼくらの間《あいだ》をただ通過《つうか》していった。

10 急《きゅう》にかわいい！

土曜日《どようび》になった。

ぼくらは、マジ子《こ》の部屋《へや》に集合《しゅうごう》していた。

マジ子《こ》は、お母《かあ》さんもお父《とう》さんもいないという時間《じかん》をわざわざ指定《してい》してきた。

今日《きょう》は、マジ子《こ》の服装《ふくそう》をなんとかする日《ひ》なのだ。

ぼくもサギノもベランダを通《とお》って、ぞろぞろと歩《ある》き、窓《まど》からマジ子《こ》の部屋《へや》に行《い》った。

マジ子《こ》の部屋《へや》は、基本的《きほんてき》にはすっきりと整理整頓《せいりせいとん》された部屋《へや》だった。

もともとそっけないほどよけいなものがない部屋《へや》ではあるが、ベッドのあしもとあたりに、雑誌《ざっし》が積《つ》んであったり、ぬいだパジャマやソックスが適当《てきとう》にひっかけてあるのが、ちょっと最近《さいきん》のマジ子《こ》の「ゆるみ」を感《かん》じさせる。

「なにー？　マジ子《こ》の服《ふく》ってこの中《なか》にあるだけ？」

マジ子《こ》が開《あ》けてみせた洋服《ようふく》ダンスの中《なか》をのぞきこんで、サギノが仰天《ぎょうてん》した。

「T《ティー》シャツとか、ソックスとか、そういうのは？」

「引《ひ》き出《だ》しにあるだけ。」

「ウソみたい。全部《ぜんぶ》、白《しろ》・ベージュ・紺《こん》・灰色《はいいろ》・黒《くろ》じゃない。ほかの色《いろ》のもの持《も》ってないの？　あ、一枚《まい》ピンクのT《ティー》シャツがあるじゃない！」

「サギノ、それは、『ハローダーリン！』T《ティー》シャツだよ。」

「あ、そうか。う—ん。これもこんなにえりぐりがのびてなければ、さし色《いろ》に使《つか》えたのにな。ほかにはないの？」

「ちょっとだけ、買《か》ってみたんだけど。」

マジ子《こ》がおずおずと、ビニールの袋《ふくろ》を取《と》りだした。駅前《えきまえ》の大《おお》きなスーパーのロゴが入《はい》っている。

「どんなの買《か》ったの？」

出《で》てきたのは、白地《しろじ》に「Rainbow《レインボー》」という文字《もじ》が、背中《せなか》に虹色《にじいろ》でプリントされたT《ティー》シャツ。でっかいラメのどくろがついている、紫《むらさき》のランニングシャツ。それから赤《あか》いすいか模様《もよう》のソックス。

平成《へいせい》の流行《はや》りのことがよくわかっていないぼくですら、このラインナップはまずいと感《かん》じた。サギノはみけんにしわを寄《よ》せたまま、首《くび》をかたむけた。

「……その、安《やす》かったから。ワゴンセールで百円《えん》とかだったし。」

「夏物《なつもの》の投《な》げ売《う》りよね。わかるけど、うーん。使《つか》えそうなのはこのシャツだけど、でも、いきなりスカルとかラメとかパープルは、ヘビーよね。」

「サギノちゃんとまたハートが入《い》れ替《か》わったんだったら、これぐらい思《おも》いきったほうがいいかと思《おも》って……。」

消《き》えいりそうな声《こえ》で、申《もう》し訳《わけ》なさそうにマジ子《こ》が言《い》った。

「無理《むり》して派手《はで》にしなくていいって。それにそんなこと考《かんが》えること自体《じたい》が、あたしと、そこんとこは入《い》れ替《か》わってないってことじゃない。」

サギノが笑《わら》った。

「それもそうか。」

マジ子《こ》が笑《わら》った。

「ははは。」

ぼくも笑《わら》った。

「あ、でも、入《い》れ替《か》わってるかも！　あたし、『これ欲《ほ》しい。』と思《おも》ったら、迷《まよ》わず買《か》って、あとで、これなにに使《つか》おう？　って考《かんが》えるタイプだから。そういや、あたし昨日《きのう》もおとといも買《か》い物《もの》してないわー。なんか、ものを買《か》うときにちょっと引《ひ》いちゃうのよね。これ、買《か》ってもあんまり使《つか》わないかな、なんて思《おも》って。」

「え、そうなの？　じゃあ、そこは入《い》れ替《か》わってるかも。わたしは、迷《まよ》いすぎてものを買《か》えないタイプなの。でも、もう、思《おも》いきってとにかくなんかいろんな色《いろ》のものを買《か》おうって決《き》めたから、買《か》い物《もの》できたのかなって思《おも》ってたんだけど。」

「景《けい》くん、今《いま》の記録《きろく》した？」

「したした。」

ぼくは観察記録《かんさつきろく》ノートをさっそくマジ子《こ》の勉強机《べんきょうづくえ》にひろげて、今聞《いまき》いた内容《ないよう》を、二人《ふたり》の〈行動《こうどう》〉に書《か》きこんだ。

「マジ子《こ》さあ、そんなにいきなりなことしないほうがいいよね。ヘアアイロンで巻《ま》きを作《つく》ったり、アップにしたりとかできる？　あとネイルとか。」

「やるわ。なんでも覚《おぼ》えるから、いっぱい教《おし》えて！」

マジ子《こ》の前向《まえむ》きな姿勢《しせい》に、サギノとぼくは、おおーっ！　と感心《かんしん》した。

「その、勉強熱心《べんきょうねっしん》でマジメなところは、まだマジ子《こ》のままだな。」

「そういうとこを、こっちにくれたらいいのに！　でも、あたしの勉強嫌《べんきょうぎら》いがそっちに行《い》っちゃったら、マジ子困《こま》るよー。テストの点《てん》、絶対《ぜったい》に下《さ》がるし！」

きゃははっと、サギノがのけぞって笑《わら》った。

「でも、サギノもおしゃれに関《かん》する努力《どりょく》はすごいじゃないか。どうしたらかわいく見《み》えるか、テレビや雑誌《ざっし》で、たくさん研究《けんきゅう》してるんだろ？」

「ああ、まあそれだけにはがんばれるんだけど……。あ、でもあたし、本《ほん》とか読《よ》めるようになったんだ。前《まえ》は、字《じ》がいっぱい並《なら》んでるだけで、はい、アウトーって感《かん》じだったんだけど。ほら、これ。」

サギノがパーカーのポケットから、文庫本《ぶんこぼん》を取《と》りだした。『小悪魔《こあくま》ちゃんの法則《ほうそく》』というタイトルで大人向《おとなむ》けの本《ほん》だった。

「それ、おもしろい？」

マジ子《こ》がきいた。

「うん。ただ、こうしたらモテるとか、こういうしぐさが男子《だんし》にうけるっていうだけじゃなくて、どうしてそうしたらモテるのか、とかさ。それにはこういう歴史《れきし》があって、なんていうのまでが書《か》いてあるのがおもしろいのよね。」

そう言《い》ってから、サギノがはっと厳《きび》しい顔《かお》になった。

「ま、まさか、マジ子《こ》。まったく本《ほん》が読《よ》めなくなっちゃって、軽《かる》くパーっぽくなっちゃってるとかないよね？」

「そうね。本《ほん》を前《まえ》みたいに必死《ひっし》で読《よ》みたい！　っていう気持《きも》ちが、なくなっちゃったわね。」

「え、やっぱり？　ごめん！　マジ子《こ》。あたしのバカが移動《いどう》して、ごめん！」

サギノが、マジ子《こ》に必死《ひっし》に手《て》を合《あ》わせた。

「そのぶん、テレビってすごくおもしろいなって思《おも》うの。今《いま》まではほとんど見《み》なかったんだけど、テレビって本《ほん》と同《おな》じことを特集《とくしゅう》して、同《おな》じ結論《けつろん》を言《い》ってるようでも、それを話《はな》す人《ひと》の顔《かお》つきとか言《い》い方《かた》で、ずいぶん印象《いんしょう》が変《か》わるのがおもしろいわね。」

そう言《い》って、マジ子《こ》がにっこり笑《わら》った。

「なんだ、マジ子《こ》、ぜんぜんバカになってないね。よかったー。」

サギノが胸《むね》をなでおろした。

「入《い》れ替《か》わったって、バカになんかならないわよ。」

マジ子《こ》が真顔《まがお》で言《い》った。

「わたし、おしゃれを自分《じぶん》なりに勉強《べんきょう》しようと思《おも》ったけど、すごく難《むずか》しいわ。たくさんいろんなものを見《み》て、センスを磨《みが》いて、こうなりたいって目標《もくひょう》も持《も》って、それから実際《じっさい》に挑《ちょう》戦《せん》してみて、繰《く》りかえし自分《じぶん》に合《あ》うものをさがす。これって強《つよ》い意志《いし》もいるし、本気《ほんき》のおしゃれはきっとバカな人《ひと》にはできないわよ。そんなにおしゃれがうまいサギノちゃんがバカなはずないわ。だから、だいじょうぶよ。わたし、どんどん入《い》れ替《か》わったって平気《へいき》だから気《き》にしないで。」

マジ子《こ》が、すごい早口《はやくち》で、はっきりとそう言《い》ったので、サギノはぽかんとしてしまった。

「ええっと、ありがとう。」

サギノが、微妙《びみょう》な顔《かお》でお礼《れい》を言《い》った。

ぼくは、マジ子《こ》の言《い》いたいことが、わかるような気《き》がした。

マジ子《こ》とサギノは、木曜《もくよう》の昼休《ひるやす》みに大《おお》ゲンカをした。

言《い》いたいことを言《い》って、攻撃《こうげき》しあっての、すごい戦《たたか》いだったが、しかし、その後《ご》。

ハートが入《い》れ替《か》わったとぼくが言《い》ったとき、マジ子《こ》がうわああん、と大泣《おおな》きしたのだ。

「うるさいよ。泣《な》くな！　泣《な》いたってなにも解決《かいけつ》しないんだからね！」

と、怒《おこ》ってサギノは先《さき》に屋上《おくじょう》から去《さ》っていってしまった。

残《のこ》されたマジ子《こ》に、ぼくはどう言葉《ことば》をかけて、なぐさめていいかわからなかった。

ハートが入《い》れ替《か》わっていく経験《けいけん》なんて、ぼくはしたことがない。でも、きっとそうなったら、すごく不安《ふあん》だろうし、こわいだろうなと、そのときやっと気《き》がついたのだ。

「マジ子《こ》、その……。ハートが入《い》れ替《か》わるのは、またぼくが幻《まぼろし》を見《み》ただけかもしれないし、中身《なかみ》が入《い》れ替《か》わってるってことも確《たし》かなことじゃないかもしれないし。」

そこまで言《い》いかけて、ぼくは、観察記録《かんさつきろく》ノートをぎゅうっと筒《つつ》に丸《まる》めてにぎりしめた。

こんなノートをつけているやつが、今《いま》さらなにを言《い》う？

こんなもので、なにかを解明《かいめい》できるのか？　解明《かいめい》できたとして、サギノとマジ子《こ》の気持《きも》ちはどうなる？

ぼくは、なんてひどいやつなんだ！

ぼくがハートのパーツ入《い》れ替《か》わり説《せつ》なんか思《おも》いつかなければ、入《い》れ替《か》わりの光景《こうけい》を見《み》たとしてもだれにも言《い》わなければ、マジ子《こ》はこんなに泣《な》かずにすんだし、サギノとおたがいを傷《きず》つけるような、あんなケンカもしなくてよかったのだ。

悪《わる》いのはぼくだ。

「ごめん、マジ子《こ》。ぼくが……。」

ところがマジ子《こ》は、最後《さいご》まで聞《き》かず、首《くび》を横《よこ》にふった。

「入《い》れ替《か》わったほうがいい。」

「え？」

「サギノちゃんはキツいこと言《い》うけど、わたしほどひどいことは言《い》わないわ。わたしはわたしが嫌《きら》い。大嫌《だいきら》い。だから、サギノちゃんには悪《わる》いけど、入《い》れ替《か》わったほうがいいわ。きっと、今《いま》のわたしより、ずっとましな人《ひと》になれるもの。」

そう言《い》うと、ぼろぼろと涙《なみだ》をこぼしながら、階段《かいだん》を下《お》りていったのだった――。

「景《けい》くん！　ちょっと！　景《けい》くんたら！」

はっとわれにかえると、ぼくはノートを前《まえ》に考《かんが》えこんでいた。

「もう、さっきから呼《よ》んでるのに、ぼうっとしちゃって。」

サギノが、ぼくの肩《かた》をたたいて言《い》った。

「どう、見《み》て。マジ子《こ》かわいくない？」

言《い》われて、ふりかえった。

「おっ。」

ぼくは、目《め》をむいた。

そこにマジ子《こ》が立《た》っていたが、最初《さいしょ》マジ子《こ》とはわからないぐらい、かわいかった。いや、マジで。

どこをどういじくったのか知《し》らないが、マジ子《こ》は見《み》ちがえるような「今《いま》どきのかわいい女《おんな》の子《こ》」に仕上《しあ》がっていた。

白《しろ》いT《ティー》シャツに紺《こん》のチェック柄《がら》のワンピースを重《かさ》ね着《ぎ》している。(「Rainbow《レインボー》」の虹色《にじいろ》の文字《もじ》はワンピースにかくれて見《み》えなかった。残念《ざんねん》。)髪《かみ》をアップにまとめているのが、しゃきっとしてさわやかな感《かん》じだ。

すいか模様《もよう》のソックスが違和感《いわかん》なくかわいく見《み》えるのが、すごい。サギノの手腕《しゅわん》だ。

「イイよ。マジ子《こ》! イイ感《かん》じだよ。すごく似合《にあ》うし、現代《げんだい》っ子《こ》って感《かん》じだよ!」

「現代《げんだい》っ子《こ》って、もう、また死語《しご》!」

「あ、じゃあトレンディーだっけ?」

「と、とれんでぃーって! 伯父《おじ》さんがうっかりつかってたわ。さすが昭和《しょうわ》の男《おとこ》・コクニ景《けい》くん。」

サギノが爆笑《ばくしょう》した。マジ子《こ》も恥《は》ずかしそうにだが、声《こえ》をあげて笑《わら》う。

あずき色《いろ》のフレームの例《れい》のメガネも、そんなにおかしく見《み》えなかった。なんというか、それも「今風《いまふう》」に見《み》えないこともない。

「このワンピース、おばあちゃんにもらったんだけど、夏《なつ》しか着《き》られないと思《おも》ってた。こんなふうに着《き》るとぜんぜん、感《かん》じがちがうね。」

「そうそう。中《なか》のシャツを黒《くろ》の七分《しちぶ》そでとかタートルネックにして、レギンス下《した》にはいたら、寒《さむ》くなっても使《つか》えるでしょ。マジ子《こ》の場合《ばあい》は、柄《がら》ものや派手《はで》な色《いろ》に慣《な》れてないからね。なるべくふだんの印象《いんしょう》からかけはなれないほうが、しっくりくるんじゃない？　基本《きほん》をこういう感《かん》じにして、アクセサリーとかソックスをかわいい色《いろ》にしたらいいよ。あ、そうだ、これ。」

サギノが自分《じぶん》の髪《かみ》をポニーテールにしていた、真《ま》っ赤《か》でひらひらしたゴムをはずして、マジ子《こ》の手首《てくび》にはめた。

「こ、これ、髪《かみ》をまとめるものじゃないの？」

まぶしそうに、赤《あか》い花《はな》が咲《さ》いたみたいな自分《じぶん》の手首《てくび》をながめながら、マジ子《こ》がきいた。

「シュシュは手首《てくび》にしてもいいの！　こうしたら、ソックスの色《いろ》と合《あ》ってもっとかわいいでしょ。ね！　景《けい》くん。」

サギノが、いきなり自分《じぶん》の顔《かお》をぼくに近《ちか》づけてきた。

「う、うん。すごくいいよ。赤《あか》が似合《にあ》ってる。」

あせったぼくは、そんなことを言《い》って、二人《ふたり》から目《め》をそむけた。

というのは、マジ子《こ》だけでなく、サギノもそうとう感《かん》じがいいことに気《き》がついたからだった。

今日《きょう》のサギノは、ラメの文字《もじ》が入《はい》った真《ま》っ白《しろ》の長《なが》そでシャツに、スリムなジーパンをはいている。赤《あか》いひらひらゴムをはずしたら、長《なが》い髪《かみ》がふぁさっとほおにかかって、なんというか……自然《しぜん》ですごくかわいい。

赤《あか》いソックスと赤《あか》い手首《てくび》のかざりに照《て》れて、恥《は》ずかしそうに笑《わら》っているマジ子《こ》も、なんというか……初々《ういうい》しくってとてもかわいい。

二人《ふたり》とも、野々宮《ののみや》さんよりも光《ひか》ってる。

二人《ふたり》とも、こんなにかわいかったっけ？　ぼくはノートにペンを走《はし》らせた。

十月《がつ》十一日土曜日《にちどようび》。

サギノ〈見《み》た目《め》〉白《しろ》が似合《にあ》う。すごくかわいい。K評《ケーひょう》。

マジ子《こ》〈見《み》た目《め》〉赤《あか》が似合《にあ》う。とてもかわいい。K評《ケーひょう》。

それだけ書《か》いてしまうと、二人《ふたり》に見《み》られないように急《いそ》いでノートを閉《と》じたのだった。

11 ハートのサンドイッチ

翌日《よくじつ》。日曜日《にちようび》の朝《あさ》。

ぼくとマジ子《こ》は、ジャージすがたで、サギノの部屋《へや》のベランダに並《なら》んで立《た》っていた。

ぼくの手《て》には、マイ工具箱《こうぐばこ》。いろんな大《おお》きさや長《なが》さのネジ、フック、ビスのたぐいが百円均一《えんきんいつ》ショップで買《か》った、たくさん仕切《しき》りのあるケースに整理《せいり》されておさめられている。ドライバー、ペンチ、かなづちなどのたぐいも、手《て》になじんだ、愛用品《あいようひん》が厳選《げんせん》されている。

マジ子《こ》の手《て》には、マイ掃除《そうじ》セット。マジ子《こ》のお母《かあ》さん愛用《あいよう》の「SAKIYAMA《サキヤマ》」バケツによく似《に》ているが、よく見《み》ると、マジ子《こ》の「MAMIKO《マミコ》・S《エス》」バケツはもっとすごかった。

キャスターが底《そこ》についていて、持《も》ち手《て》のところに、ほうきやホースなどをはめて固定《こてい》できる丸《まる》い筒《つつ》がくっついている。ゴム手袋《てぶくろ》も、手《て》にフィットするぴったり中薄《ちゅううす》タイプ。中《なか》にさりげなく入《はい》っているぞうきんも、ガラスや陶器用《とうきよう》のきめ細《こま》かな生地《きじ》のものから、使《つか》い捨《す》てペーパータオル、ふつうの古《ふる》タオルと、こだわりが感《かん》じられるそろえ方《かた》だ。

今日《きょう》は、サギノの部屋《へや》の大掃除《おおそうじ》とレイアウト変更《へんこう》をする日《ひ》なのだ。

マジ子《こ》がなにも言《い》わないので、横《よこ》を見《み》ると、窓《まど》ガラスのむこうに見《み》える、サギノの部屋《へや》のありさまを、口《くち》に手《て》をあてて、見《み》つめていた。

「……コクニくんから話《はなし》は聞《き》いてたけど、ここまでだなんて。」

「でも、前《まえ》にぼくが来《き》たときよりは、ましになってる。」

「え？　これで？」

「ああ。見《み》つからなかった段《だん》ボール箱《ばこ》を掘《ほ》りおこして積《つ》んであるし、前《まえ》になかった組《く》みたて式整理《しきせいり》だな（注《ちゅう》・まだ箱《はこ》を開《あ》けた気配《けはい》もなく、もちろん組《く》みたてていない。）も置《お》いてある。きっとサギノなりにかたづけようとしたんだろうな。」

「……そうなんだ。」

マジ子《こ》が決意《けつい》したように、大《おお》きくうなずいた。

「よーし。じゃあ、がんばるぞ！」

マジ子《こ》がジャージのそでをまくった。

「おーい、サギノ！」

ぼくが、窓《まど》を開《あ》けて中《なか》に声《こえ》をかけると、

「あ！　来《き》てくれたんだ！　ありがとう！」

だれもいないと思《おも》っていた部屋《へや》のすみから、髪《かみ》を爆発《ばくはつ》させたサギノが現《あらわ》れた。

「なんだ？　どこから出《で》てきたの？」

「クローゼットの下《した》から、これ見《み》つけだしたの！　引《ひ》っ越《こ》してきた日《ひ》に使《つか》ったきりだったけど、でもこれ、役《やく》にたつでしょ？」

短《みじか》いほうきと、ピンクの小《ちい》さなちり取《と》りを両手《りょうて》にかかげて、サギノが得意《とくい》そうに胸《むね》をはった。

「……サギノちゃん、それは今《いま》すぐには使《つか》わないわ、仕上《しあ》げのときに役《やく》にたつから、そっちに置《お》いておいて。だいじょうぶ、きっとあとで役《やく》にたつからね。」

マジ子《こ》が幼児《ようじ》に言《い》って聞《き》かせるように、やさしく言《い》った。

「わかった。それで、どうしたらいい？」

「そうだね。まず、いるものといらないものを分《わ》けて箱《はこ》に入《い》れていってくれないか？　で、その箱《はこ》をベランダにどんどん出《だ》していく。その間《あいだ》にぼくはたなを組《く》みたて、家具《かぐ》のレイアウトを変更《へんこう》する。マジ子《こ》は、サギノを手伝《てつだ》いつつ、空《あ》いたスペースを掃除《そうじ》していってくれないか？」

「了解《りょうかい》！」

マジ子《こ》が、力強《ちからづよ》く返事《へんじ》してくれた。

整理整頓《せいりせいとん》・掃除《そうじ》に関《かん》しては、まだ二人《ふたり》のハートはほとんど入《い》れ替《か》わっていないようだった。

マジ子《こ》の働《はたら》きぶりは、すばらしかった。

てきぱきとしていて、要領《ようりょう》がよくて、ときに作業《さぎょう》に飽《あ》きそうになるサギノを励《はげ》まし、助《たす》け、ぼくの作業《さぎょう》の進《すす》み具合《ぐあい》にも気《き》を配《くば》り、さっとフォローしてくれる。

マジ子《こ》はだてに長年《ながねん》、委員長《いいんちょう》をやってたわけじゃないんだなあ。つねに全体《ぜんたい》の様子《ようす》を見《み》てくれてるんだ。

ぼくは感心《かんしん》しながら、さくさくとたなを組《く》みたてた。とてもシンプルなものだったので、すぐに完成《かんせい》することができた。

サギノはサギノで、ぽいぽいと威勢《いせい》よく、「いらないものの箱《はこ》」にいろんなものを投《な》げこんでいた。

「サ、サギノちゃん、これ捨《す》てちゃっていいの？　まだ着《き》られるよ。」

「うん。それ、サイズまちがえて小《ちい》さいやつ買《か》っちゃったのよね。よかったら、マジ子《こ》、持《も》ってって！　マジ子《こ》ならS《エス》でちょうどでしょ。」

「え、いいの？　サ、サギノちゃん、これも処分《しょぶん》するの？　まだきれいよ。」

「うん。それ、そっくり同《おな》じやつあるの忘《わす》れて買《か》っちゃったのよね。それもマジ子《こ》、着《き》てくれるなら持《も》っていってよ！」

「わ、いいの？」

というような会話《かいわ》が繰《く》りかえされ、マジ子《こ》は花模様《はなもよう》や、星模様《ほしもよう》や、フルーツ模様《もよう》や、水玉《みずたま》模様《もよう》のシャツやスカートやソックスやバンダナなどを、きちんとたたんで、どんどん自分《じぶん》の横《よこ》に積《つ》みあげていった。

シュシュとやらも、いろんな色《いろ》や素材《そざい》のものをもらって、どんどんうでにはめていったので、マジ子《こ》の左《ひだり》うでだけ、春《はる》の花壇《かだん》のようなにぎやかさだった。

「ああ、ものを整理《せいり》するのってすっきりするわね！」

ぱんぱんにふくらんだゴミ袋《ぶくろ》の口《くち》を結《むす》びながら、サギノがはればれとした顔《かお》で言《い》った。

「そうだろう。整理整頓《せいりせいとん》ってイイ感《かん》じだろ！」

ぼくは、組《く》みたてたたなの位置《いち》を、ベッドの横《よこ》に定《さだ》めたあと、家《いえ》から持《も》ってきた残《のこ》りの板《いた》と、発泡《はっぽう》スチロールブロックで、小物《こもの》の整理《せいり》だなを作《つく》りあげた。またベッドの下《した》にも収《しゅう》納《のう》として段《だん》ボール箱《ばこ》を切《き》って並《なら》べた。

「カーテンを洗濯《せんたく》したら、もっと明《あか》るくなると思《おも》うわよ。そうだ、うちで洗《あら》ってきてあげようか？　うちの洗濯機《せんたくき》、かなり大容量《だいようりょう》だから。」

窓《まど》をふきながら、マジ子《こ》が言《い》った。

「え、本当《ほんとう》に？　うわー！　マジ子《こ》って、マジ、親切《しんせつ》でやさしいんだ！　ありがとう！」

サギノが飛《と》び跳《は》ねて、マジ子《こ》にお礼《れい》を言《い》った。マジ子《こ》が、くすぐったそうに、笑《わら》った。

サギノの部屋《へや》は、今《いま》やすっかりモデルルーム化《か》していた。

ベランダにはこれから家具《かぐ》につめこまなくてはいけないおびただしい量《りょう》の衣類《いるい》や化粧品《けしょうひん》や本《ほん》やCD《シーディー》やDVD《ディーブイディー》が、箱《はこ》につっこまれたまま放《ほう》りだしてあったたし、ゴミ袋《ぶくろ》も山《やま》になって積《つ》みあげられていたが、あまりにも今《いま》の部屋《へや》がきれいで、すみずみまでぴかぴかなので、なんだかもう完了《かんりょう》した気分《きぶん》だ。

「すごいねえ。景《けい》くんって、本当《ほんとう》に部屋《へや》をきれいにするのが上手《じょうず》ね。」

「収納《しゅうのう》の工夫《くふう》が、いいわね。どうしてこんなこと考《かんが》えつくの？」

二人《ふたり》にきかれてぼくは、きっぱり答《こた》えた。

「すべて、インテリアコーディネーター神崎栗子《かんざきくりこ》先生《せんせい》のアイデアを拝借《はいしゃく》したものだよ。」

「神崎栗子先生《かんざきくりこせんせい》？　その人《ひと》、有名《ゆうめい》なの？」

「ああ、カリスマ主婦《しゅふ》であり、インテリアの先生《せんせい》として、大人気《だいにんき》だ。少《すこ》しのすきまでも工《く》夫《ふう》して、すっきり収納《しゅうのう》してしまうそのアイデアは、栗子《くりこ》マジックと言《い》われていて。」

ぼくが熱《あつ》く語《かた》ろうとしたときに、

「あ！　もうこんな時間《じかん》！」

サギノがハート形《がた》の掛《か》け時計《どけい》を見《み》て、叫《さけ》んだ。

「え？　あ、もう二時《じ》。」

「どうりでおなかすいたよ。」

「ふふふ。では遅《おそ》いけどランチタイムにしましょうか。」

サギノが、にやにやしながらいったん部屋《へや》を出《で》ていった。その約《やく》三分後《ぷんご》、

「開《あ》けて！　手《て》がふさがってるー！」

と言《い》うサギノの声《こえ》がしたので、マジ子《こ》がドアを開《あ》けた。

「あーっ！　すごーい！　これ、どうしたの？」

マジ子《こ》が声《こえ》をあげた。

「ママに手伝《てつだ》ってもらって、ゆうべのうちから作《つく》っておいたんだ！」

サギノが運《はこ》んできたのは、大《おお》きなトレイいっぱいに盛《も》りあげられた、ハートの形《かたち》のサンドイッチだった。

うっすらピンク色《いろ》のパンと、あわいグリーンのパン、そして白《しろ》いパンの三色《しょく》ある。

「凝《こ》ってるなあ。こんな色《いろ》の食《しょく》パンがあるのか。」

「さがしたよー。でもパンにくわしいママの友達《ともだち》にきいたら、教《おし》えてくれて。こっちが桜《さくら》あずき風味《ふうみ》の食《しょく》パン。色《いろ》がかわいいでしょ。ブルーのパンは、どうしてもなかったけど、グリーンならあるって。抹茶風味食《まっちゃふうみしょく》パン。これがいちばん、ブルーっぽかったの！」

「サギノちゃん、こんなの準備《じゅんび》してくれてたんだ……。」

マジ子《こ》が、胸《むね》に手《て》をあててそのハートのサンドイッチを見《み》つめた。

「さ、食《た》べよう！」

サギノがベッドの横《よこ》から、折《お》りたたみの濃《こ》いピンクのハート形《がた》の小《ちい》さなテーブルを引《ひ》きだした。

「もしかして、このテーブルも、このために買《か》ったの？」

「そんなにハートが好《す》きな子《こ》たちの集《あつ》まりなら、ハートづくしでいっちゃえって、ママがのっちゃって、買《か》ってくれたのよね。ほら、この紙《かみ》コップもハートの模様《もよう》でしょ。」

「サギノちゃんのママって、おもしろい人《ひと》だね。いいなあ。」

ハートのテーブルの前《まえ》に正座《せいざ》してマジ子《こ》が言《い》った。

「そうね。ノリがよくって、友達《ともだち》みたいな話《はなし》もできるし、そういうところはいいんだけどね。友達《ともだち》っぽすぎるかなーって思《おも》うことがあるよ。」

サギノが、紙《かみ》コップにジュースを注《そそ》ぎながら言《い》った。

「こんな部屋《へや》にしたあたしが言《い》うのもなんだけど、ふつうもうちょっとお母《かあ》さんって、家《いえ》を清潔《せいけつ》にしようとするとか、子《こ》どもにきちんとしなさいって言《い》うんじゃないかなーって思《おも》うよ。って、ママにそう言《い》ったら、『あんた、このごろ口《くち》うるさくなってきたわね。そんなんじゃ、モテなくなるわよ。』って、言《い》われちゃった。」

「そうなんだ……。わたしは、今朝《けさ》、『あなたは最近《さいきん》、反抗的《はんこうてき》になった。』って言《い》われた。」

「どうして？」

「うん。ほら、めんどうくさくなると、適当《てきとう》なこと言《い》ってさ、ごまかしたくなるのね。でも、心《こころ》のどこかでウソつくのはよくないとも思《おも》うから、『お母《かあ》さんには関係《かんけい》ない。』とか『わたしの気持《きも》ちを言《い》ってもわからないからもう言《い》わない。』とか言《い》っちゃうの。」

「うーん。それは……マジ子《こ》が反抗的《はんこうてき》になったんじゃないよ。今《いま》までが、お母《かあ》さんに合《あ》わせすぎてたんじゃないの？　ボディーシャンプーの件《けん》だってさ、お母《かあ》さんがそれをまだ使《つか》ってほしくないだろうからって思《おも》って、使《つか》いたいって言《い》えなかったんじゃない？」

ぱくっと、ピンクのサンドイッチをほおばりつつ、サギノが言《い》った。

「サギノちゃん、口《くち》にジャムがついてる。それ、ジャムサンドなの？」

「いちごジャムとバター。甘《あま》いのと塩味《しおあじ》がまざってうまいんだ。これが。」

「へえー！　……って、サギノちゃんだって、口《くち》うるさくなったとはわたしは思《おも》わないわ。言《い》って当然《とうぜん》のことを言《い》ったと思《おも》うし。」

マジ子《こ》もばくっと、グリーンのサンドイッチにかぶりついた。

「マジ子《こ》、服《ふく》に玉《たま》ねぎ落《お》ちたって。」

サギノがマジ子《こ》のジャージにたれた、玉《たま》ねぎのみじん切《ぎ》りを取《と》ってやった。

「ありがとう。これ、おいしい！　ツナと玉《たま》ねぎとマヨネーズ？」

「マヨに、アボカドとマスタードをまぜこんである。」

「それ、工夫《くふう》！」

ぼくは、白《しろ》いサンドイッチ（ちなみに具《ぐ》は、チーズ・ハム・レタスで、ふつうにおいしかった。）を手《て》に、二人《ふたり》の顔《かお》を見比《みくら》べながら、「あ。」と声《こえ》をあげた。

「なに？」

「どうしたの？」

「ぼくさ、気《き》がついたんだけど。二人《ふたり》はこのところ、気《き》が合《あ》ってるのは、おたがいのハートのパーツが入《い》れ替《か》わったせいで、相互理解《そうごりかい》がしやすいからかなーって思《おも》ってたんだ。」

「うん。」

「ああ、うん。」

「だけどさ、二人《ふたり》とも、もともと似《に》てるとこあるよね！」

「ええ？」

「ええ？」

二人《ふたり》が、首《くび》をかたむけた。

「どこが？」

「どこが？」

そう言《い》って、二人《ふたり》のきょとんとおどろいた顔《かお》が、そっくり同《おな》じだった。

二人《ふたり》とも、言《い》いたいことをちゅうちょなく言《い》うとことか、自分《じぶん》の好《す》きなことのためにはすごくがんばれるとことか。キレたら、めっちゃ攻撃力《こうげきりょく》がすごいとことか。あと、ぼくになにかを頼《たの》むときに、口《くち》では「悪《わる》いわねえ。」って言《い》ってるけど、そういう心《こころ》があまり感《かん》じられないところとか、もう、まるでいっしょ。

ずらずら並《なら》べて言《い》いたかったが、はっとして、ぼくはよした。

こんなことを言《い》ったら、まちがいなく二人《ふたり》は怒《おこ》る。自分《じぶん》はそんなんじゃないと言《い》い張《は》る。そういうところも二人《ふたり》は似《に》ているのだ。

「……それは。」

すると、マジ子《こ》が言《い》った。

「わかった！　コクニくんの言《い》いたいことが！」

「え、なに？」

「二人《ふたり》とも、実《じつ》は親切《しんせつ》でめんどうみがよくって、頼《たの》まれたらいやと言《い》えないタイプ！　ってことでしょ？」

するとぼくがなにか言《い》う前《まえ》に、サギノが、ぽん！　と手《て》を打《う》った。

「いえてるー。なんかあたし、マジ子《こ》とつきあうようになってから、そういうところが自《じ》分《ぶん》にあったたって気《き》がついた感《かん》じ！」

「そうそう。サギノちゃんがさ、男子《だんし》にかわいくふるまうのだって、男子《だんし》が喜《よろこ》ぶようにいろんな努力《どりょく》をしてあげてたってことでしょ？　やっぱり親切《しんせつ》じゃなあい？」

うわ、マジ子《こ》。その調子《ちょうし》のいいトークの盛《も》りあげ方《かた》は、もともとのサギノの言《い》い方《かた》そっくりだ。そこも、入《い》れ替《か》わってるか！

「え、そうかな。マジ子《こ》もさ、まちがいなく親切《しんせつ》だよね。クラスのことをあんなに夢中《むちゅう》になってやれるって、できないもん。ふつう。」

「そう言《い》ってもらえたら、うれしいわ……。」

手《て》を取《と》りあわんばかりに盛《も》りあがる二人《ふたり》を、ぼくは、だまって見守《みまも》っていた。

二人《ふたり》の共通点《きょうつうてん》は、ここにもあったか……。ほめられると舞《ま》いあがる性格《せいかく》……。

二人《ふたり》の観察記録《かんさつきろく》にこの「共通項《きょうつうこう》」の記載《きさい》はするべきだろうか？

入《い》れ替《か》わった性格《せいかく》の部分《ぶぶん》と区別《くべつ》するためにも、必要《ひつよう》かもな。

と、そんなことを考《かんが》えていたら。

「あ、痛《いた》っ。」

ふいに、サギノがおなかをおさえた。

「サギノちゃん、どうしたの？」

「なんか、ちょっと、おなか痛《いた》い……。」

そう言《い》って、うずくまってしまった。

「サギノちゃん、サギノちゃん！」

「おうちの人《ひと》は？」

「……今日《きょう》は、ママ、帰《かえ》りが遅《おそ》いからだれもいない……。」

「どうしよう。」

マジ子《こ》とぼくは、顔《かお》を見合《みあ》わせて、立《た》ちすくんだ。

12 体《からだ》も変《か》わる？

「……ちょっと、おさまった。」

サギノがトイレから出《で》てきた。

「いったいどうして、急《きゅう》におなかこわしちゃったのかなあ？　あたしってどっちかっていうと、便秘《べんぴ》っぽいほうなのに。」

「合《あ》わないものを食《た》べたとか？」

マジ子《こ》の質問《しつもん》に、サギノが首《くび》を横《よこ》にふった。

「えー、今《いま》みんなとサンドイッチ食《た》べただけだし？　朝《あさ》もなにも食《た》べてないし。」

「え、サギノちゃん、朝《あさ》ごはん食《た》べてないの？」

「基本《きほん》、朝抜《あさぬ》きだもん。」

「じゃ、おなかがすごくすいてるところに、急《きゅう》に冷《つめ》たいジュースを飲《の》んだから、おなかこわしちゃったんじゃないの？　これ、氷入《こおりい》りだし……。」

マジ子《こ》は紙《かみ》コップの中《なか》の氷《こおり》を見《み》ながら言《い》った。

「まさかー。今《いま》までそんなこと、一度《いちど》もないもん。」

「わたしがそうなの。冷《つめ》たいものに弱《よわ》くて、真夏《まなつ》でも、氷《こおり》の入《はい》ったものを飲《の》んだら、おなかをこわしたりするの。それにおなかがすきすぎてるときに、急《きゅう》に食《た》べたり飲《の》んだりしても、おなかをこわすことがあるの。」

マジ子《こ》の言葉《ことば》に、サギノは、

「へえ！　そうなんだ！」

と、大《おお》きく目《め》を見開《みひら》いた。

「ああー、そういう入《い》れ替《か》わりもあるのか。」

ぼくが、そうつぶやくと、

「そういう入《い》れ替《か》わりって？」

サギノがきいてきた。

「二人《ふたり》は、今《いま》まで、感《かん》じ方《かた》とか考《かんが》え方《かた》が入《い》れ替《か》わってたと思《おも》うんだ。だけど、冷《つめ》たいものに弱《よわ》くておなかをこわしやすいっていうのは、体《からだ》のことだろ？　体質《たいしつ》が入《い》れ替《か》わるなんて、思《おも》ってもいなかったよ。」

すると、マジ子《こ》が、

「そんなことって……くしゃん！」

と、大《おお》きなくしゃみをした。

「ごめん。ちょっとティッシュ、ない？」

「あるよ。」

サギノがティッシュを箱《はこ》ごとマジ子《こ》にわたした。

「し、失礼《しつれい》。」

マジ子《こ》が、ベランダのほうを向《む》いて、はなをかんだ。それでも、くしゃみは止《と》まらなかった。

「マジ子《こ》、風邪《かぜ》？」

「さっきまでぜんぜんなんともなかったのよ。今《いま》だって、寒気《さむけ》もしないし……。のども痛《いた》くないし、熱《ねつ》もないし。やだ、なんか涙《なみだ》も出《で》てきた。どうしてかしら？」

「頭《あたま》がぼうっとする？」

「ちょっと。」

ティッシュで涙《なみだ》をおさえるマジ子《こ》に、サギノは自分《じぶん》のかばんから、目薬《めぐすり》を取《と》りだした。

「はい。花粉症用目薬《かふんしょうようめぐすり》。すきっとするわよ。」

「え？　わたし、花粉症《かふんしょう》なんて、なったことない……。あ！」

マジ子《こ》はサギノを見《み》た。

「サギノちゃんって、花粉症《かふんしょう》なの？」

「そういうこと。春《はる》も秋《あき》も、鼻水《はなみず》と涙《なみだ》で悩《なや》まされるのよね。だからこの季節《きせつ》は特《とく》に外《そと》に出《で》たくないんだ。」

「そうだったの。じゃあ、おなかをこわしやすいのと花粉症《かふんしょう》が入《い》れ替《か》わったのね。」

「ほかには、自覚症状《じかくしょうじょう》ない？」

ぼくは、観察記録《かんさつきろく》ノートにさっそく〈体質《たいしつ》〉という項目《こうもく》を作《つく》ってたずねた。

「そうねえ。最近《さいきん》、目《め》が疲《つか》れやすいかなあ。長《なが》い時間《じかん》テレビ見《み》たり、本《ほん》を読《よ》んでたら、目《め》がかすんで。ああー、そうか！　マジ子《こ》、近眼《きんがん》だよね。じゃあ、あたしがこの先《さき》メガネをかけるってこと？」

「そういえば。」

マジ子《こ》は頭《あたま》の上《うえ》にのせたままだった、メガネをかけ直《なお》した。

「遠《とお》くのものが見《み》やすくなったかも……。なんか、度《ど》が合《あ》わなくなった気《き》もするし。」

「貸《か》して。」

サギノがマジ子《こ》のメガネを取《と》り、かけてみた。

「……うーん。世界《せかい》がゆがんで見《み》える。まだ、ここまで近眼《きんがん》はすすんでないってことか。」

「わたしもメガネなしで生活《せいかつ》できるほどじゃないわ。」

「でも、またハートが入《い》れ替《か》わるようなことがあれば、わからないよね。」

メガネをマジ子《こ》に返《かえ》しながら、サギノが言《い》った。

「……そうね。」

二人《ふたり》がうなずきあった。二人《ふたり》は、じーっとしばらくおたがいを見《み》つめていたが、

「ね、サギノちゃん。ほかにはない？」

マジ子《こ》がたずねた。

「あ、最近《さいきん》、爪《つめ》が割《わ》れちゃった！」

「あ、それもわたし。爪《つめ》をのばすとすぐ割《わ》れちゃうのよ。」

「そうなの？　わー、手入《てい》れの方法《ほうほう》、変《か》えなきゃ！　爪《つめ》の栄養補給《えいようほきゅう》オイルかなんか買《か》おうかな。」

「そういうので、爪《つめ》って強《つよ》くなるの？」

「気長《きなが》にやればだんだんじょうぶになるそうよ。あ、爪《つめ》といえば……。マジ子《こ》、気《き》をつけ

てよ。あたし、巻《ま》き爪《づめ》あるから。」

「え？　巻《ま》き爪《づめ》って、なに？」

「左足《ひだりあし》の親指《おやゆび》だけなんだけど、巻《ま》いてくると痛《いた》くなるの。つま先《さき》が、ずきーって。」

「え！　そうなったらどうすればいいの？」

「お医者《いしゃ》さんに行《い》くの。巻《ま》き爪《づめ》の治療《ちりょう》をしてくれるところがあるのよ。もし痛《いた》くなったら言《い》ってね。お医者《いしゃ》さん、紹介《しょうかい》するから。」

「お願《ねが》いするわ！　あ、そうだ。にんにくが急《きゅう》に好《す》きになったんだけど、これもサギノちゃん？」

「そうそう。ガーリックソテーとか大好《だいす》き。でも食《た》べすぎると次《つぎ》の日《ひ》、おなかが重《おも》くなっちゃうから気《き》をつけて。」

「そうかあ。わたしはねえ、考《かんが》えごとしすぎると頭《あたま》が痛《いた》くなって、チョコレート食《た》べたら治《なお》るの。」

「そうだったの！　チョコいっぱい買《か》っとこ！」

ぼくは二人《ふたり》の話《はなし》を、必死《ひっし》になって記録《きろく》しつづけた。

二人《ふたり》の「体質変化《たいしつへんか》」の情報交換《じょうほうこうかん》は、このうえなく熱心《ねっしん》に、夕方《ゆうがた》になるまで続《つづ》いた。

心《こころ》が入《い》れ替《か》わったかも……という話《はなし》のときにはなかった熱心《ねっしん》さだった。爪《つめ》がどうの、なにを食《た》べたらどうなるの……そんなことが、どうして、そんなに重要《じゅうよう》なことなのか、ぼくには二人《ふたり》の熱《ねつ》のこもった会話《かいわ》が信《しん》じられなかった。

この調子《ちょうし》じゃ、ノートの〈体質《たいしつ》〉のとこだけが、真《ま》っ黒《くろ》になってしまう。それにぼくの手《て》も、ペンのにぎりすぎで痛《いた》くなってきた。

「あのさー。」

ぼくは、外《そと》を指《ゆび》さして言《い》った。

「ベランダの荷物《にもつ》を入《い》れないと、もう暗《くら》くなってきたよ。」

「あ！　いけない！」

「もうさ、そのままにしときなよ。またかたづけるの手伝《てつだ》うからさ。サギノちゃん一人《ひとり》で全部《ぜんぶ》しまうの、無理《むり》でしょ？」

マジ子《こ》が言《い》った。

「でも、天気予報《てんきよほう》じゃ明日雨《あしたあめ》だって。ベランダに置《お》いておくのはよくないわ。」

サギノが心配《しんぱい》そうに言《い》った。

「ビニールシートとか、かぶせておいたら？」

マジ子《こ》が能天気《のうてんき》な顔《かお》で言《い》った。

ほんとに入《い》れ替《か》わりがすすんでるなあと、二人《ふたり》の顔《かお》を見《み》ながらぼくは思《おも》った。五日前《いつかまえ》の二人《ふたり》だったら、ちょうど反対《はんたい》のことを言《い》っただろう。

「じゃ、箱《はこ》のまま、部屋《へや》のすみに取《と》りこんでおこう。整理整頓《せいりせいとん》の日《ひ》はまた別《べつ》にしよう。ゴミだけは、ゴミ置《お》き場《ば》に運《はこ》んでしまおう。」

すると、今度《こんど》は二人《ふたり》、そっくり同《おな》じ、めんどうくさそうな声《こえ》のトーンで、

「はあーい。」

「はあーい。」

と言《い》ったのだった。

13 お父《とう》さんの心《こころ》で

月曜日《げつようび》。

マンションのエントランスで、ケータイを手《て》に、人待《ひとま》ち顔《がお》で立《た》っているサギノに会《あ》った。

「どうしたの？」

「マジ子《こ》がさ、ぐずぐずしてるから、待《ま》ってるの！　髪《かみ》がうまくまとまらないから、行《い》きたくないとか言《い》うのよね。だからあたしが学校《がっこう》で髪《かみ》はなんとかしてあげるからって言《い》ったんだけど。マジ子《こ》って、どうも不器用《ぶきよう》なのよねえ。ピンが指《ゆび》に刺《さ》さったとか言《い》ってた。」

ケータイを指《ゆび》さして、サギノが説明《せつめい》した。

「へー。そりゃ、ご苦労《くろう》さまです。」

ぼくが、そのままエントランスを出《で》ようとしたら、サギノにくいっと、ジャンパーの後《うし》ろをつかまれた。

「待《ま》ってよ。どうせならいっしょに行《い》こうよ。」

「三人《にん》いっしょに登校《とうこう》か？　そんなことしたら、クラスでますます誤解《ごかい》されちまうよ。」

「いいじゃない。好《す》きなように想像《そうぞう》させてあげれば！　おもしろいじゃない。」

サギノが、ゆかいそうに白《しろ》い歯《は》を見《み》せて、にかっと笑《わら》った。

「それに、あたしたちが仲《なか》が悪《わる》そうな感《かん》じで行《い》くと、よけいにみんな、いよいよ三角関係《さんかくかんけい》の破綻《はたん》か!?　なんてさ、芸能《げいのう》ニュースみたいになるよ。三人《にん》でにこにこして行《い》ったら、みんな期待《きたい》をうらぎられて、かえって、なにも言《い》わなくなるんじゃない？」

「そんなものかなあ。」

言《い》われてみれば、そうかもしれない。

どうせ今《いま》でもぼくは、「女子二人《じょしふたり》に好意《こうい》を示《しめ》されても、どちらも選《えら》ばないクールなやつ」みたいな話《はなし》になってるのだから、みんなの前《まえ》で、三人《にん》で仲良《なかよ》くするのはいいかもしれない。いろいろあったが、三人《にん》で、結局本当《けっきょくほんとう》の友達《ともだち》になりました！　ということにすればいいか……。

などと考《かんが》えていると。土曜《どよう》にサギノに見立《みた》ててもらった、例《れい》のかわいい今風《いまふう》のかっこうで、マジ子《こ》が現《あらわ》れた。すいか模様《もよう》の赤《あか》いソックスも赤《あか》いシュシュもちゃんと身《み》につけている。髪《かみ》はうまくまとまっていなくて、そのままおろしている。

「さ、行《い》こう。」

「うん。でもこんな髪《かみ》だし。」

ぐずるマジ子《こ》に、ぼくは大《おお》きな声《こえ》で言《い》った。

「おい、もう行《い》くぞ。委員長《いいんちょう》だろ。」

ぼくは自分《じぶん》が遅刻《ちこく》するのはいやだった。

あと、花田《はなだ》くんのふぬけた号令《ごうれい》で、起立《きりつ》、礼《れい》、着席《ちゃくせき》するのも、気《き》がすすまなかった。だからちょっと、強《つよ》い言《い》い方《かた》になってしまったのかもしれない。ぼくの言葉《ことば》に、マジ子《こ》がしゅんと肩《かた》を落《お》としたので、あーあと思《おも》って、こう言《い》った。

「だいじょうぶ。それでもじゅうぶんかわいいから。行《い》くぜ。」

「ほら、景《けい》くんもああ言《い》ってるんだから。」

サギノがマジ子《こ》の手《て》をつかんだ。

「わかった。行《い》く。」

教室《きょうしつ》に三人《にん》そろって入《はい》っていったら、やっぱりみんながおどろいた顔《かお》をした。ただしそれは、三人《にん》がいっしょに来《き》たことよりも、マジ子《こ》の変《か》わり方《かた》にびっくりしたのだった。

「マ、マジ子《こ》、どうしたの？」

「かわいいでしょ？　あたしがコーディネートしたのよ！」

マジ子《こ》よりも、なぜかうれしそうにサギノが答《こた》えた。

「サギノちゃん……。髪《かみ》……。」

マジ子《こ》がお姉《ねえ》ちゃんに甘《あま》える妹《いもうと》みたいに、サギノのシャツを引《ひ》っ張《ぱ》った。

「あ、はいはい。じゃあ、そこに座《すわ》って！　もー、マジ子《こ》ったら不器用《ぶきよう》なんだもんねえ。」

サギノがうでまくりして、自分《じぶん》の席《せき》に座《すわ》らせたマジ子《こ》の髪《かみ》を、くるくると巻《ま》きあげて、アップにした。

「あ、その髪形《かみがた》かわいい！」

「サギノ、うまーい！」

女子《じょし》が歓声《かんせい》をあげて、マジ子《こ》とサギノの周《まわ》りに集《あつ》まった。

「でしょ。でも、簡単《かんたん》なのよ。こうして一回《かい》ねじるだけ！」

「へえーえ！　本当《ほんとう》に簡単《かんたん》だ。」

「でしょ？　もう一回《かい》ひねってもかわいいのよ。」

「あー。それもいい！」

女子《じょし》たちが、わいわいとやりはじめたので、ぼくは手持《ても》ちぶさたになり、そろーっと自《じ》

分《ぶん》の席《せき》についた。すると、その瞬間《しゅんかん》に、

「おい、もう行《い》くぞ。委員長《いいんちょう》だろ！」

博多《はかた》くんがぼくの顔《かお》を見《み》ながら、そう言《い》うので、ぼくはびっくりした。

「……なに、それ？」

「って、厳《きび》しく言《い》っておいて、そのあと、『じゅうぶんかわいいから。』って、マジ子《こ》をほめたそうだなあ。今朝《けさ》、マンションのエントランスホールで。」

「あ！　そういえばそんなこと言《い》ったけど。な、なんで知《し》ってるの？」

「きみたちのマンションには、隣《となり》のクラスにいる、ぼくのいとこが住《す》んでいるのだ。やつがきみらの会話《かいわ》を聞《き》いてしまった！　って興奮《こうふん》して教《おし》えてくれたよ。」

博多《はかた》くんが親指《おやゆび》を立《た》てた。

「すげえな、コクニ。そういうふうにしかったりほめたりして、女心《おんなごころ》をあやつるんだな。おい、花田《はなだ》、来《こ》いよ。さっき言《い》ってた反省《はんせい》を、コクニに聞《き》いてもらうんだろ？」

稲本《いなもと》くんが声《こえ》をかけると、副委員長《ふくいいんちょう》の花田《はなだ》くんがするっと話《はなし》に入《はい》ってきた。

「コクニくん。ぼくさ、方向《ほうこう》をまちがってたよ。今《いま》まで、これが女子《じょし》にうけると思《おも》ってフェミニンをこころがけてたんだけど。」

「フェミニンって、なに？」

「ええと、男《おとこ》くさくなくて、やさしい感《かん》じで、おしゃれのことも女《おんな》の子《こ》とどんどん話《はなし》ができて……みたいなの。でも、ちがうんだな。それじゃ、女《おんな》の子《こ》の話《はな》しやすい友達《ともだち》になるだけで、男《おとこ》じゃないんだ。」

花田《はなだ》くんが、ぼくをじっと見《み》た。

「やっぱり、男《おとこ》っぽく、びしっと強《つよ》いところを見《み》せる。でもそれだけじゃ、女《おんな》の子《こ》が引《ひ》いちゃうから、ぱっと照《て》れずにほめる。もうすごい技《わざ》だよ！　だから、ああやってコクニくんを好《す》きな女《おんな》の子同士《こどうし》が、仲良《なかよ》くして、おしゃれも競《きそ》いあって、もっとコクニくんに好《す》かれようとがんばるんだね！　かっこいいなあ！」

「いや、ぼくはそんな計算《けいさん》して言《い》ってるわけじゃなくて。」

ぼくは必死《ひっし》で顔《かお》の前《まえ》で手《て》をふった。

「え？　じゃあ、しぜんと口《くち》に出《で》るの？」

「しぜんと言《い》われればそうかな。ぼくさ、いとこに小《ちい》さい女《おんな》の子《こ》が三人《にん》いるんだよ。法事《ほうじ》とかさ、親戚《しんせき》の集《あつ》まりのときに、その子《こ》たちのめんどうをよくみてるんだ。」

「うん。」

「ちっとも言《い》うこと聞《き》かないし、ほっとくとなにを言《い》いだすかわからないんだけど、でも、ある程度《ていど》静《しず》かにさせるコツがあるんだ。」

「コツ？」

「それは、お父《とう》さんの心《こころ》になりきること。」

「え、お父《とう》さんの心《こころ》!?」

「いとこだと思《おも》うと、腹《はら》が立《た》つことでも、ぼくはこの子《こ》たちのお父《とう》さんなんだ……と思《おも》うとしぜんと、なだめたり、ほめたり、話《はなし》を聞《き》いてやったり、ちゃんと注意《ちゅうい》できたりするんだよ。今朝《けさ》のサギノとマジ子《こ》との会話《かいわ》も、そんな感《かん》じになったんじゃないかと思《おも》うけど。」

「なるほど！　お父《とう》さんの心《こころ》か！」

「お父《とう》さんだったのか！」

稲本《いなもと》くんと博多《はかた》くんが、すごく感心《かんしん》してくれた。花田《はなだ》くんは、

「メモ、メモ。」

と言《い》いながら、本当《ほんとう》にメモをとっていた。

「そうか。お父《とう》さんの気持《きも》ちで、女《おんな》の子《こ》の服《ふく》とか髪形《かみがた》を『かわいい。』とほめると、おせじっぽくなくて、しかも、いやみがないんだな。」

「それに、よくないぞと思《おも》うことを、びしっと強《つよ》く言《い》っても、いばってるだけに聞《き》こえないんだ。だって娘《むすめ》のことを思《おも》って言《い》ってるわけだから、あたたかみがある。深《ふか》いな。」

「そうだったのか！　それで、サギノもマジ子《こ》も、あんなにコクニのことを好《す》きなんだな！　ちきしょー！　いいこと教《おし》えてくれたぜ！　これからは『お父《とう》さんの心《こころ》』だ！」

いったいなにがそんなにうれしいのか、男子《だんし》三人《にん》は、もうなにかをゲットしたような勢《いきお》いでそろってガッツポーズをした。

「なんだ？」

「その盛《も》りあがり、なに？」

ほかの男子《だんし》がわさわさ集《あつ》まってきたので、ぼくは、

「ちょっと、トイレ。」

と、小声《こごえ》で言《い》って、男子《だんし》の輪《わ》の中《なか》から逃《に》げだした。

男子《だんし》がいっぺんに興奮《こうふん》して叫《さけ》ぶと、汗臭《あせくさ》いし、むさくるしい。

男子《だんし》トイレで用《よう》をたし、ろうかに出《で》ようとドアを開《あ》けたとき、女子《じょし》の話《はな》し声《ごえ》が聞《き》こえた。

「わたしはマジ子《こ》にがんばってほしいな。」

「えーっ！　どうして！　マジ子《こ》のことうっとうしいって言《い》ってたじゃない。」

ぼくは、どきっとして、開《あ》けかけたドアを半分《はんぶん》ぐらい手前《てまえ》に戻《もど》した。いったい、この学《がっ》校《こう》では、今《いま》、ぼくら三人《にん》のことしか話題《わだい》がないのか？　苦々《にがにが》しく思《おも》いつつも、つい耳《みみ》をそばだてた。

女子《じょし》が数人《すうにん》、トイレの前《まえ》でたまって、話《はなし》に夢中《むちゅう》になっている。

「だってさ。マジ子《こ》、勇気《ゆうき》と根性《こんじょう》があるよ。サギノって、すごいモテ女《おんな》じゃない。そのサギノと堂々《どうどう》とはりあってるわけよ？　それも精《せい》いっぱいおしゃれしてさ。やっぱ引《ひ》いちゃわない？　サギノ相手《あいて》だと。」

「……そう言《い》われれば、そうよねえ。それにわたしだったら、もっとサギノに対《たい》して、いやな態度《たいど》とってしまうかも。だけどマジ子《こ》、サギノと仲良《なかよ》く話《はな》してるものね。」

「サギノはサギノで、なんか、ケバくなくなったし、話《はな》しやすくなったよね。」

「そうそう。今《いま》までなにを考《かんが》えてるのか、さっぱりわからない感《かん》じだったんだけど、だんだん、ふつうに話《はな》せるようになってきたよね。おかしな作《つく》り話《ばなし》じゃなくて、ちゃんと自分《じぶん》の意見《いけん》も言《い》うし。」

「やっぱりさ、本気《ほんき》で好《す》きな人《ひと》ができたら、サギノだってマジになるんじゃないの？」

「そうなのかな？」

「サギノがあそこまでシンプルな服着《ふくき》るようになったのは、コクニの昭和趣味《しょうわしゅみ》に合《あ》わせてでしょ？　なんか、かわいいとこあるなあって思《おも》うし。わたしはサギノにがんばってほしい派《は》かな。」

「コクニはどっちが好《す》きなんだろ？」

「どっちも好《す》きで選《えら》べないとか言《い》ったら、許《ゆる》せないよね。」

「そんなの、サギノもマジ子《こ》もかわいそうじゃない。」

「さんざん、二人《ふたり》を待《ま》たせておいて最終的《さいしゅうてき》に、『両方《りょうほう》とも、いい友達《ともだち》でいよう。』なんて言《い》ったら？　コクニってそういうこと言《い》いそうじゃない？」

「そのときは、みんなでボコボコにしにいこうよ。女《おんな》の敵《てき》だよ、そんなやつ。」

ぼくは、半分開《はんぶんあ》いていたトイレのドアをしゅーっと静《しず》かに手前《てまえ》に引《ひ》いて閉《と》じ、もう一度《いちど》個室《こしつ》に入《はい》った。

もう、出《で》るものはなかったが、こわくてろうかに出《で》る勇気《ゆうき》がなかったのだ。

洋式便器《ようしきべんき》に腰《こし》かけて、ぼくは、ふわあーっと情《なさ》けない声《こえ》をあげて、頭《あたま》をかかえた。

ぼくは、学校《がっこう》では風《かぜ》のごとく、すいーっとやりすごすのが理想《りそう》だった。実際《じっさい》、前《まえ》の学校《がっこう》でも「そんなにめだたないけど、そんなに印象《いんしょう》も悪《わる》くない人《ひと》」程度《ていど》のポジションを確保《かくほ》していた。

それなのに、転校《てんこう》してきてほぼ二週間《しゅうかん》。

今《いま》やぼくは、注目《ちゅうもく》の的《まと》。へたしたら「女《おんな》の敵《てき》」になり、女子《じょし》に囲《かこ》まれボコボコにされる。男子《だんし》からはまるで「女心《おんなごころ》をあやつるプロ」みたいな誤解《ごかい》をうけている。

そしてここが問題《もんだい》なのだが、男子《だんし》も女子《じょし》も、ぼくが「どっちを彼女《かのじょ》に選《えら》ぶか」を、すごく気《き》にしていて、どちらも選《えら》ばないでいると、どんどんぼくがとても悪《わる》い男《おとこ》だという印象《いんしょう》になっていくのだ。

ぼくの中《なか》で、「どちらか一人《ひとり》を選《えら》んで彼女《かのじょ》にする」なんてことは、どう考《かんが》えてもありえない。なんでこんなことになったんだろう？

「……っていうか、ぼくら三人《にん》って、どういう関係《かんけい》なんだろう？」

ぼくは、ついつい口《くち》に出《だ》してそう言《い》ってしまった。

マジ子《こ》もサギノも、もともとぼくにとっては「できれば避《さ》けたい」種類《しゅるい》の子《こ》たちだった。

しかし、ここまでかかわった以上《いじょう》、今《いま》さら知《し》らないふりをするわけにもいかない。

二人《ふたり》の変化《へんか》の過程《かてい》や、今《いま》、どんな様子《ようす》かも、まとめて知《し》っているのはぼくだけだ。二人《ふたり》がどんなふうになっていくか、見届《みとど》けたいというのもある。

それに二人《ふたり》とも、ぼくが思《おも》っていたよりも、ずっとハートが熱《あつ》くて、熱心《ねっしん》にものごとにとりくむ、真剣《しんけん》な子《こ》たちだ。けっこういいことも言《い》うし、それぞれが、見《み》ていておもしろい。

しかしこの感《かん》じって「いいお友達《ともだち》」っていうのとも、なんかちがう気《き》がする。いいお友達関係《ともだちかんけい》にしては、なんかぼくばかりがふりまわされているような気《き》がするのだ。ぼくはマジ子《こ》の話《はなし》もサギノの話《はなし》も聞《き》いて、いろいろ意見《いけん》をのべたりしているが、ぼくが二人《ふたり》に自分《じぶん》の気持《きも》ちを聞《き》いてもらったことは、ない。

だからといって、観察者《かんさつしゃ》と観察対象《かんさつたいしょう》、みたいな、クールで距離《きょり》を置《お》いた関係《かんけい》でもない。

「……ううむ。ぴったりくるのがないな。」

ぼくは便器《べんき》に深《ふか》く腰《こし》かけて、うで組《ぐ》みして、うなった。

すると、ふと、さっき稲本《いなもと》くんたちが大喜《おおよろこ》びしていたぼくの言葉《ことば》、「お父《とう》さんの心《こころ》」がよみがえってきた。

ああ、そうか。「お父《とう》さんの心《こころ》」か。

「それだよ！」

ぼくは、自分《じぶん》の言《い》った言葉《ことば》の中《なか》に、答《こた》えがあったことにびっくりした。

ぼくは、二人《ふたり》の変化《へんか》や成長《せいちょう》を見守《みまも》る父《ちち》のような気持《きも》ちで、二人《ふたり》とつきあっているというのがまさに今《いま》の関係《かんけい》なのかもしれない。

「お父《とう》さんの心《こころ》……。」

口《くち》に出《だ》して言《い》ってみると、それはますます、今《いま》のぼくの気持《きも》ちにぴったりだった。

よし、ぼくは、クラスのみんなになんと言《い》われても、サギノとマジ子《こ》のお父《とう》さんのスタンスを通《とお》すぞ。そう決《き》めたら、胸《むね》につかえていたなにかが、すっとはずれて落《お》ちたような気《き》がした。

14 母公認《ははこうにん》の弟《おとうと》

放課後《ほうかご》。

ぼくらは、いっしょに家《いえ》に帰《かえ》った。

サギノの部屋《へや》の荷物《にもつ》をかたづけなければいけないので、三人《にん》とも急《いそ》ぎ足《あし》だった。

教室《きょうしつ》を出《で》ようとしたとき、丸田《まるた》さんが、笑《わら》いながらこっちを指《ゆび》さすので、つい立《た》ちどまった。

「なんだい?」

「だって、そっくりなんだもの。ふんいきが。」

「ああ、そうだろ。マジ子《こ》とサギノってときどき、すごく似《に》てるだろ?」

ぼくが言《い》うと、丸田《まるた》さんが爆笑《ばくしょう》した。

「ちがう、ちがう。三人《にん》がそっくりなの! ねえ?」

隣《となり》にいた野々宮《ののみや》さんと細川《ほそかわ》さんも、くすくす笑《わら》いながら言《い》った。

「ほんと。もう、よく似《に》てるわあ。」

「ぼ、ぼくもそっくりなの？」

ぼくは衝撃《しょうげき》をうけた。

「まさか！」

「どこが!?」

マジ子《こ》とサギノもきき返《かえ》した。

「だってさ、三人《にん》とも同《おな》じ顔《かお》つきでひそひそ、話《はな》しあってるし、三人《にん》とも同《おな》じタイミングで歩《ある》きだすし。ねえ？」

「歩《ある》き方《かた》もそっくり。前《まえ》のめりになって、まっすぐ前《まえ》を見《み》て、早足《はやあし》でさささささって！」

「それはだから、用《よう》があったから。」

「それは、そう、急《いそ》いでたから。」

「それはただ、急《いそ》ぎだったし。」

三人《にん》の答《こた》えが、同《おな》じタイミングで重《かさ》なりあった。

「ぷぷぷっ。ほら！」

「返事《へんじ》も同《おな》じじゃない！」

「すごい仲良《なかよ》しさんたち！」

丸田《まるた》さんたちに、おおいに笑《わら》われた。

ぼくらは、腑《ふ》に落《お》ちない気持《きも》ちで、外《そと》に出《で》た。

「……ぼくら、そんなに似《に》てるのかな？」

「もともとぜんぜんちがうタイプなのにね？」

「どうして、似《に》るようになったのかしら？」

「やっぱり、同《おな》じところに住《す》んでるからかな？　マンションの別《べつ》の部屋《へや》とはいえ、あたしたちのうちって、くっついてるじゃない？　空《そら》から見《み》たら、大《おお》きな一軒《けん》の家《いえ》みたいなもんだし。」

サギノが首《くび》をかしげながら言《い》った。

「確《たし》かになあ。ベランダをろうかの代《か》わりにしてるし、同《おな》じ家《いえ》の隣《となり》の部屋《へや》みたいな感《かん》じだもんな。」

「そうよねえ。あ、コクニくんの工具箱《こうぐばこ》、今《いま》、わたしの部屋《へや》で預《あず》かってるわよ。」

マジ子《こ》が言《い》った。

「あ、そうだったのか。サギノのとこに置《お》き忘《わす》れたのかと思《おも》った。」

「ごめんね。わたしの部屋《へや》の壁《かべ》のフックがゆるんでたから、ゆうべ、ドライバーを借《か》りたくて。サギノちゃんのとこから持《も》ってきてもらったの。」

「それって、ベッドの頭《あたま》の壁《かべ》のほうの、フックか？　それとも小《ちい》さい額《がく》をかけていたほうのフック？」

「ベッドの頭《あたま》のほう。」

「ふーん。心配《しんぱい》だからあとで、しめ直《なお》しにいってやるよ。頭《あたま》の上《うえ》だろ？　ゆるんでひっかけてたものが落《お》ちてきたら、困《こま》るだろ。」

「ありがとう！　じゃあ、お菓子《かし》あげるわ。いただきもののバームクーヘンがあるの。」

「えー、あたしも欲《ほ》しい！」

「サギノちゃんにも、あげるって。それより、何時《なんじ》から、サギノちゃんの荷物整理《にもつせいり》する？　帰《かえ》ってすぐ始《はじ》める？」

「バームクーヘン食《た》べてからにしようよ！　あたしの部屋《へや》で食《た》べればいいじゃない。」

「そんなこと言《い》って、食《く》ってしゃべってたら、また明日《あした》にしようってことになるぞ。」

「それは困《こま》るわ。着《き》る服《ふく》、もうないもん。」

「じゃあ、例《れい》のパープルのスカルのシャツを着《き》たら？　あれ、わたしには、やっぱり着《き》こなせないし。」

「え、そう？　貸《か》してもらおうかな。あ、そうだ、新《あたら》しいシュシュ、買《か》ったんだ。」

「え、どんなの？」

「秋色《あきいろ》チェック。つけてみる？」

「うん！」

「また着《き》るものの話《はなし》かよ。よく飽《あ》きないなあ。」

しゃべっているうちに、マンションに着《つ》いた。

エレベーターのボタンを押《お》す前《まえ》に、「あっ。」と、マジ子《こ》が小《ちい》さく声《こえ》をあげた。

「ど、どうした、マジ子《こ》？」

「これって、……わたしたち、家族化《かぞくか》してるんじゃない？」

「か、家族化《かぞくか》？」

「だって、今《いま》、わたしたちのしてた会話《かいわ》って、もうすごく家族《かぞく》っぽくなかった？」

「そういえば……。」

言《い》われてみればそのとおりだ。いくらお隣《となり》さんだからって、自分《じぶん》の工具箱《こうぐばこ》がだれの部屋《へや》にあるのかもわからないというのは、ありえない。っていうか、もともとぼくは、自分《じぶん》の工具箱《こうぐばこ》が大事《だいじ》で、お母《かあ》さんが定位置《ていいち》から動《うご》かしただけでも文句《もんく》を言《い》っていた。なのに今《いま》は……。

「……よく考《かんが》えたらわたしの部屋《へや》のフックの位置《いち》を、コクニくんもサギノちゃんも知《し》ってるっていうの、ありえないよね。」

マジ子《こ》がつぶやいた。

「だってわたし、もともと、人《ひと》に自分《じぶん》の部屋《へや》に入《はい》ってこられるのがすごくいやなの。お母《かあ》さんが掃除《そうじ》のためでも、部屋《へや》に入《はい》ってくるのがいやで、小学《しょうがく》三年生《ねんせい》から自分《じぶん》の部屋《へや》の掃除《そうじ》をしてたんだもの。それなのに今《いま》はこんな感《かん》じだし……。」

「あたしも、ほんとならありえないよ。人《ひと》に服《ふく》やアクセサリーを借《か》りるのとか貸《か》すのとか。っていうか、今《いま》でもいやだけど、マジ子《こ》と景《けい》くんだけは平気《へいき》。」

「わたしも！　家族化《かぞくか》してるから、平気《へいき》なのかな？」

「っていうか、本当《ほんとう》の家族《かぞく》よりも家族《かぞく》っぽいかも！」

「それは、そうかもしれない。なぜならぼくは。」

……お父《とう》さんの心《こころ》で、きみらに接《せっ》しているからね、と言《い》おうとした矢先《やさき》、言葉《ことば》をさえぎられた。

「そうだよね。景《けい》くんのこと、あたし、弟《おとうと》みたいだなーって思《おも》って話《はな》してたよ。」

サギノが言《い》った。

「わたしも。弟《おとうと》がいたらこんな感《かん》じかなって。」

マジ子《こ》にも言《い》われて、ぼくは、ええー!? っとのけぞった。

「わたしは、サギノちゃんのこと、お姉《ねえ》さんみたいかな、なんて。」

マジ子《こ》が、言《い》った。

「え、そうなの? あたしはマジ子《こ》のこと、妹《いもうと》みたいだなーなんて。」

サギノがうれしそうにそう答《こた》えた。

「みんな一人《ひとり》っ子《こ》だもんね。三人《にん》が、きょうだいだったら、こんな感《かん》じなのかな?」

「そうかも! サギノちゃんが長女《ちょうじょ》でわたしが次女《じじょ》で、コクニくんが末《すえ》っ子《こ》ね。」

「毎日楽《まいにちたの》しいよね! 本当《ほんとう》にそうだったら。」

マジ子《こ》とサギノが、とても楽《たの》しそうに笑《わら》いあっていたが、ぼくは笑《わら》えなかった。

「どうしたの? 景《けい》くん、難《むずか》しい顔《かお》して。」

「おなか痛《いた》いの?」

「……ぼくが末《すえ》っ子《こ》だなんて、まったく知《し》らなかったよ。」

ぼくの声《こえ》は、自分《じぶん》でもおどろくぐらいふきげん丸《まる》だしだった。

「ええ？」

「弟《おとうと》みたいに、親《した》しく思《おも》ってたって話《はなし》よ？　それがどうしたの？」

「ぼくはね。弟《おとうと》じゃなくて、お父《とう》さんだったんだ。『お父《とう》さんの心《こころ》』で、きみたちに接《せっ》していたんだ。」

「へえ？　お父《とう》さん？」

「どういう意味《いみ》？」

二人《ふたり》がぽかんと口《くち》を開《あ》けて、ぼくを見《み》た。

かーっ！　なんて鈍《にぶ》いっていうか、洞察力《どうさつりょく》がない女《おんな》どもだ！

ぼくは、怒鳴《どな》りたい気持《きも》ちをおさえてお父《とう》さんらしく堂々《どうどう》と話《はな》した。

「ぼくはね、お父《とう》さんのように、広《ひろ》くて大《おお》きい海《うみ》のような心《こころ》、ときに岩《いわ》をくだく波《なみ》のような厳《きび》しさをもつ、そんな気持《きも》ちできみらのことを見《み》ていたつもりだったんだ。」

「…………」

「…………」

またしても二人《ふたり》が、ぽけーっと目《め》を見開《みひら》いて、ぼくを見《み》ているので、もう本格的《ほんかくてき》にいらっときてしまった。

「だってそうじゃないのかい？　こんなにぼくはきみらの生活《せいかつ》につきあってる。いつも大《おお》きい心《こころ》で見守《みまも》ってる。ときにやさしく話《はなし》を聞《き》き、頼《たの》まれれば用事《ようじ》をし、でも大事《だいじ》なことはびしっと言《い》う。そういう態度《たいど》って、お父《とう》さんじゃないのかよ！」

二人《ふたり》がちらちらっと目配《めくば》せした。これがまた、ムカついた。

「なんだよ！　それを弟《おとうと》だなんて！　兄《あに》にできなくても、せめて末《すえ》っ子《こ》にしなくてもいいじゃないか！　二人《ふたり》ともそんな気持《きも》ちでぼくを見《み》てたのかと思《おも》うと情《なさ》けなくてやりきれないよ！」

「ははー、景《けい》くん。このなかでいちばん下《した》なのが気《き》にくわないんだ！　なにそれ？　幼稚《ようち》園《えん》の子《こ》じゃあるまいし……。」

なおも言《い》いつのろうとする、サギノのうでを、引《ひ》きとめるようにマジ子《こ》がつかんだ。

「コクニくん、ごめんね。わたし、コクニくんに甘《あま》えすぎてたみたい。」

マジ子《こ》がそう言《い》った。

「コクニくんがあまりにもやさしいものだから、つい調子《ちょうし》にのって。ごめんね。こ、これからは、わたし、コクニくんに頼《たよ》りすぎないようにするわ。」

マジ子《こ》の声《こえ》が、途中《とちゅう》からふるえだした。見《み》ると、顔《かお》が真《ま》っ青《さお》になり、くちびるがふるえている。

「マジ子《こ》、ほら。」

サギノがマジ子《こ》に自分《じぶん》のハンカチをわたした。マジ子《こ》がそれを受《う》けとり、きゅっと目頭《めがしら》をおさえた。

「景《けい》くん。マジ子《こ》はマジメなんだから、そんな言《い》い方《かた》しちゃだめじゃない。泣《な》いちゃったよ。お父《とう》さんがキレて、娘《むすめ》を泣《な》かせていいの？　そういうのって真《しん》のお父《とう》さんの心《こころ》とは言《い》えないんじゃない？」

「そ、それは……。」

言《い》われてみればそうかもしれない。

自分《じぶん》のイメージどおりのことを言《い》われなかっただけで、娘《むすめ》に怒《いか》りだすなんて、きっと真《しん》のお父《とう》さんはしないだろう。

「……ごめん。ぼく、お父《とう》さんの心《こころ》じゃなかったかもしれない。」

ぼくが二人《ふたり》に頭《あたま》を下《さ》げたそのとき、エレベーターのドアが開《あ》いた。

「あら、景太《けいた》。」

これ以上《いじょう》のタイミングはないぐらいの、ぼくにとっていちばんだれにも見《み》られたくない

1 2 3 4 5 6 7 8 9 10 11

その瞬間《しゅんかん》、葉《は》っぱ模様《もよう》のエコバッグをさげたお母《かあ》さんが現《あらわ》れた。

ハンカチに顔《かお》をうずめたマジ子《こ》の背中《せなか》を、サギノが抱《だ》いているのを見《み》るなり、お母《かあ》さんが叫《さけ》んだ。

「あら？　いったいどうしたの？　景太《けいた》。あんた、まさか真美子《まみこ》ちゃんを泣《な》かせたの⁉　だめじゃない！　女《おんな》の子《こ》を泣《な》かせるなんて！」

「いや、これはその……。」

ちがう、とは言《い》えないのがまたつらかった。だって、ぼくが本当《ほんとう》に泣《な》かせたからだ。

「だからその、今《いま》あやまっているところだし……。」

「あやまってすむなら、警察《けいさつ》はいらないのよ！」

お母《かあ》さんが、ぎゅうっとぼくのほっぺたをつねりあげた。

「痛《いた》、痛《いた》た。はなしてよ！　お母《かあ》さん！」

「おばさん、景《けい》くんを許《ゆる》してあげてください。」

サギノが言《い》った。

「景《けい》くん、そんな悪《わる》いことしたわけじゃないんです。ただちょっとあたしたちが怒《おこ》らせちゃっただけですから。」

「そうです。わたしが、その、コクニくんって、わたしたちの弟《おとうと》みたいだって言《い》ってしまったから、ううう。」

マジ子《こ》がそう言《い》って泣《な》きくずれた。

「そんなことで怒《おこ》るなんて、まあ、器《うつわ》のちっちゃい男《おとこ》だこと！」

お母《かあ》さんが、ようしゃなくぼくに言葉《ことば》の鞭《むち》をふるった。

「これだけ、真美子《まみこ》ちゃんとサワノちゃんのお世話《せわ》になっておいて、なにを言《い》ってるんだか！　ごめんなさい。この子一人《こひとり》っ子《こ》だし、あなたたちがやさしいから、本当《ほんとう》に弟《おとうと》みたいな甘《あま》えた気持《きも》ちになってるのよ。これからもお姉《ねえ》さんのような気持《きも》ちで、景太《けいた》のことをみてやってもらえないかしら？　本当《ほんとう》にごめんなさいね。許《ゆる》してね。」

お母《かあ》さんが、二人《ふたり》に頭《あたま》を下《さ》げた。二人《ふたり》とも、さっと顔《かお》をあげてにこおっと笑《わら》った。

「はい！　では、そうします。」

「わたしたち、姉《あね》の気持《きも》ちでコクニくんとつきあいますから。」

「末《すえ》っ子《こ》だと思《おも》って、大《おお》きい広《ひろ》い心《こころ》でみてやって。」

「はい！　末《すえ》っ子《こ》だと思《おも》います！」

「大《おお》きい、広《ひろ》い心《こころ》でみます！」

マジ子《こ》のほっぺたはまったくぬれていなかったし、目《め》もうるんでいない。

やられた！　マジ子《こ》のやつ、こんなにウソがうまくなっていたのか！　それにサギノのやつも、うまいことのったな！

そう思《おも》ったけれど、もうとりかえしがつかない。

お母《かあ》さんが、「じゃあね。よろしくね。」と、サギノとマジ子《こ》に手《て》をふりながら、エントランスを出《で》ていった。

「景《けい》くん。そういうわけだし、三人姉弟《にんきょうだい》の末《すえ》っ子《こ》ということでいいわね？」

サギノが腰《こし》に手《て》をあてて、あごをつきだし、言《い》った。

「お父《とう》さんじゃなくって、ごめんね。でも、コクニくんのお母《かあ》さんも認《みと》めてくださって。」

マジ子《こ》も、控《ひか》えめな言《い》い方《かた》ながら、勝《か》ち誇《ほこ》った顔《かお》で言《い》った。

「……いいです。弟《おとうと》でも末《すえ》っ子《こ》でも、飼《か》い犬《いぬ》でも捕虜《ほりょ》でも。」

ぼくは、すっかりなげやりになってそう答《こた》えた。

「きみらが好《す》きなように思《おも》えばいいんだよ。人《ひと》は、心《こころ》でなにを思《おも》おうが自由《じゆう》だものな。」

「景《けい》くん、捕虜《ほりょ》って？」

「敵《てき》につかまえられた人《ひと》のことよ。」

ぼくの代《か》わりにマジ子《こ》が説明《せつめい》した。

「そうだったのか！　『捕虜《ほりょ》』って言葉《ことば》、おじいちゃんがときどきつかう。」

「そうよね。あと、戦争映画《せんそうえいが》のセリフで聞《き》くし。」

「なんだよ。どうせ昭和《しょうわ》の男《おとこ》だからな。」

「また、すねちゃった！」

サギノが、爆笑《ばくしょう》して、後《うし》ろによろけた。

そのとき、閉《し》まっていたエレベーターのドアがまた開《あ》いた。ちょうど、エレベーターを背《せ》にして立《た》っていたサギノは、開《あ》いたエレベーターの箱《はこ》の中《なか》に、あおむけにひっくり返《かえ》った。

エレベーターの中《なか》に乗《の》っていた大人《おとな》が、びっくりして奥《おく》に飛《と》びのいた。

「サギノちゃん、あぶない！」

マジ子《こ》が、そう叫《さけ》んで、とっさにサギノのうでをつかんだ。しかし、どちらかというときゃしゃなマジ子《こ》に、自分《じぶん》よりも大柄《おおがら》なサギノを引《ひ》きもどす力《ちから》はなくて、サギノの体《からだ》に乗《の》りかかるようなかっこうで、どうっと重《かさ》なって、エレベーターの中《なか》に倒《たお》れこんだ。

「あ、痛《いた》っ。」

「痛《いた》っ。」

二人《ふたり》が、自分《じぶん》のおでこに手《て》をあてて叫《さけ》んだ。

「おい、だいじょうぶか？　って、うあ！」

ぼくは、二人《ふたり》の頭《あたま》から、ゆらあっとゆらぐ大《おお》きなハートが、しんきろうのように湧《わ》きあがるのを見《み》た。

前《まえ》より大《おお》きい！

ぼくは息《いき》をのんで、その、サギノの顔《かお》よりも大《おお》きいハートが、二人《ふたり》の上《うえ》でゆれているのを見《み》つめた。それは、氷《こおり》が解《と》けて、うーんとうすくなった飲《の》み残《のこ》しのグレープジュースほど、ごくうすいピンクだった。セロファンのように、むこうが透《す》けてみえる。

そこにマジ子《こ》から、うう一んとのびあがるように、長《なが》いハートが立《た》ちのぼった。

それは、白《しろ》い浴槽《よくそう》にためた水《みず》のようなあわい水色《みずいろ》で、ガムみたいによくのび、サギノのハートと重《かさ》なりあって、天井近《てんじょうちか》くにまで浮《う》きあがった。

二つのハートが重《かさ》なった部分《ぶぶん》が、ラベンダーの色《いろ》になり、そこから天井《てんじょう》の照明《しょうめい》が透《す》けている。

ハートはしばらく、重《かさ》なりあったまま、くねくねと宙《ちゅう》を泳《およ》いでいたが、やがてまた、反《はん》対《たい》の相手《あいて》の中《なか》に、しゅるるっと入《はい》りこんでいった。

ぼくは、それぞれの体《からだ》にもぐりこんでいくハートのしっぽを見《み》ながら、ちょっと、背中《せなか》がぞくっとした。

透《す》きとおったハートが舞《ま》う様子《ようす》はきれいだが、こう大《おお》きくなると、エイリアンみたいだ。

ぼくが、ハートが完全《かんぜん》に入《はい》ったのを見届《みとど》けていると、

「おい、きみたち、だいじょうぶか!?」

エレベーターに乗《の》っていたおじさんが二人《ふたり》を助《たす》けおこした。

「血《ち》が出《で》てるよ。きみ、管理人《かんりにん》さんを呼《よ》んできて！」

おじさんに言《い》われてぼくは、エントランスを飛《と》びだした。

隣《となり》の棟《とう》にある管理人室《かんりにんしつ》に向《む》かって走《はし》りながら、今度《こんど》はなにがおきるのだろうかと思《おも》ったら、気持《きも》ちも足《あし》どりも、とても重《おも》かった。

15 ハート部《ぶ》のみなさんの気持《きも》ち

夜《よる》になった。

窓《まど》がかたっと鳴《な》ったので、ぼくは、はっとして立《た》ちあがった。

しかし、ベランダには、サギノもマジ子《こ》もいなかった。

来《こ》ないのかな……。

あの、エレベーターの中《なか》での入《い》れ替《か》わりのあと、管理人《かんりにん》さんが救急箱《きゅうきゅうばこ》を持《も》ってきて、サギノとマジ子《こ》のひたいがこすれて、血《ち》がにじんでいるのを、手当《てあ》てしてくれた。

マジ子《こ》のお母《かあ》さんがやってきて、ちょっとおくれてぼくのお母《かあ》さんも現《あらわ》れて、ひとしきり事態《じたい》の説明《せつめい》があったあと、ぼくらはそれぞれ、家《いえ》でおとなしくしてなさいと言《い》われたのだった。

そのせいか、両隣《りょうどなり》の部屋《へや》は、妙《みょう》にしーんとしていた。

サギノの服《ふく》の整理《せいり》は、今日《きょう》しなくていいのだろうか？

マジ子《こ》の部屋《へや》のフックのゆるみを確《たし》かめる約束《やくそく》もしてたぞ。

そうそう、マジ子《こ》がいただきもののバームクーヘンを、持《も》ってきてくれるって話《はなし》もあったのにな。

気《き》になるが、しかし、わざわざそのために、どちらかの部屋《へや》に行《い》くというのも気《き》がひける。

ぼくはベランダに出《で》るのをやめた。

ふと目《め》をやった先《さき》、部屋《へや》のすみに、綿《わた》が落《お》ちていた。

「なんだ？」

どうして、灰色《はいいろ》の綿《わた》なんか落《お》ちてるんだろうか？

不思議《ふしぎ》な気持《きも》ちで、それを拾《ひろ》いあげて、びっくりした。それは、なんと綿《わた》ぼこりだったのだ！

「綿《わた》ぼこりなんかがなぜ、ぼくの部屋《へや》に？」

ぼくの部屋《へや》で、かつてこんなものを発生《はっせい》させたことはない。つねにフローリング用《よう》モップで、床《ゆか》をふき掃除《そうじ》しているし、ハンディーモップも、手《て》をのばせばとどくところに常置《じょうち》してある。

ぼくは、はっとした。

本《ほん》だなに並《なら》んだ本《ほん》に、うっすらとほこりがつもっている。それに、ベッドのわきにぬけ毛《げ》が落《お》ちていた。

「あー。そうか！　掃除《そうじ》するの、忘《わす》れてた！」

よく考《かんが》えたら、この一週間《しゅうかん》、なんだか毎日《まいにち》がめまぐるしくて、部屋《へや》の掃除《そうじ》をするのを忘《わす》れていた。

観葉植物《かんようしょくぶつ》の葉《は》っぱも、つやを失《うしな》っているような気《き》がした。

「ごめんよー。きみのことを、完全《かんぜん》に忘《わす》れてたわけじゃないんだ。」

ぼくは言《い》い訳《わけ》をしながら、窓際《まどぎわ》の植物《しょくぶつ》の葉《は》を、つやだし用《よう》タオルでみがき、ほこりを取《と》ってやった。おやつとして、液体《えきたい》の活性剤《かっせいざい》も与《あた》えてやる。

「ごめんなー。この部屋《へや》のことをどうでもいいとか思《おも》ってたわけじゃないんだ。」

部屋全体《へやぜんたい》に言《い》い訳《わけ》をしながら、大急《おおいそ》ぎで掃除機《そうじき》をかけ、モップをかけた。

そうだよ、これがぼくの暮《く》らしだったよな。

窓《まど》にガラスクリーナーをふきつけながら、ぼくは思《おも》いだしていた。

こうやって部屋《へや》をきれいにする。それから、ベッドで寝《ね》ころびながら、ゆっくりと好《す》きなテレビや雑誌《ざっし》を見《み》たりして、くつろぐ。そういうのが毎日《まいにち》だったよな。

時計《とけい》を見《み》たら、七時半《じはん》だった。まだ七時半《じはん》だって？

窓《まど》ふきは、どんなに熱心《ねっしん》にやったところであと五分《ふん》ぐらいで終《お》わってしまう。それから、なにをしようか？　宿題《しゅくだい》、今日《きょう》はなかったよな。お父《とう》さんが帰《かえ》ってきたら、二度目《どめ》の晩《ばん》ごはんに参加《さんか》してもいいけど……。

窓《まど》ふきを終《お》えて、とりあえず、ぼくはテレビをつけた。

「あ、やった！『新築《しんちく》そっくり・おどろきリフォームＳＰ《スペシャル》』だって！」

大好《だいす》きな番組《ばんぐみ》をやっていたので、ぼくはわくわくして、テレビの前《まえ》に座《すわ》った。

これこれ。こういう、静《しず》かでちょっとわくわくする、はしゃぎすぎない、イイ感《かん》じ。これが一人《ひとり》の楽《たの》しみだよな。

しかし、五分後《ふんご》、ぼくは退屈《たいくつ》していた。番組《ばんぐみ》で取《と》りあげられているのが、リフォーム専《せん》門誌《もんし》で見《み》たことのある狭小住宅例《きょうしょうじゅうたくれい》だったから、あまりおもしろくなかったせいもあるけれど、なぜだか、そんなに夢中《むちゅう》になれなかったのだ。

時計《とけい》を見《み》たら、七時《じ》四十五分《ふん》だった。七時《じ》四十五分《ふん》だって!?

さっきから十五分《ふん》しかたってないの？

ぼくは、ひざをかかえて、しばらく考《かんが》えていたが、立《た》ちあがってベランダに出《で》た。

マジ子《こ》のほうも、サギノのほうも部屋《へや》の灯《あか》りはついているが、しんと静《しず》まりかえっている。

ぼくは、ちょっと考《かんが》えて、サギノの部屋《へや》のほうに歩《ある》いていった。

サギノの部屋《へや》はカーテンがついてなかった。マジ子《こ》が、カーテンを洗《あら》ってあげると言《い》っていたから、きっと全部《ぜんぶ》わたしてそのままになっているのだろう。

部屋《へや》はぼくらがきれいにレイアウト変更《へんこう》したそのままの状態《じょうたい》……ではなかった。

フローリングの真《ま》ん中《なか》に段《だん》ボール箱《ばこ》が二箱《ふたはこ》、開《ひら》いた状態《じょうたい》で置《お》いてあり、その真《ま》ん中《なか》にはさまれるように、サギノが座《すわ》りこんでいた。

シャツやワンピースなど、衣類《いるい》がベッドの上《うえ》に積《つ》みあげてある。

あとぼくが、「細《こま》かいものは出《だ》しっぱなしにしないで、必《かなら》ずこのかごに入《い》れるように！それだけは守《まも》ってくれ！」と言《い》って手《て》わたした三つのかごが、こっちに背中《せなか》を向《む》けて座《すわ》りこんでいるサギノの足《あし》もとに置《お》いてあった。

ピンクのリボンのかごがマニキュアやリップクリームやくしなどの「化粧品《けしょうひん》かご」、黄《き》色《いろ》いリボンのかごが「アクセサリーなどのかご」、水色《みずいろ》のリボンのかごが「その他《た》」のかご。マジ子《こ》がそう決《き》めて、リボンをそれぞれ結《むす》んでくれたのだ。

そこにサギノは一心不乱《いっしんふらん》に、段《だん》ボール箱《ばこ》から出《で》てくる細《こま》かいものどもをふりわけている最中《さいちゅう》だった。

窓《まど》がちょっとだけ開《あ》いていたので、ぼくはサギノに声《こえ》をかけた。

「おーい、サギノ。」

ふりむいたサギノの顔《かお》を見《み》て、ぼくは、ん？　と、とまどってしまった。

サギノが妙《みょう》なメガネをかけていたのだ。

「なにやってるの？」

「なにって、自分《じぶん》のものを、かたづけてるんじゃない。」

「いや、それはわかってるけど、そのメガネ。」

「ああー、これ？　ママのを借《か》りてるの。なにもしてないより見《み》やすくていいから。」

「お、お母《かあ》さんのメガネだったのか。」

フレームが蝶《ちょう》の形《かたち》になっている。さすがサギノのお母《かあ》さんだ。

「って、サギノ、目《め》が悪《わる》くなったのか？」

「マジ子《こ》の近眼《きんがん》が、いよいよきちゃったみたいなの。」

「それなら、マジ子《こ》のメガネを借《か》りろよ。きっとマジ子《こ》は目《め》がよくなってるだろうから。」

「あ、それもそうか。」

ひょいっと立《た》ちあがったサギノと向《む》かいあって、ぼくは、あれ？ と、またとまどった。

どうも、サギノの目《め》の位置《いち》がいつもより下《した》に見《み》えるのだ。

「サギノ、なんか、小《ちい》さくなった？」

「ええ!? なんで？」

「だって、ぼくと背《せ》の高《たか》さがいっしょぐらいだったろ？」

「そうだったっけ？」

向《む》かいあって、サギノの顔《かお》を見《み》てみたが、なにかひっかかる。

首《くび》をかしげていると、コンコン！ と窓《まど》が鳴《な》った。

「なんだ。二人《ふたり》でかたづけはじめてたの？ 言《い》ってくれれば、いっしょにするのに。」

手《て》に、バームクーヘンと細《ほそ》いフォークが三本《ぼん》のった皿《さら》を持《も》ったマジ子《こ》が、ベランダに立《た》っていた。

「お、マジ子《こ》。今《いま》、そっちに行《い》こうかと思《おも》ってたとこなんだ。サギノにメガネ貸《か》してやってくれよ。」

「ああ、そうだろうと思《おも》って、かえのやつも持《も》ってきたよ。」

マジ子《こ》が、あずき色《いろ》のフレームのメガネをつっこんだ、ピンクのジャージのポケットを、体《からだ》をひねって見《み》せてくれた。

「さすが気《き》がきく、委員長《いいんちょう》！」

サギノが手《て》をたたいて、マジ子《こ》のほうに近寄《ちかよ》っていった。

二人並《ふたりなら》んでいる様子《ようす》を見《み》て、ぼくは、

「あ！　やっぱり！」

と、声《こえ》をあげてしまった。

「どうしたの？」

「なに？」

「あのさ、二人《ふたり》とも。さっきエレベーターでぶつかって転《ころ》んだとき、またハートが入《い》れ替《か》わったって、気《き》がついてた？」

すると、サギノとマジ子《こ》が、同時《どうじ》にうなずいた。

「やっぱりそうだったのね。」

「景《けい》くんの顔《かお》つきがヘンだったから、またかな、とは思《おも》ってた。」

「また、入《い》れ替《か》わったんだ……。」

「だから、急《きゅう》に視力《しりょく》がおちたのね。」

「そうそう。わたしも見《み》えるようになったから……。」

二人《ふたり》が、微妙《びみょう》な顔《かお》つきでだまってしまった。

「今《いま》さ、二人《ふたり》を見《み》て気《き》がついたんだけど、背《せ》の高《たか》さが入《い》れ替《か》わってるぜ。」

「え！」

「本当《ほんとう》に!?」

サギノとマジ子《こ》はおたがいを見合《みあ》って、

「あーっ！」

「本当《ほんとう》だ！」

と、叫《さけ》び声《ごえ》をあげた。

「マジ子《こ》、なんセンチだった？」

「百五十センチ。サギノちゃんは百五十五ぐらいだったよね？」

「百五十七。あーっ！　マジ子《こ》の頭《あたま》のつむじが見《み》えないー！」

「こっちは、サギノちゃんのつむじが見《み》えるよ！　うわ、サギノちゃんも、つむじが二つあるの？」

「ええ？　あたしそんなことないよ。つむじが二つあるのはマジ子《こ》でしょ？　髪《かみ》をまとめにくいんだよね。」

「でも、二つあるよ。わたしと同《おな》じ場所《ばしょ》に……って、あれー！　髪《かみ》の質《しつ》がちがってるよ！　サギノちゃんって、茶色《ちゃいろ》でお人形《にんぎょう》の髪《かみ》みたいなしっかりした髪《かみ》じゃなかった？　なんで真《ま》っ黒《くろ》で細《ほそ》い毛《け》になってるの？」

「ちょっと！　マジ子《こ》！　あんたが茶髪《ちゃぱつ》になってる。ほら、ラーメンみたいに根《ね》もとにクセが出《で》てうねってるし。これ、あたしの髪《かみ》じゃない？」

「え？　それじゃあ。」

二人《ふたり》は血相《けっそう》を変《か》えて、おたがいの髪《かみ》をつまんだり、もんだり、においをかいだりしあった。

「これ、あたしの髪質《かみしつ》！」

「わたしの髪《かみ》だわ！」

「入《い》れ替《か》わっちゃった！」

「身長《しんちょう》も、髪《かみ》も、入《い》れ替《か》わってる！」

「ぼくの見《み》たところ、それだけじゃないみたいだぞ。」

「どういうこと？」

「ばんそうこうの場所《ばしょ》がヘンだ。二人《ふたり》がぶつかったとき、すりむいたのはサギノがここ、みけんのすぐ上《うえ》で、マジ子《こ》が生《は》え際近《ぎわちか》くの高《たか》い位置《いち》だったはずだ。それも入《い》れ替《か》わってる。」

「それって、つまり。」

「顔《かお》も入《い》れ替《か》わってる？」

「でも、顔《かお》、マジ子《こ》に見《み》えるよ？」

「サギノちゃんも……。って、あーっ！　ひょっとして、お肌《はだ》が入《い》れ替《か》わったんじゃない？」

「うっそーっ！　なんか肌《はだ》の手触《てざわ》りちがってる？」

サギノが自分《じぶん》のほおを両手《りょうて》でごしごしってこすった。

「あー！　なんかちがーう！」

叫《さけ》ぶマジ子《こ》の手《て》から、そっとバームクーヘンの皿《さら》を取《と》って、とりあえず安全《あんぜん》な場所《ばしょ》に置《お》いた。この調子《ちょうし》では、この話《はなし》はすぐに終《お》わらないだろう。

今《いま》の入《い》れ替《か》わり内容《ないよう》は、〈見《み》た目《め》〉と〈体質《たいしつ》〉のどちらに分類《ぶんるい》したものだろうか？　考《かんが》えながらバームクーヘンを食《た》べていると、

「ちょっと、なにを騒《さわ》いでるの？」

ドアが開《あ》いて、サギノのお母《かあ》さんが顔《かお》を出《だ》した。お母《かあ》さんは、顔《かお》に白《しろ》い紙《かみ》をはりつけていた。目《め》と鼻《はな》の穴《あな》と口《くち》だけ穴《あな》があいている。

「あ、ママ、ええと。」

サギノがなにか言《い》う前《まえ》に、お母《かあ》さんが、ああ、とうなずいた。

「ハート部《ぶ》のみなさんね。サワノの部屋《へや》の掃除《そうじ》を手伝《てつだ》ってくれて、ありがとう。ご苦労《くろう》さま。あとでサンドイッチなら作《つく》ってあげるわよ。」

そう言《い》って、お母《かあ》さんは鳴《な》りはじめたケータイを手《て》に、リビング方面《ほうめん》に行《い》ってしまった。

お母《かあ》さんの出現《しゅつげん》で、今《いま》にも悲鳴《ひめい》をあげそうなほど興奮《こうふん》していた二人《ふたり》が、しゅーっと空気《くうき》がぬけたように、肩《かた》を落《お》として口《くち》を閉《と》じた。

「ハート部《ぶ》って、なんだ？」

「ママが勝手《かって》に、あたしたち三人《にん》のことをそう呼《よ》んでるのよ。ハートが好《す》きな子《こ》たちだっ

て思《おも》ってるから。」

「ハート部《ぶ》？」

「そう、ハートを大事《だいじ》にする心《こころ》のホットな人《ひと》の集《あつ》まるクラブだから、こうして部活動《ぶかつどう》でわざわざあたしの部屋《へや》の掃除《そうじ》なんかしてくれると思《おも》ってるんだ。」

「あはは！　部活《ぶかつ》！　それはいいわね。」

マジ子《こ》がぼくの横《よこ》にどしっと座《すわ》って、バームクーヘンに手《て》をのばした。

「部活《ぶかつ》みたいなものかも。毎日《まいにち》、昼休《ひるやす》みや放課後《ほうかご》に集《あつ》まって、活動《かつどう》してるし！」

「帰《かえ》ってからもこうやって集《あつ》まって、夜練《よるれん》があるしな。」

「夜練《よるれん》？」

「だって、サギノの部屋《へや》の整理整頓《せいりせいとん》って、運動部《うんどうぶ》の夜練習《よるれんしゅう》ぐらいのパワー使《つか》ってるよ。きっと。」

ぼくが言《い》うと、サギノが笑《わら》った。

「いえてる！　朝《あさ》は朝《あさ》で、心《こころ》のあったかいあたしとしては、マジ子《こ》の髪《かみ》をちゃんとセットしてあげるという大事《だいじ》な活動《かつどう》があるしね。それって、朝練《あされん》だわ！」

「しかも、ちゃんと部活《ぶかつ》の記録《きろく》もつけているし。」

マジ子《こ》がぼくのポケットに入《はい》っている、観察記録《かんさつきろく》ノートを指《さ》して言《い》った。

「今《いま》、学校《がっこう》でいちばん熱《あつ》い部《ぶ》なんじゃないのか？」

「本当《ほんとう》だわ！　家《いえ》も同《おな》じとこに住《す》んで家族化《かぞくか》するぐらいだし。」

「だから、ずーっと合宿中《がっしゅくちゅう》なんだ。」

「あ！　これって合宿中《がっしゅくちゅう》だったんだ！　ぜんぜん気《き》がついてなかったわ。どうりで、ジャージばっか着《き》ることになるはずだわ。」

サギノがものすごくおどろいた顔《かお》で言《い》い、みんな大笑《おおわら》いした。

そのあと、三人《にん》でバームクーヘンをたいらげてしまうと、手分《てわ》けして部屋《へや》をすっかりかたづけてしまった。三人《にん》とも、ずーっと冗談《じょうだん》を言《い》いっぱなしで、笑《わら》いっぱなしだった。

それはまちがいなく、ぼくら三人《にん》が出会《であ》ってから、今《いま》まででいちばん、なごやかでゆかいで楽《たの》しい感《かん》じの、夜《よる》だった。

だから、ぼくは油断《ゆだん》していた。

ぼくはすっかり、これでいいと思《おも》っていた。

マジ子《こ》は前《まえ》に、自分《じぶん》が嫌《きら》いだから、どんどんサギノと入《い》れ替《か》わってもいいと言《い》っていたし、サギノも入《い》れ替《か》わることに関《かん》して、ぜんぜん文句《もんく》もぐちも不満《ふまん》も言《い》ってなかった。

だから、二人《ふたり》ともそこはもう、それでいいと思《おも》っているのかな、とさえ思《おも》っていた。

クラスのみんなも、今《いま》のほうが、サギノもマジ子《こ》も好意《こうい》がもてると言《い》っている。

ぼくが見《み》ても、二人《ふたり》とも、入《い》れ替《か》わりがすすんだほうが、イイ感《かん》じになってるし、本人《ほんにん》たちも楽《たの》しそうに見《み》えるし。

ハートのパーツがどんどん入《い》れ替《か》わっていくのは確《たし》かに不思議《ふしぎ》なことだとは思《おも》うけど、結果《けっか》がよければそれでいいじゃないか……という気分《きぶん》になっていた。

だけど。

よく考《かんが》えてみればそんなふうに、おだやかにことがすすむはずはなかった。こんなおかしなことがしょっちゅうおこっているというのに、ことを荒立《あらだ》てず、すべてがまるくおさまるはずがなかった。

16 うす紫《むらさき》とラベンダー

次《つぎ》の日《ひ》。

エレベーターを出《で》たら、エントランスのところに派手《はで》なかっこうをしたマジ子《こ》がいた
……と思《おも》ったら、それはマジ子《こ》のあずき色《いろ》のメガネをかけたサギノだった。

髪《かみ》をくるくると巻《ま》いてほおの横《よこ》にたらしたり、ピンク色《いろ》のフリルのいっぱいついたスカートをはいたり、もともとのサギノらしい服装《ふくそう》をしているのだが、メガネの印象《いんしょう》が強《つよ》いのと、体形《たいけい》や身長《しんちょう》がマジ子《こ》っぽいのでどうしても、「ぱっと見《み》、マジ子《こ》。よく見《み》たらサギノ」という感《かん》じだ。

サギノはきらきらのいっぱいついたケータイを閉《と》じて、むすっとくちびるをとがらせた。

「どうしたの？」

「マジ子《こ》さ、今日学校《きょうがっこう》行《い》かないって。」

「なんで？」

「起《お》きられないんだって。テレビを夜中《よなか》まで見《み》てたし、眠《ねむ》くて行《い》きたくないとか言《い》うの。きっとウソよ。」

「本当《ほんとう》かもしれないじゃないか。」

「わかるわよ。もとはあたしのハートなんだから。」

サギノがおもしろくなさそうに、言《い》った。

「委員長《いいんちょう》が、こうサボるようになっちゃ、困《こま》るな……って、今《いま》のがウソ？　じゃあ、マジ子《こ》が学校《がっこう》を休《やす》みたい理由《りゆう》は、テレビの見《み》すぎで、睡眠不足《すいみんぶそく》だからじゃないってことか？」

「そう、思《おも》う。」

サギノがうなずいた。

「じゃあ、なんで？」

「うーん。やっぱ、ショックなんじゃないかな。」

「ショック？」

「入《い》れ替《か》わりがここまですすんじゃったことがよ。」

答《こた》えながら、サギノはわきに本《ほん》をはさみ、手《て》にケータイをにぎったまま、ぐいっと右肩《みぎかた》で玄関《げんかん》ドアを押《お》し開《あ》けた。それはマジ子《こ》がよくやっていた、しぐさだった。

「そうなのかなあ。だって、マジ子《こ》は前《まえ》に言《い》ってたよ。」

「なんて？」

「わたしはわたしが嫌《きら》いだから、サギノちゃんには悪《わる》いけど、入《い》れ替《か》わったほうがいいって。」

するとサギノは目《め》をむいてふりかえった。サギノのはっきりとしたくりくりの二重《ふたえ》まぶたが、いつのまにかマジ子《こ》の奥二重《おくぶたえ》に入《い》れ替《か》わっている。そのため、いくら目《め》を大《おお》きく見開《みひら》いても白目《しろめ》がちょっとしか見《み》えず、いつものガーベラの花《はな》みたいな、まん丸《まる》い目《め》にならない。

「それ、いつのこと？」

「ええと、屋上《おくじょう》で……。二人《ふたり》がケンカしてぶつかって。二回目《かいめ》のハートが入《い》れ替《か》わった、すぐあとだよ。」

「ああ、そのときね。」

サギノが、なんだ、といった顔《かお》つきで、また前《まえ》を向《む》いて歩《ある》きはじめた。

「そのときと、今《いま》とはちがうわよ。」

「え？　でも。」

ぼくは、それがどうちがうのかわからなかった。

「きみらはうまくやってたじゃないか。おたがいの、足《た》りなかった部分《ぶぶん》がうまい具合《ぐあい》に交《こう》換《かん》できて、二人《ふたり》ともすごくイイ感《かん》じになってるって、ぼくも思《おも》ってたし。」

「確《たし》かにそうだったわね。自分《じぶん》らしいって思《おも》ってたものがなくなったら……たとえば、『なんでも適当《てきとう》でいいや、めんどくさいわ。』って思《おも》ってたとことかね。なくなってみたら、べつにって感《かん》じ。部屋《へや》をきれいにしたところで、あたしがあたしでなくなるわけじゃなかったから、なーんだって思《おも》ったし。」

「そうだよ。最初《さいしょ》はともかく、二人《ふたり》は、どんどん変《か》わっていくのをおもしろがってたし、楽《たの》しそうにしてたよ。」

「ハートの一部《いちぶ》だけの入《い》れ替《か》わりだと思《おも》ってたから、平気《へいき》だったの。でも、そうじゃなくなってきた。」

サギノは空《そら》を見上《みあ》げて言《い》った。

今《いま》にも降《ふ》りだしそうな曇《くも》り空《ぞら》だった。

「……つまり、髪《かみ》の毛《け》とか肌《はだ》とかそういうのが入《い》れ替《か》わるのが、つらいの？」

「うん。」

サギノが顔《かお》をくしゃっとしかめた。

「どうして、そっちのほうがつらいの？　自分《じぶん》の気持《きも》ちや考《かんが》えが変《か》わるほうが、自分《じぶん》じゃなくなるみたいで、つらくないの？」

「だってね、鏡《かがみ》に自分《じぶん》じゃない顔《かお》がうつるんだもの。」

サギノが自分《じぶん》の髪《かみ》を指《ゆび》さした。

「今朝《けさ》もね、髪《かみ》をいっしょうけんめい巻《ま》こうとしたんだけど、マジ子《こ》の髪《かみ》って、ほんとすぐにカールがとれるんだよね。それに、いつも使《つか》ってる化粧水《けしょうすい》が、ぜんぜん合《あ》わないの。似合《にあ》うグロスの色《いろ》もちがうし。まつ毛《げ》の長《なが》さも生《は》え方《かた》もちがうし、まぶたの形《かたち》もちがうし。かわいくするにはどうしていいかわからなくて、泣《な》きそうになっちゃった。」

「…………」

「鏡《かがみ》を見《み》たら自分《じぶん》の顔《かお》がうつってるときは、なにがあっても『これは自分《じぶん》だ』っていうのがゆるがなかったの。でも、今朝《けさ》は、その自信《じしん》がなくなっちゃった。鏡《かがみ》を見《み》たら、これはだれ？　マジ子《こ》？　あたし？　そのどちらでもないの？　そう思《おも》った。きっとマジ子《こ》も同《おな》じ気持《きも》ちだと思《おも》う。」

「……そうなんだ。」

ぼくにはその感覚《かんかく》はよくわからなかった。

もしも、ぼくならやっぱり、自分《じぶん》の心《こころ》がどんどん変《か》わるほうが、きっとこわいと思《おも》う。髪《かみ》の質《しつ》が硬《かた》くなろうと、猫《ねこ》っ毛《け》になろうと、ぜんぜん平気《へいき》だ。肌《はだ》や、まぶたの形《かたち》が少々《しょうしょう》変《か》わってたって、気《き》がつきもしないんじゃないだろうか。これはぼくが男《おとこ》だからだろうか？

「ねえ。もしもよ、このまま入《い》れ替《か》わりがすすんで、すっかりすみずみまで顔《かお》も体《からだ》もマジ子《こ》になっちゃったら、あたし、もうサギノじゃないんじゃないかな？」

「え？　そんなことはないだろ？　だって、心《こころ》がサギノなんだよ。」

「でもさ、その心《こころ》もそうとう入《い》れ替《か》わってるのよ？　体《からだ》の百パーセントがマジ子《こ》で、心《こころ》の七十パーセントがマジ子《こ》だったら、もうそれってあたしって言《い》える？　大部分《だいぶぶん》がマジ子《こ》だったら、『基本《きほん》マジ子《こ》、ときどきサギノ』程度《ていど》じゃない？」

「……比率《ひりつ》から言《い》ったらそうかもしれないけどさ。でも、やっぱりそれはサギノだと思《おも》うよ。だってさ、過去《かこ》の記憶《きおく》はサギノだろ？　親《おや》もサギノの親《おや》だろ？　つまり、表《おもて》に出《で》てる部分《ぶぶん》がかなり変《か》わって見《み》えても、根《ね》っこは全部《ぜんぶ》サギノのままなんだ。」

「根《ね》っこがあたし……。」

「そうだ。枝《えだ》を接《つ》いで、ちがった花《はな》が咲《さ》いてるように見《み》えてもさ、根《ね》がサギノだから、やっぱそこから咲《さ》いてる花《はな》は、サギノの花《はな》だと、ぼくは思《おも》う。」

「そっか。」

サギノが、にこおっと笑《わら》った。

メガネの奥《おく》で、きゅっと弓《ゆみ》なりに細《ほそ》められたその目《め》は、マジ子《こ》に似《に》てるけど、やっぱりサギノでないとできない笑顔《えがお》だった。

ぼく、今《いま》いいこと言《い》ったな。

接《つ》ぎ木《き》のたとえも、とっさによく出《で》てきたよな。よかったよ。サギノが笑顔《えがお》になって。

自分《じぶん》で自分《じぶん》の機転《きてん》に、じーんと胸《むね》を熱《あつ》くしていると、ぴちゃっと冷《つめ》たいものが鼻《はな》の頭《あたま》におっこちてきた。

「わ、冷《つめ》たっ！」

あまりに突然《とつぜん》の冷《つめ》たさに、ぼくは、刺《さ》されたみたいに飛《と》びあがった。

「雨《あめ》だわ。」

サギノが空《そら》を見上《みあ》げて言《い》った。

「ちぇっ、傘《かさ》持《も》ってきてないや。」

「あるわよ。」

サギノは、かばんの中《なか》から折《お》りたたみの傘《かさ》を取《と》りだし、さかさかと広《ひろ》げた。うす紫色《むらさきいろ》の傘《かさ》が、ぱっと開《ひら》かれた。

「入《はい》れば？」

サギノがぼくの頭《あたま》の上《うえ》に傘《かさ》をさしかけた。

「あ、ありがとう。」

ぼくはサギノといっしょに歩《ある》きはじめた。ちらっと見上《みあ》げると、うす紫《むらさき》に見《み》えた傘《かさ》は、近《ちか》くで見《み》ると、実《じつ》はピンクとブルーの細《こま》かい花《はな》がたくさん並《なら》んでいる模様《もよう》のものだった。

どこかで見《み》たような気《き》がして、その花模様《はなもよう》をじいーっと見《み》ていたが、思《おも》いだせない。なんだったかなあ。カーテン？　クッション？　タオル？　お母《かあ》さんの服《ふく》？

いや、お母《かあ》さんは葉《は》っぱ模様《もよう》が大好《だいす》きで、やたら植物模様《しょくぶつもよう》のものを持《も》っているが、花模《はなも》様《よう》は買《か》わない。基本《きほん》、グリーンと茶色好《ちゃいろず》きだ。ピンクやブルーのものは、よく考《かんが》えたら、うちにはあまりない。

「景《けい》くん、なに考《かんが》えてるの？」

サギノに声《こえ》をかけられて、はっとわれにかえった。

「この傘《かさ》の模様《もよう》がそんなに気《き》にいった？」

「え？　い、いやちょっと、あの。なにか思《おも》いだせそうだったんだけどなあ。」

「あのさ。できたら、景《けい》くんが傘《かさ》持《も》ってほしいんだけど。」

「え？」

「今《いま》、あたしのほうが景《けい》くんより、背《せ》が低《ひく》いでしょう。だから、景《けい》くんの身長《しんちょう》に合《あ》わせて、こうやって傘《かさ》を持《も》った手《て》を上《うえ》にあげてないといけないから、疲《つか》れちゃうの。」

「あ、ああ！　ああ、そうか。ごめん。」

ぼくはサギノから傘《かさ》の柄《え》を受《う》けとった。

「景《けい》くん。女《おんな》の子《こ》と一本《ぽん》の傘《かさ》で歩《ある》いたことないの？」

「ない。」

即答《そくとう》した。

「じゃあ、これから気《き》をつけてください。」

サギノがさらっと、注意《ちゅうい》した。

「は、はい。」

ぼくはそう返事《へんじ》しながら気《き》がついた。今《いま》の注意《ちゅうい》する声《こえ》の調子《ちょうし》とか、言葉《ことば》づかいとかが、まるでマジ子《こ》だと。

ぼくは、さっきの「根《ね》がサギノだったら、そこから咲《さ》いてる花《はな》はサギノ」説《せつ》に急《きゅう》に自信《じしん》がなくなってきた。

もしも。もしも、また、ハートの入《い》れ替《か》わりがあったら？

そして二人《ふたり》の過去《かこ》の思《おも》い出《で》も入《い》れ替《か》わってしまうようなことがあったら？

そしたら、サギノとマジ子《こ》はいったいどういうことになるんだろうか？

九十九パーセントがマジ子《こ》のサギノ、九十九パーセントがサギノのマジ子《こ》は、もうサギノとマジ子《こ》といえるのだろうか？　想像《そうぞう》しただけで、ぶるっとふるえがきそうだった。

サギノもマジ子《こ》も、こわくなって、つらくなって、あたりまえだよ、とぼくはようやく思《おも》った。

これ以上《いじょう》ハートが入《い》れ替《か》わらないように、できないのだろうか？

今《いま》の二人《ふたり》ならば、まだサギノとマジ子《こ》だといえる、そのうちになんとかならないのだろうか？

二人《ふたり》は今《いま》、まだ完全《かんぜん》に入《い》れ替《か》わっていない。この段階《だんかい》で入《い》れ替《か》わりを止《と》められれば。いや、でも、サギノもマジ子《こ》も、自分《じぶん》の顔《かお》を失《うしな》って、すごく悲《かな》しい思《おも》いをしている。入《い》れ替《か》わりを食《く》い止《と》めるだけじゃだめだ。二人《ふたり》は、もとの顔《かお》を取《と》りもどしたいんだから……。

でも、そんなこと、できるのだろうか？

入《い》れ替《か》わってしまったハートは、それぞれ新《あたら》しい体《からだ》の中《なか》に溶《と》けこんでしまっているのだ。それをどうやって、もとに戻《もど》せるというのだ？

そう思《おも》った瞬間《しゅんかん》に、ぱっと頭《あたま》の中《なか》で、ひっかかっていた引《ひ》き出《だ》しが開《あ》いた。……そうだ！　あのハートの色《いろ》だ！　ラベンダー色《いろ》！

この傘《かさ》の花模様《はなもよう》の色《いろ》は、昨日《きのう》、二人《ふたり》のハートが入《い》れ替《か》わるときに、重《かさ》なりあった瞬間《しゅんかん》の、あの色《いろ》だ。うすいピンクとあわい水色《みずいろ》のハートが重《かさ》なって、むこうが透《す》けて見《み》えたあのときのラベンダー色《いろ》にそっくりだ。

「待《ま》てよ。」

ぼくは、立《た》ちどまって傘《かさ》の模様《もよう》をまじまじと見《み》つめた。びっしり並《なら》んだ小《ちい》さな花《はな》はよく見《み》ると、一か所《しょ》も重《かさ》なっていない。

そのときぼくは、はっとした。

もしかして、ハートもこうかもしれない。

サギノのピンクのハートとマジ子《こ》のブルーのハートが重《かさ》なったとき、混《ま》じりあったように見《み》えた。でも、一瞬重《いっしゅんかさ》なっただけで、絵《え》の具《ぐ》みたいには混《ま》ざっていない。二人《ふたり》の心《こころ》の中《なか》も、外見《がいけん》も混《ま》じりあってると思《おも》ったけど、この小花模様《こばなもよう》と同《おな》じで、実《じつ》は混《ま》じりあっても溶《と》けあってもいないかもしれない。

「サギノ。ちょっと、これ持《も》ってそこに立《た》ってて。」

「へっ？」

おどろくサギノの手《て》に、傘《かさ》をぎゅっとにぎらせた。雨《あめ》は強《つよ》くなっていたが、そんなことにかまっちゃいられなかった。

ぼくはサギノからちょっとはなれて、傘《かさ》の色《いろ》を確《たし》かめた。それはどう見《み》ても、ラベンダーっぽいうす紫色《むらさきいろ》にしか見《み》えない。ふと思《おも》いついて、もうちょっとはなれてみた。

すると、ざあっと激《はげ》しく落《お》ちてきた雨《あめ》にかすんで、傘《かさ》は灰色《はいいろ》に見《み》えた。サギノの横《よこ》を早足《はやあし》で通《とお》りすぎた女《おんな》の人《ひと》の傘《かさ》も灰色《はいいろ》に見《み》えた。

ぼくは、サギノのもとに駆《か》けもどった。女《おんな》の人《ひと》の傘《かさ》は、近《ちか》くで見《み》ると、ベージュ色《いろ》で、しかもチェックの模様《もよう》だった。

「うーん、そうか。そういうものなのか。はなれてみればみな同《おな》じ、しかし中身《なかみ》は……。」

「景《けい》くん！　なにぶつぶつ言《い》ってるの？　もう！　びしょぬれよ！」

「あのさ、サギノ。今思《いまおも》ったんだけど。きみらのハートも外見《がいけん》も、混《ま》じりあっているように見《み》えるけれど、実《じつ》はまだばらばらのままなんだと思《おも》う。」

ぼくは、サギノがおどろくのもかまわず言《い》った。

「な、なに？　それ？」

「もしきみらの中《なか》で自分《じぶん》のハートと他人《たにん》のハートとが完全《かんぜん》に溶《と》けあっている状態《じょうたい》なら、自分《じぶん》がなくなるとか、そんなこと不安《ふあん》に思《おも》わないとも思《おも》う。」

「あ、う、うん？　そ、そうかな？」

サギノが首《くび》をかたむけた。

「きみらのハートは、きっと、入《い》れ替《か》わった部分《ぶぶん》と自分《じぶん》の部分《ぶぶん》はばらばらのまま。この傘《かさ》の小花模様《こばなもよう》みたいに、ぎゅうっと並《なら》んでるとかさ、紙《かみ》みたいに重《かさ》なってるか、とにかく今《いま》なら、別々《べつべつ》にできる状態《じょうたい》なんだ。」

サギノが、はっと真顔《まがお》になり、傘《かさ》を持《も》っていないほうの手《て》でメガネをはずした。

「つまり？」

「きみらはまだ、もとに戻《もど》れる可能性《かのうせい》があるってことだ。」

ぼくは、サギノの肩《かた》をがしっとつかんだ。

「ぼくが、その方法《ほうほう》をさがすよ。」

「ど、どうやって？」

「一つだけ、心当《こころあ》たりがあるんだ！　先《さき》に行《い》くからな！」

ぼくはもう、女《おんな》の子《こ》と一つの傘《かさ》でちんたら歩《ある》いていられる気分《きぶん》じゃなくて、サギノを置《お》いて駆《か》けだした。

きっと、二人《ふたり》はもとに戻《もど》れる。いや、なんとしてでももとに戻《もど》す。

それは、根拠《こんきょ》のない自信《じしん》だった。でもぼくはそのとき、そう思《おも》ったし、絶対《ぜったい》そうするつもりだった。

17

見《み》つけたカギ

ぼくは、教室《きょうしつ》には向《む》かわず、旧校舎目指《きゅうこうしゃめざ》してまっしぐらに走《はし》った。

あの場所《ばしょ》に戻《もど》ってみるのだ。「呪《のろ》いの大鏡《おおかがみ》」の中《なか》の女《おんな》の子《こ》。あのユーレイだかなんだかわからない、さらさらロングヘアのきゃしゃでかわいい女《おんな》の子《こ》が、きっと、この入《い》れ替《か》わりのカギなのだ。

なぜなら。

ぼくは、ちょうど一週間前《しゅうかんまえ》の、あの光景《こうけい》を思《おも》いだした。

ハートが入《い》れ替《か》わった、サギノとマジ子《こ》を見《み》ながら、あの女《おんな》の子《こ》は鏡《かがみ》の中《なか》で、おもしろそうにくすくす笑《わら》っていた。

サギノの語《かた》っていた「学校《がっこう》の怪談《かいだん》」では、雨《あめ》の日《ひ》に、その女《おんな》の子《こ》は現《あらわ》れるという。そして、雷《かみなり》が鳴《な》ったら、その女《おんな》の子《こ》にうでをつかまれて、鏡《かがみ》の中《なか》に引《ひ》っ張《ぱ》りこまれるという。

あの日《ひ》、あのとき、雷《かみなり》が鳴《な》った。でも彼女《かのじょ》にだれも引《ひ》っ張《ぱ》りこまれなかった。

サギノの知《し》っている怪談《かいだん》ではない、なにかがあるはずだった。

ぼくは旧校舎《きゅうこうしゃ》に飛《と》びこむと、鏡《かがみ》のある踊《おど》り場《ば》目指《めざ》して、二段《だん》飛《と》ばしで階段《かいだん》を駆《か》けあがった。今日《きょう》は、先週《せんしゅう》よりもいっそう校舎内《こうしゃない》が暗《くら》い気《き》がした。

うす闇《やみ》がよどんでいる、その場所《ばしょ》にあと少《すこ》しというときだった。

ちかっと、なにか目《め》に入《はい》ってきて、ぼくは立《た》ちどまり、顔《かお》をそむけた。

「おい、おい、きみ。」

男《おとこ》の人《ひと》の声《こえ》がした。こわごわ目《め》を開《あ》けてみると、ぼくの顔《かお》に懐中電灯《かいちゅうでんとう》を向《む》けている、灰《はい》色《いろ》の服《ふく》を着《き》た、おじいさんが立《た》っていた。校務員《こうむいん》さんだ。

「こんなところに、どうしているんだい？　今《いま》は授業中《じゅぎょうちゅう》だろ？」

「あ、ああ、あのう……。」

ぼくらが登校《とうこう》するときに、校門付近《こうもんふきん》の掃除《そうじ》をしていて、「おはようございます。」と、あいさつをしたことはあるが、会話《かいわ》はしたことなかった人《ひと》だ。

ぼくは、とっさになにか言《い》い訳《わけ》をしようとしたが、うまい理由《りゆう》が浮《う》かばなかった。ここで、鏡《かがみ》の中《なか》の女《おんな》の子《こ》以外《いがい》のだれかに会《あ》うなんて、ぜんぜん予想《よそう》も心《こころ》づもりもしていなかった。

「……ああ、今日《きょう》は雨《あめ》だったね。きみも怪談《かいだん》を確《たし》かめにきた口《くち》かい？」

校務員《こうむいん》さんが、ちらっと大鏡《おおかがみ》を横目《よこめ》で見《み》ながら、ぼくにきいてきた。

ぼくはびっくりしてきき返《かえ》した。

「え、ええ？『呪《のろ》いの大鏡《おおかがみ》』って、そんなにみんな見《み》にくるんですか？」

「ぼくはここに勤《つと》めて八年目《ねんめ》なんだけどね。毎年《まいとし》だれかが、ここに来《き》て、すべったり転《ころ》んだり、泣《な》いたり、怒《おこ》ったり、まあ大騒《おおさわ》ぎだね。」

校務員《こうむいん》さんが、笑《わら》って言《い》った。

「……そ、そうなんだ。」

「しかし、男《おとこ》の子《こ》一人《ひとり》とは珍《めずら》しいね。勇《いさ》ましいことを言《い》っていても、たいていは、なん人《にん》か束《たば》になってくるんだけども。きみは勇気《ゆうき》があるんだな。」

「いや、勇気《ゆうき》とかそんなんじゃなくって、マジで確《たし》かめたいことがあって、来《き》たんです。あのう。」

「なんだい？」

「今《いま》、そこに髪《かみ》の長《なが》い、色《いろ》が白《しろ》い、ほっそりした、かわいい女《おんな》の子《こ》がいますか？」

ぼくの立《た》っている場所《ばしょ》からでは、鏡《かがみ》が見《み》えなかったので、そうきいた。校務員《こうむいん》さんは、懐中電灯《かいちゅうでんとう》を鏡《かがみ》に向《む》け、首《くび》をうんと前《まえ》にのばして、見《み》てくれた。

「うーん。いないみたいだねえ。」

「そうですか。」

ぼくは、がっくりとしてしまった。

「なんだか、事情《じじょう》がありそうだねえ。」

気《き》の毒《どく》そうに、校務員《こうむいん》さんが言《い》った。

「ちょっと、ぼくの部屋《へや》に寄《よ》っていくかい？　そのままじゃ冷《ひ》えるだろう。熱《あつ》いお茶《ちゃ》をいれてあげるよ。教室《きょうしつ》にはそのあと行《い》けばいい。どうせ、なにか授業《じゅぎょう》をぬけだしている言《い》い訳《わけ》をしなくちゃいけないんだから、それもゆっくり考《かんが》えるんだね。」

「ありがとうございます。」

ぼくは、お礼《れい》を言《い》った。そして、校務員《こうむいん》さんといっしょに、校務員室《こうむいんしつ》に行《い》った。

校務員《こうむいん》さんは親切《しんせつ》だった。自分《じぶん》の手《て》ぬぐいで、ぬれた髪《かみ》や体《からだ》をふくようにすすめてくれた。

ちょっと落《お》ちついたところで、ぼくは校務員《こうむいん》さんにきいてみた。

「あの『呪《のろ》いの大鏡《おおかがみ》』の話《はなし》って、ずっと前《まえ》からこの学校《がっこう》に伝《つた》わってるんですか？」

「そうみたいだね。ぼくがこの学校《がっこう》に来《き》たときには、もうその話《はなし》は五、六年生《ねんせい》どもは知《し》ってたな。最初《さいしょ》はなんで雨《あめ》や雷《かみなり》の日《ひ》に、子《こ》どもがあの階段《かいだん》のあたりをうろうろするのかわからなかったんだけれども、卒業《そつぎょう》した子《こ》が教《おし》えてくれてね。かつて落雷《らくらい》に打《う》たれて、校庭《こうてい》で死《し》んだ、この学校《がっこう》の生徒《せいと》があの鏡《かがみ》の中《なか》に現《あらわ》れるんだってね？」

校務員《こうむいん》さんは、ほうじ茶《ちゃ》を湯《ゆ》のみに注《そそ》ぎながら、そう言《い》った。

「あの、ぼくが知《し》ってるのは、死《し》んだ女《おんな》の子《こ》が雨《あめ》の日《ひ》に現《あらわ》れて、雷《かみなり》が鳴《な》ったらうでをつかんで鏡《かがみ》の中《なか》に引《ひ》っ張《ぱ》りこむって話《はなし》なんですけど、ほかになにかあるんでしょうか？」

「ほかになにかって。まあそりゃ、いろんなのをみんな教《おし》えてくれたけども。」

「ぼく、あの鏡《かがみ》の中《なか》の女《おんな》の子《こ》について、もっとくわしいことを知《し》りたいんです。教《おし》えていただけませんか？　お願《ねが》いします！」

ぼくがテーブルに頭《あたま》をくっつけんばかりにしてお願《ねが》いすると、校務員《こうむいん》さんが困《こま》った顔《かお》で笑《わら》った。

「教《おし》えていただけませんかって言《い》われてもねえ。なんだい？　きみは怪談《かいだん》の自由研究《じゆうけんきゅう》かなにかをしてるのかい？」

「そうです！　実《じつ》はそうなんです！」

ぼくはその話《はなし》に飛《と》びついた。

「ぼく、将来作家《しょうらいさっか》になりたいんです。それもホラー作家《さっか》に！　だから、『学校《がっこう》の怪談《かいだん》』を収集《しゅうしゅう》して研究《けんきゅう》しているんです。この学校《がっこう》の『呪《のろ》いの大鏡《おおかがみ》』はほかの学校《がっこう》にはあまりないタイプのお話《はなし》で、珍《めずら》しいものなんです。卒業生《そつぎょうせい》の方々《かたがた》が、どんな話《はなし》をしていらしたかぜひ教《おし》えてください！」

ぼくは、ジャンパーのポケットからメモ用紙《ようし》とペンを取《と》りだした。

生《う》まれてこれまでで、いちばんしぜんに、うまくつけたウソだった。きっと、サギノもマジ子《こ》もびっくりするだろう。

「なんだ、そうだったのか。きもだめしってわけでもなさそうだしなあ、と思《おも》ったけども。それできみ、そんなに熱心《ねっしん》なんだな。へえ、そいつはご苦労《くろう》さま。」

校務員《こうむいん》さんはとても感心《かんしん》して、それからいろんなことをことこまかに、話《はな》してくれた。

ぼくは、夢中《むちゅう》になってメモをとった。

校務員《こうむいん》さんの話《はなし》によると、こうだった。

あの大鏡《おおかがみ》の中《なか》の女《おんな》の子《こ》は、ふだんはおとなしい害《がい》のない子《こ》なのだが、落雷《らくらい》で死《し》んだ子《こ》だから、雷《かみなり》の音《おと》を聞《き》くたびに、猛烈《もうれつ》に生《い》き返《かえ》りたくなるらしい。それで、雷《かみなり》のときに、鏡《かがみ》の前《まえ》に立《た》つ女《おんな》の子《こ》がいると、その子《こ》を鏡《かがみ》に引《ひ》っ張《ぱ》りこんで、入《い》れ替《か》わろうとするという。

「入《い》れ替《か》わり？　入《い》れ替《か》わろうとするんですか？」

ぼくは、メモする手《て》を止《と》めて、思《おも》わずきき返《かえ》してしまった。

「ああ。それも、かわいい女《おんな》の子《こ》を選《えら》んでね。」

「かわいい子《こ》を？　どうして？」

「ぼくもそうきいたよ。そしたら六年生《ねんせい》の女《おんな》の子《こ》たちに言《い》われたよ。『そんなの、あたりまえじゃないの。だって、自分《じぶん》がその子《こ》と入《い》れ替《か》わるのよ？　どうせだったら、きれいでかわいい女《おんな》の子《こ》と入《い》れ替《か》わりたいじゃない。』ってね。」

「待《ま》って。ちょっと待《ま》ってください。」

ぼくは、話《はなし》が核心《かくしん》に近《ちか》づいていることを感《かん》じて、呼吸《こきゅう》を整《ととの》えた。

「ええと、確認《かくにん》しますけど。わざわざ、かわいい女《おんな》の子《こ》と入《い》れ替《か》わりたいってことは、つまり相手《あいて》の体《からだ》はそのままで、ハートだけが入《い》れ替《か》わるってことですか？」

「どうも、そうらしいね。ようはかわいい子《こ》の体《からだ》にのりうつって、楽《たの》しくすごしたいってことだ。鏡《かがみ》に閉《と》じこめられたほうの子《こ》は、たまったもんじゃないなあって言《い》ったらだね、またこわいことを言《い》うんだ、当時《とうじ》の六年生《ねんせい》が。」

「なんて言《い》ったんですか？」

「閉《と》じこめられた子《こ》は、また別《べつ》のかわいい女《おんな》の子《こ》が鏡《かがみ》の前《まえ》に来《く》るのを待《ま》って、入《い》れ替《か》わるからだいじょうぶだってさ。」

「……それは、こわいですね。」

「実《じつ》にこわいね。」

ぼくらは、ちょっとの間《あいだ》、だまった。

その話《はなし》が事実《じじつ》だとしたら、どうしてあの女《おんな》の子《こ》は、サギノとマジ子《こ》のどちらかと入《い》れ替《か》わらなかったんだろう？　おまけになんで、サギノとマジ子《こ》が入《い》れ替《か》わってしまうことになったんだろう？

「……もしもですけど。もしもですよ。その雷《かみなり》のときに、たまたま鏡《かがみ》の前《まえ》に立《た》った女《おんな》の子《こ》が二人《ふたり》いて、二人《ふたり》ともが、そこそこかわいい子《こ》だったら、どうなるんでしょうか？」

校務員《こうむいん》さんが、うはっと笑《わら》いだした。

「さすが作家《さっか》志望《しぼう》だけあるね。おもしろいことを考《かんが》えつくもんだ。さあねえ。かつてそんな話《はなし》は聞《き》いたことないな。だけど……。うーん、そうだなあ。もし、それが男《おとこ》の子《こ》のユーレイだったら、迷《まよ》わず好《す》きなタイプのほうの女《おんな》の子《こ》を選《えら》ぶだろうけど、相手《あいて》は女《おんな》の子《こ》だからね。きみ、お母《かあ》さんとかお姉《ねえ》さんとか、女《おんな》の人《ひと》が自分《じぶん》の服《ふく》や靴《くつ》を買《か》うのにつきあったこと、あるかい？」

「いいえ。」

「女《おんな》の人《ひと》はね、二つ欲《ほ》しいものがあるとなかなか決《き》められないんだ。もしここの色《いろ》がピンクだったらこっちなのにとか、無理《むり》なことを言《い》って、迷《まよ》ったあげくにどっちも選《えら》べなくてやめることが多《おお》いんだ。」

重大《じゅうだい》な秘密《ひみつ》をうちあけるように、校務員《こうむいん》さんが声《こえ》をひそめて言《い》った。

「や、やめるんですか？　二つとも買《か》うってことはないんですか？　どっちも欲《ほ》しいんだったら両方《りょうほう》買《か》えばいいのに。」

「三つ欲《ほ》しい場合《ばあい》は、そのうちの二つを買《か》うことはあるけどな。二つだったら、さんざんいじくって迷《まよ》ったあげくに、もうわからなくなったから、今日《きょう》はやめると言《い》いだす。」

校務員《こうむいん》さんが、人《ひと》さし指《ゆび》を立《た》てて、厳《きび》しい顔《かお》つきで言《い》った。

「え、えええー!?　でもそんなに迷《まよ》うぐらい気《き》にいってたものなのに、やめるんですか？　どうして？」

「ああ。なんでかっていうと、同《おな》じぐらい気《き》にいったもののどちらか一方《いっぽう》を無理《むり》に決《き》めるとな、あとで必《かなら》ずあっちにしとけばよかったって後悔《こうかい》するらしい。それがいやなんだとさ。」

「なるほど、そうだったのか。」

それだよ！　それできっと、サギノとマジ子《こ》の両方《りょうほう》が鏡《かがみ》の中《なか》に引《ひ》っ張《ぱ》りこまれずにすんだんだ。二人《ふたり》のうちどっちかがめっちゃダントツにかわいかったら別《べつ》だけど、二人《ふたり》ともけっこうかわいいもんな。

それで、鏡《かがみ》の中《なか》の女《おんな》の子《こ》は、二人《ふたり》のどっちにしようかと迷《まよ》って、二人《ふたり》をいじくってるところでぼくと目《め》が合《あ》って、鏡《かがみ》の中《なか》にあわてて引《ひ》っこんだら、残《のこ》されたサギノとマジ子《こ》が入《い》れ替《か》わっちゃったってことか？

ぼくは、頭《あたま》の中《なか》で鏡《かがみ》の中《なか》の女《おんな》の子《こ》の顔《かお》を再生《さいせい》してみた。

あのとき、彼女《かのじょ》はなにか言《い》ってたな。口《くち》が動《うご》いて。なんだったかな。

心《こころ》に録画《ろくが》されていた、彼女《かのじょ》のすがたが思《おも》いのほか鮮《あざ》やかに再生《さいせい》され、その口《くち》もとがアップになった。

あ、わかった。あれは、「知《し》ーらない！」だ。

ぼくのいとこの小《ちい》さな女《おんな》の子《こ》たちは、おもちゃを壊《こわ》したとき、お菓子《かし》をこぼしてそこらをよごしちゃったとき、そう言《い》ってくすくす笑《わら》って逃《に》げていく。あの感《かん》じにそっくりだっ

たぞ。

「うーん。なるほどなあ。」

ぼくはとても感心《かんしん》した。サギノもマジ子《こ》も、彼女《かのじょ》にしたら、

「なんかいじくってるうちに、ヘンになっちゃった。」

ってとこだろうか。いろいろなことを考《かんが》えているぼくに、校務員《こうむいん》さんが心配《しんぱい》そうに声《こえ》をかけた。

「そろそろ、教室《きょうしつ》に行《い》ったほうがいいんじゃないのかい？　あまり長《なが》くここにいると、ただの遅刻《ちこく》というわけにはいかなくなるよ。」

「あのう、いろいろ参考《さんこう》になることを教《おし》えていただいて、ありがとうございました。あと一つだけいいですか？」

「なんだい？」

「その、鏡《かがみ》の怪談《かいだん》って、対策《たいさく》の話《はなし》はないんでしょうか？」

「対策《たいさく》の話《はなし》？」

「ええと……。『学校《がっこう》の怪談《かいだん》』って、どうしたら助《たす》かるかっていう対策《たいさく》の話《はなし》がわりとあるんです。何番目《なんばんめ》のトイレに入《はい》ると、便器《べんき》の中《なか》から手《て》が出《で》てきて引《ひ》きずりこまれるけど、そ

のときにこう言《い》ったらだいじょうぶだとか。こう答《こた》えたらその化《ば》け物《もの》は逃《に》げていくとか。」

「ああ、そういうのか。ええと、なんだったかなあ。」

校務員《こうむいん》さんはしばらく考《かんが》えていたが、ああ！　と手《て》を打《う》った。

「二年前《ねんまえ》だったか、六年生《ねんせい》の女《おんな》の子《こ》がおもしろいことを言《い》ってたな。入《い》れ替《か》わりを止《と》める方法《ほうほう》を発見《はっけん》したって。」

「入《い》れ替《か》わりを止《と》める方法《ほうほう》、ですか？」

ぼくは、身《み》を乗《の》りだしすぎて、あやうく湯《ゆ》のみを倒《たお》すところだった。

「それはいったいどんなのですか⁉　早《はや》く教《おし》えてください！」

「鏡《かがみ》の中《なか》の女《おんな》の子《こ》に言《い》うんだそうだ。あなたはかわいいとか、あなたのここがステキとか。」

「え？」

「とにかく、その女《おんな》の子《こ》のいいところを見《み》つけて、ほめちぎるんだそうだ。それも雷《かみなり》が鳴《な》っているうちに、あらんかぎりほめる。そうしたら、その女《おんな》の子《こ》は今《いま》のままの自分《じぶん》でいいかな、と自信《じしん》がついてきて、入《い》れ替《か》わりかけていても、もとに戻《もど》してくれるそうだよ。」

「ほ、ほめちぎるんですか？」

「それも、口先《くちさき》だけのおせじじゃだめなんだそうだ。本気《ほんき》で心《こころ》の底《そこ》からほめないと、効力《こうりょく》はないそうだよ。いや、おかしなこと考《かんが》えつくもんだねえ。」

「ありがとうございました！　それと、ごちそうさまでした！」

ぼくは、深々《ふかぶか》と校務員《こうむいん》さんに頭《あたま》を下《さ》げてお礼《れい》を言《い》うと、校務員室《こうむいんしつ》を飛《と》びだした。

やったぞ。見《み》つけたぞ。これで二人《ふたり》がもとに戻《もど》れるかもしれない、カギを見《み》つけたぞ！

そう叫《さけ》んで、飛《と》びあがりたいような気分《きぶん》だった。

それで、軽《かる》くジャンプした。どうってことのない小《ち》さいジャンプだったのだが、着地《ちゃくち》したら地面《じめん》がぐにゃっとゆれた。

あら？

足《あし》もとがぐらぐらっとゆれて、ぼくはその場《ば》に転《ころ》んだ。起《お》きあがろうとしたが、まだ地《じ》面《めん》のゆれがおさまらない。

地震《じしん》だ！　それも珍《めずら》しい感《かん》じの、床下《ゆかした》だけゆれてるやつ。

気《き》のせいか、地下深《ちかふか》くうずまくマグマの温度《おんど》までが感《かん》じられる気《き》がした。足《あし》の下《した》のほうから、ぼうわっと熱《ねつ》が伝《つた》わってくるのだ。

そのまま、うずくまってじっとしていたら、

「コクニくん！　どうしたの？」

声《こえ》がかかった。マジ子《こ》だ、と思《おも》った。

顔《かお》をあげるとやはりマジ子《こ》がいた。茶髪《ちゃぱつ》をきゅっと顔《かお》の両側《りょうがわ》で結《むす》んで、白《しろ》いカッターシャツに紺《こん》のカーディガン。レンズの入《はい》っていないあずき色《いろ》のフレームのメガネをかけ、精《せい》いっぱいマジ子《こ》っぽいファッションをしているが、もうほとんどその顔《かお》はサギノのものだった。

「マジ子《こ》……。今《いま》ごろ来《き》たのか。大遅刻《だいちこく》だな。」

「休《やす》むよりはましでしょ。それより、どうしちゃったの？」

「いや、あのう、地震《じしん》みたいだから、ゆれがおさまるまで待《ま》ってるんだ。」

「地震《じしん》？　ゆれてないけど？　っていうか、なんだか顔《かお》が赤《あか》いし具合《ぐあい》が悪《わる》そうなんだけど？」

「マジ子《こ》、聞《き》いてくれ。たいへんなことがわかったんだ。マジ子《こ》とサギノの入《い》れ替《か》わりが、止《と》められるかもしれない。」

「え、ええ!?　本当《ほんとう》に？」

マジ子《こ》が、ぼくの肩《かた》をつかんだ。

「それ、どうしてわかったの？」

「校務員《こうむいん》さんが、『学校《がっこう》の怪談《かいだん》』にくわしくて、ぼくは作家志望《さっかしぼう》なので話《はなし》を聞《き》かせてくださいって言《い》って取材《しゅざい》させてもらったんだ。」

「へえ⁉」

「あのね。あの『呪《のろ》いの大鏡《おおかがみ》』の中《なか》の女《おんな》の子《こ》は、雷《かみなり》に打《う》たれて死《し》んだんだそうだ。だから、雷《かみなり》が鳴《な》ると、生《い》き返《かえ》りたくてたまらなくなって、そのとき鏡《かがみ》の前《まえ》にいる女《おんな》の子《こ》と入《い》れ替《か》わろうとするらしいんだ。」

「え？　入《い》れ替《か》わるって。死《し》んだ子《こ》と生《い》きてる子《こ》がってこと？」

「そう。それもかわいい女《おんな》の子《こ》を選《えら》んで、その体《からだ》の中《なか》に、自分《じぶん》が入《はい》りこみ、その子《こ》のハートは鏡《かがみ》の中《なか》に閉《と》じこめるらしい。」

「そ、そうだったの！　でも、それならどうして、わたしたちが、入《い》れ替《か》わってるの？その女《おんな》の子《こ》とじゃなくて。」

「校務員《こうむいん》さんの説《せつ》から推測《すいそく》するに、彼女《かのじょ》は同《おな》じぐらいかわいい女《おんな》の子《こ》二人《ふたり》を前《まえ》にして、どっちにしようかと迷《まよ》ったあげくに、その、まあ失敗《しっぱい》したんじゃないかと思《おも》う。」

「ええ！　じゃあ、わたしたちは、その、鏡《かがみ》の中《なか》の女《おんな》の子《こ》のせいでこんなことになってるってこと？」

「うん。それでね。入《い》れ替《か》わりを止《と》めてもとに戻《もど》る方法《ほうほう》もあるらしいんだ。」

「そんな方法《ほうほう》があるの？」

「ああ。雷《かみなり》が鳴《な》っている間《あいだ》に、彼女《かのじょ》に言《い》うといいらしい……。」

「ええ？　なんて言《い》うの？」

「それは……。」

そこまで言《い》ったとき、スポンジに乗《の》っているみたいに、また地面《じめん》がふにゃあっとへこんだ。

「コクニくん！　どうしたの？　気分悪《きぶんわる》いの？」

マジ子《こ》がぼくを助《たす》けおこした。

「たいへん、すごい熱《ねつ》だわ！　わたし、先生《せんせい》を呼《よ》んでくるね！　ちょっと待《ま》ってて！」

「いや、あの……。」

ぼくが続《つづ》きを言《い》うのを聞《き》かず、マジ子《こ》は教室《きょうしつ》の方向《ほうこう》に、全速力《ぜんそくりょく》で駆《か》けていった。

「……地震《じしん》じゃねえの？」

とり残《のこ》されたぼくは、小《ちい》さい声《こえ》でつぶやいた。

18 マジ子《こ》の交渉《こうしょう》と告白《こくはく》

「入《い》れ替《か》わりが止《と》められるかもしれない。うまくいったら、二人《ふたり》とも、もとに戻《もど》れるかもしれない。」

ぼくが、サギノにその話《はなし》を伝《つた》えられたのは、夜《よる》になってからだった。

というのは、雨《あめ》に打《う》たれてずぶぬれのまま、ずっと行動《こうどう》していたぼくは、ひどい風邪《かぜ》をひいてうんと高《たか》い熱《ねつ》を出《だ》していた。マジ子《こ》と先生《せんせい》に連《つ》れられて、保健室《ほけんしつ》に行《い》ったものの、すぐに家《いえ》に帰《かえ》された。

こんこんと眠《ねむ》りこんで、目《め》が覚《さ》めたのは暗《くら》くなってからだった。

窓《まど》ガラスをだれかがたたく音《おと》で目《め》が覚《さ》めた。サギノがベランダに立《た》っていた。

外《そと》はひどい雨《あめ》で、サギノはベランダ伝《づた》いに隣《となり》の部屋《へや》から来《く》るだけで、この間《あいだ》の傘《かさ》と同《おな》じ、小花模様《こばなもよう》のレインコートを着《き》ていた。

「バカねえ。」

サギノはぼくの部屋《へや》に入《はい》ってくるなり、そう言《い》って笑《わら》った。

「そんなことを調《しら》べるために、高熱《こうねつ》を出《だ》すなんて。もともと風邪《かぜ》が治《なお》りきってなかったんじゃないの？」

「そんなこととはなんだよ。すっごい情報《じょうほう》じゃないか。もとに戻《もど》りたくないのかよ？」

ぼくは氷枕《こおりまくら》から頭《あたま》を浮《う》かせて、言《い》いかえした。

「そりゃ、戻《もど》れるなら戻《もど》りたいけど。でも、それって、鏡《かがみ》の中《なか》の女《おんな》の子《こ》と外《そと》の人《ひと》との入《い》れ替《か》わりの場合《ばあい》でしょ。鏡《かがみ》の中《なか》の女《おんな》の子《こ》を本気《ほんき》でほめまくったとしてもよ、あたしたちの入《い》れ替《か》わりをもとに戻《もど》してもらえるのかしら？」

サギノが首《くび》をかたむけた。

「やってみなければわかんないだろ？　それにだ。その方法《ほうほう》を応用《おうよう》して、鏡《かがみ》の中《なか》の女《おんな》の子《こ》じゃなくって、きみたちがほめあうっていう方法《ほうほう》はどうだろうか。」

「あたしたちがほめあう？」

「そうだ。今度《こんど》ハートが入《い》れ替《か》わりそうになったら、おたがいをうんとほめあうんだよ。そしたら、ハートが入《い》れ替《か》わるのやめようかなーって気《き》になるかもしれない。」

「そんなことで、もとに戻《もど》れるの？」

「わかんないよ。思《おも》いついたことはみんなやってみたらいいじゃないか。すぐにマジ子《こ》に言《い》ってやれよ。こういう方法《ほうほう》があるからためしてみようって。」

「うーん。それが、さっきからずっとケータイ鳴《な》らしても出《で》ないのよね。部屋《へや》も灯《あか》りがついてないし。マジ子《こ》も風邪《かぜ》で寝込《ねこ》んでるのかな？」

「……ヘンだな。マジ子《こ》って、二回目《かいめ》の入《い》れ替《か》わりがあってから、寝《ね》るときも灯《あか》りをつけたままなんだけど。」

「あ、そうか。あたしがきっちり消《け》すようになってたから忘《わす》れてた。そうだよね。もともとあたしが寝《ね》てても灯《あか》りはつけっぱなしだから、マジ子《こ》が今《いま》そう……のはずなのに。じゃあ、マジ子《こ》、どっか行《い》ってるってこと？」

「出《で》かけるにしちゃ、遅《おそ》くないか？　いくらマジ子《こ》にサギノのコンビニ好《ず》きが移行《いこう》してきたっていっても、マジ子《こ》んちのおばさんは、夜《よる》に出《で》かけるのを止《と》めるだろ？」

「それがさあ、マジ子《こ》んち、今日《きょう》はうちの人《ひと》いないの。なんか親戚《しんせき》の人《ひと》が入院《にゅういん》したからって、マジ子《こ》のお母《かあ》さんとお父《とう》さんがでっかいかばん持《も》っていっしょに出《で》るところを、うちのママが見《み》たから。」

「え、それだったら、マジ子《こ》はどこにいるんだ？」

「さあ……。」

二人《ふたり》で時計《とけい》を見《み》たら九時過《じす》ぎだった。

ざあざあと、地面《じめん》をたたく激《はげ》しい雨音《あまおと》を聞《き》いているうちに、悪《わる》い予感《よかん》がしてきた。

「マジ子《こ》の部屋《へや》に行《い》ってみないか？」

どうしてだか、そう思《おも》った。サギノもうなずいた。

「景《けい》くん、熱《ねつ》は下《さ》がったの？」

「ああ、薬《くすり》がきいて急《きゅう》に下《さ》がった。」

「ちゃんと上着《うわぎ》を着《き》ないと寒《さむ》いよ。ソックスも。」

「あ、うん。」

ぼくは、サギノの言《い》うとおりに、ジャンパーをはおり、長《なが》めのソックスをはいて、ベランダに出《で》た。マジ子《こ》の部屋《へや》の灯《あか》りは消《き》えていた。ベッドの中《なか》もからっぽで、人《ひと》のいる気配《けはい》がない。

「開《あ》くわよ。不用心《ぶようじん》ね。」

サギノがガラス戸《ど》を開《あ》けて、部屋《へや》の中《なか》に入《はい》った。ぼくもそれに続《つづ》いた。

灯《あか》りをつけると、羽《はね》のついたバナナがいっぱい飛《と》んだショッキングピンクのベッドカバーが目《め》に飛《と》びこんできた。

「すごいベッドカバーにしたんだな。」

「あたしが部屋《へや》をかたづけたいんだけど、いまいちコツがわかんないみたいに、マジ子《こ》も、かわいくってカラフルな部屋《へや》にしたいんだけど、どうしたらいいかがよくわかってないのよね。」

サギノがベッドに腰《こし》かけて言《い》った。枕《まくら》もとには、手《て》と羽《はね》のついた真《ま》っ赤《か》なハートのクッションが置《お》いてある。

「マジ子《こ》のやつ、どこに行《い》ったんだろう？」

勉強机《べんきょうづくえ》に目《め》をやると、ピンク色《いろ》の封筒《ふうとう》が置《お》いてあった。

濃《こ》いピンクのハートのシールで封《ふう》がしてあり、マジックでこう書《か》いてあった。

――ハート部《ぶ》のみなさんへ。

「おい！　サギノ！　書《か》き置《お》きがあるぞ！」

中《なか》を開《あ》けてみると、ハートのついたカードに、短《みじか》いメッセージが書《か》かれていた。

――入《い》れ替《か》わりを止《と》めてもとに戻《もど》してくれるよう、鏡《かがみ》の中《なか》の女《おんな》の子《こ》に交渉《こうしょう》してみます。うまくいったらいいけど。

「交渉《こうしょう》？　ああ、女《おんな》の子《こ》をほめちぎるってやつを一人《ひとり》で実行《じっこう》するつもりなのかしら？」

サギノが言《い》った。

「……実《じつ》は、マジ子《こ》にはそこまで言《い》ってないんだ。」

ぼくは、必死《ひっし》に今日《きょう》のマジ子《こ》との会話《かいわ》を思《おも》いだしながら言《い》った。

「最後《さいご》まで話《はな》せなかったんだ。ぼくが気分《きぶん》が悪《わる》くなってしまって。雷《かみなり》が鳴《な》っている間《あいだ》に彼女《かのじょ》に話《はな》せば、もとに戻《もど》れるかもしれないってとこまでしか伝《つた》えられてない……。」

「じゃあ、マジ子《こ》は、雷《かみなり》が鳴《な》ってる間《あいだ》に、彼女《かのじょ》をどう説得《せっとく》するつもりなのかしら?」

「マジ子《こ》のことだから、正面《しょうめん》から正攻法《せいこうほう》で説得《せっとく》するんじゃないか。」

「入《い》れ替《か》わる前《まえ》ならね。でも、今《いま》のマジ子《こ》だったら、ウソついたり、めんどうになって逆《ぎゃく》ギレするかもしれないなー。だいじょうぶかなあ。相手《あいて》を怒《おこ》らせてたいへんなことになっちゃったら……。」

「……今度《こんど》、彼女《かのじょ》にうでを引《ひ》っ張《ぱ》られたら。」

「本当《ほんとう》に彼女《かのじょ》と入《い》れ替《か》わっちゃうかもしれないよね。そうなったら……。」

ぼくらは顔《かお》を見合《みあ》わせて、だまった。

もし今《いま》ここで、マジ子《こ》と鏡《かがみ》の中《なか》の女《おんな》の子《こ》のハートが入《い》れ替《か》わったら。マジ子《こ》の中身《なかみ》は、ユーレイの彼女《かのじょ》で、その外見《がいけん》はほぼサギノになるってことだ。すると、サギノの中身《なかみ》はややマジ子《こ》で、その外見《がいけん》はほぼマジ子《こ》のままになる。そして、鏡《かがみ》の中《なか》にはユーレイの女《おんな》の子《こ》のすがたで中身《なかみ》がマジ子《こ》なんだけど、ややサギノの子《こ》がいるってことに？

「うわー！　なんだかわからないけど、すごくまずいことになってしまうぞ！」

ぼくは頭《あたま》をかきむしった。

「と、止《と》めなきゃ！」

サギノが叫《さけ》んだその瞬間《しゅんかん》、ぴかあっと外《そと》が光《ひか》った。

はっとして外《そと》を見《み》たら、ゴゴゴゴゴと、夜《よる》がうなり声《ごえ》をあげた。

「雷《かみなり》だ。」

「たいへん、急《いそ》がなきゃ！」

ぼくらは、それぞれの部屋《へや》に戻《もど》った。

お母《かあ》さんはちょうどお風呂《ふろ》に入《はい》っていたし、お父《とう》さんはまだ帰《かえ》ってきていなかった。ぼくはレインコートをひっかぶって、玄関《げんかん》の靴箱《くつばこ》に置《お》いてある懐中電灯《かいちゅうでんとう》をつかんで、夢中《むちゅう》で駆《か》けだした。

ぼくがエレベーターが来《く》るのが待《ま》ちきれず、階段《かいだん》を駆《か》けおりていると、ダンダンダンッ！　と、足音《あしおと》が近《ちか》づいてきて、ラベンダー色《いろ》のレインコートがぼくを追《お》いこした。

「サギノ！　待《ま》ってくれよ！」

必死《ひっし》にそのあとを追《お》いかけた。

夜《よる》の旧校舎《きゅうこうしゃ》は最悪《さいあく》だった。

旧校舎《きゅうこうしゃ》の中《なか》に、足《あし》を踏《ふ》みいれる瞬間《しゅんかん》、真《ま》っ暗闇《くらやみ》の腹《はら》の中《なか》にのみこまれるような気分《きぶん》だったし、雨《あめ》の音《おと》が強《つよ》すぎて、まるで、雨《あめ》のろうやに閉《と》じこめられているような息苦《いきぐる》しい感《かん》じだった。

ぼくらは、マジ子《こ》をさがしにきたはずなのに、なかなか声《こえ》を出《だ》して、マジ子《こ》に呼《よ》びかけられないでいた。

階段《かいだん》の踊《おど》り場《ば》に行《い》くのに、それまで全速力《ぜんそくりょく》で走《はし》っていたくせに、二人《ふたり》とも、こわごわの、びくびくの、ゆっくりのったりした足《あし》どりでしか段《だん》をのぼれなかった。

あの大鏡《おおかがみ》の前《まえ》でなにがおきているのか、見《み》るのがこわかったのかもしれない。

「！」

サギノが息《いき》をのんで、ぼくの前《まえ》で急《きゅう》に立《た》ちどまった。

ぼくはサギノの背中《せなか》に顔《かお》をぶつけ、鼻《はな》を打《う》った。

「うっ……。」

いてえなあ、と言《い》おうとしたら、サギノが声《こえ》を出《だ》さずに踊《おど》り場《ば》を指《ゆび》さした。

マジ子《こ》は、鏡《かがみ》の前《まえ》できちんと正座《せいざ》していた。

持参《じさん》したらしい座布団《ざぶとん》の上《うえ》に座《すわ》っている。その横《よこ》には、ぬいだレインコートがきちんとたたまれていて、火《ひ》のついた、やたらにでかいろうそく（クリスマスキャンドルらしくて、サンタクロースの絵《え》がついていた。）が、座布団《ざぶとん》のわきに立《た》ててある。

あまりにも、予想外《よそうがい》の光景《こうけい》に、ぼくもサギノも、その場《ば》に立《た》ちすくんでしまった。

なんだ、それ？　マジ子《こ》、怪談噺《かいだんばなし》の練習《れんしゅう》かい？　そう言《い》って笑《わら》いながら話《はな》しかけたかったが、できなかった。マジ子《こ》があまりにも、本気《ほんき》の空気《くうき》をかもしだしていたからだった。

「……そういうわけ。わたしの話《はなし》、わかってもらえた？」

マジ子《こ》は、妙《みょう》に落《お》ちつきはらった声《こえ》で、鏡《かがみ》に語《かた》りかけていた。

ぼくらの位置《いち》からは、鏡《かがみ》は見《み》えないのだが、マジ子《こ》は、あきらかに鏡《かがみ》の中《なか》の女《おんな》の子《こ》と会話《かいわ》している。しかし、ぼくらには、鏡《かがみ》の中《なか》の女《おんな》の子《こ》の声《こえ》は聞《き》こえない。

「わたしのせいなんでしょう？　わかってる。サギノちゃんのきれいでかわいくて男《おとこ》の子《こ》に人気《にんき》のあるところ、おしゃれなところ、いつも自由《じゆう》でのびのびしてて、楽《たの》しく毎日《まいにち》すごしてるところ。わたし、ずっとうらやましくて、嫉妬《しっと》してて、自分《じぶん》があんなれたらいいっ

て思《おも》ってたから。この鏡《かがみ》の前《まえ》でいつもそんなことを、一人《ひとり》で言《い》ってたからでしょう？　だからこうなっちゃったんでしょう？」

マジ子《こ》のその言葉《ことば》を聞《き》いて、ぼくもサギノも、うっ、と息《いき》がつまって、その場《ば》に固《かた》まってしまった。

「コクニくんの話《はなし》を聞《き》いて、こうなった理由《りゆう》がわかりました。あなたもだれか、自分《じぶん》でないかわいい子《こ》と入《い》れ替《か》わりたかった。わたしと同《おな》じ気持《きも》ちだった。だから、あの日《ひ》、わたしの願《ねが》いをかなえてくれたんでしょう？　なにかのまちがいなんかじゃないんでしょう？

え？　なんですって？」

マジ子《こ》が鏡《かがみ》に顔《かお》を寄《よ》せた。

「そうじゃない！　本当《ほんとう》にもとに戻《もど》してほしいの。わたしがもとに戻《もど》りたいんじゃなくって、サギノちゃんをもとに戻《もど》してあげてほしいの！　このまま入《い》れ替《か》わりがすすんで、サギノちゃんがわたしのせいで、わたしになんかなってしまったら、かわいそうすぎるわ！

ええ、そうよ！　わたしでなくて、サギノちゃんよ！」

マジ子《こ》が、きっと鏡《かがみ》をにらんで立《た》ちあがった。

「……かまわないわ。サギノちゃんをもとに戻《もど》してくれるんなら、それでいいわ。」

マジ子《こ》は座布団《ざぶとん》を蹴《け》って後《うし》ろに飛《と》ばした。

「絶対《ぜったい》に戻《もど》してくれるわね？　だいじょうぶなんでしょうね？　今《いま》ここでそれができるの？……ああ、そうなの。わたしがここであなたと入《い》れ替《か》わったら、しぜんとサギノちゃんはもとに戻《もど》れるのね？　絶対《ぜったい》？　絶対《ぜったい》ね？　わかった。じゃあ……。」

マジ子《こ》は鏡《かがみ》に向《む》かって、握手《あくしゅ》するように、手《て》をのばした。

「いいわ。雷《かみなり》が鳴《な》ってるうちに、さっさと入《い》れ替《か》わって。」

すると、鏡《かがみ》の中《なか》から、するっと白《しろ》くて小《ちい》さくて細《ほそ》い、人形《にんぎょう》のような手《て》が出《で》てきた。

その手《て》は、マジ子《こ》の手《て》にそーっと指先《ゆびさき》を近《ちか》づけた。

マジ子《こ》は、ぎゅうっと目《め》をつぶった。

「だめえ！」

サギノが悲鳴《ひめい》をあげた。

「マジ子《こ》、だめえ！」

はっとマジ子《こ》が目《め》を開《あ》けて、こっちを見《み》た。

「サ、サギノちゃん、こっち来《き》ちゃだめ！」

マジ子《こ》が叫《さけ》んだそのとき、鏡《かがみ》の中《なか》の手《て》が、がちっとマジ子《こ》の手首《てくび》をつかんだ。

19 鏡《かがみ》の彼女《かのじょ》に言《い》ったこと

「だめーっ！　マジ子《こ》！」

サギノがそう叫《さけ》んで、マジ子《こ》に飛《と》びついた。

サギノはマジ子《こ》の体《からだ》を抱《だ》きかかえるようにして、鏡《かがみ》の前《まえ》から引《ひ》きはなした。そのとたん、白《しろ》い手《て》が、ぱっとマジ子《こ》の手首《てくび》をはなした。

どうっと倒《たお》れこんだ二人《ふたり》が、ごちっとひたいをぶつけた。

「きゃっ！」

「痛《いた》っ！」

「おい！　あぶないぞ！」

ぼくは、マジ子《こ》のレインコートの上《うえ》にあやうく倒《たお》れかけた、クリスマスキャンドルを燭《しょく》台《だい》ごとつかんだ。

「マジ子《こ》、なんで、ろうそくなんか持《も》ってきたんだよ！　火事《かじ》になったらどうするんだよ。」

そう言《い》って、キャンドルを手《て》に顔《かお》をあげると。

鏡《かがみ》の中《なか》の女《おんな》の子《こ》と、ばちっと目《め》が合《あ》った。

女《おんな》の子《こ》は、キャンドルよりも真《ま》っ白《しろ》な顔色《かおいろ》で、長《なが》いまつ毛《げ》やロングヘアはかわいいけれど、目《め》の下《した》に影《かげ》があって、生《い》きてないから仕方《しかた》ないんだけれども、いかにも不健康《ふけんこう》な感《かん》じだった。

ぼくが、はっとおののくと、にやあっと、くちびるをゆがめてうす笑《わら》いした。

「おい。きみ！」

ぼくは、ムカッときてしまった。

「きみもな、いいかげんにしろよ。そりゃ、若《わか》いのに死《し》んじゃったことは、気《き》の毒《どく》だと思《おも》うよ。だけど、生《い》きてる女《おんな》の子《こ》と入《い》れ替《か》わろうっていうのはずうずうしいんじゃないのか？　それに、他人同士《たにんどうし》のハートを入《い》れ替《か》えるっていうのも、感心《かんしん》しないな！　きみもいつまでもこんな暗《くら》くて冷《つめ》たいところにいるから、心《こころ》が暗《くら》めになるんじゃないのか？」

すると、彼女《かのじょ》は、むっとした顔《かお》になって、くちびるをとがらせた。

「景《けい》くん、だめよ！　彼女《かのじょ》を怒《おこ》らせたら。」

サギノが、鏡《かがみ》に指《ゆび》をつきつけて、なおも言《い》いつのろうとしているぼくを止《と》めた。

「勝手《かって》に怒《おこ》ればいいじゃないか！　相手《あいて》が死《し》んでようが、生《い》きてようが、人《ひと》は人《ひと》だ！　人《ひと》としてまちがっているならば、ぼくは言《い》うべきことを言《い》うぞ！」

叫《さけ》びながら、ふとサギノの顔《かお》を見《み》ると、そのメガネの上《うえ》の広《ひろ》いひたいから、しゅるるるっと、ティッシュペーパーのように白《しろ》くてうすっぺらいハートが出《で》てきていた。

「あ！　ハートが！」

「え、あたし、ハートが出《で》てるの？」

サギノがあわてておでこをおさえたが、ハートが飛《と》びでるのを止《と》めることはできなかった。

「わ、わたしも？」

サギノの下敷《したじ》きになっていたマジ子《こ》も、おでこを手《て》でおさえて起《お》きあがった。マジ子《こ》の指《ゆび》を通過《つうか》して、水《みず》のように透明《とうめい》で、シャボン玉《だま》のようにふわふわしたハートがぽこんとおどりでてきた。

たいへんだ！

この入《い》れ替《か》わりがすんだら、二人《ふたり》はもうもとに戻《もど》れなくなるかもしれない。

ぼくはそう感《かん》じた。

「おい、よせ！　ぼくが悪《わる》かった。二人《ふたり》の入《い》れ替《か》わりを止《と》めてやってくれ。」

ぼくは鏡《かがみ》の中《なか》の女《おんな》の子《こ》に、あやまった。しかし彼女《かのじょ》はそっぽを向《む》いたまま、こちらを見《み》てもくれない。完全《かんぜん》にごきげんをそこねてしまったようだった。

「ごめん。すまなかったよ。ついかっとなって。だってこの二人《ふたり》はなにも悪《わる》くないんだよ。なにかぼくがきみの役《やく》にたてることがあるなら、なんでもするから。二人《ふたり》の入《い》れ替《か》わりを止《と》めてくれ。」

ぼくは鏡《かがみ》に飛《と》びついてそう言《い》った。

「おい、こっち向《む》いてくれったら！」

鏡《かがみ》をたたいても、彼女《かのじょ》はむこうを向《む》いたままだ。

ぼくはだんだん、自分《じぶん》に腹《はら》が立《た》ってきた。この事態《じたい》をなんともできないでいる、自分《じぶん》の力《ちから》不足《ぶそく》や知恵《ちえ》のなさが、どうしようもなく情《なさ》けなくなって叫《さけ》んだ。

「ちっきしょう！　ぼくがバカだったよ！　きみのことを一瞬《いっしゅん》でも、すっげえかわいくっておとなしそうで、ぼくの好《す》きなタイプの女《おんな》の子《こ》だなあ、なんて思《おも》ったことが、ものすごくバカみたいだよ！」

鏡《かがみ》を、がん！　とこぶしでたたいたら、びしっとするどい音《おと》がして、斜《なな》めに亀裂《きれつ》がはしった。

「あっ！」

ぼくは、血《ち》の気《け》が引《ひ》いてしまった。

鏡《かがみ》の中《なか》の女《おんな》の子《こ》は、すーっと後退《こうたい》して、奥《おく》のほうからぼくを暗《くら》い目《め》でにらんでいる。あ
あ、もうきっと許《ゆる》してくれない。とりかえしのつかないことをしてしまったのかも……。

ぼうぜんとしていると、マジ子《こ》がぼくのレインコートのすそを、くいくいっと引《ひ》っ張《ぱ》っ
てきた。

「コクニくん、もういい。悪《わる》いのはわたしだから。」

「マジ子《こ》。」

「本当《ほんとう》にそうだから。人《ひと》のことをうらやましがってばかりいて、人《ひと》のつごうのいいところ
だけ欲《ほ》しいと思《おも》っていたのはわたしだもん。コクニくんがあやまることないの。ああ、ど
うしよう、サギノちゃん、ごめんなさい。」

マジ子《こ》がわあっと、泣《な》きくずれて床《ゆか》につっぷした。

するとサギノが、うーんとうなって座《すわ》りなおし、マジ子《こ》の背中《せなか》をなでて言《い》った。

「わかったから。マジ子《こ》も景《けい》くんも。あたし、もう覚悟《かくご》したから。」

「覚悟《かくご》？」

「マジ子《こ》はさ、あたしのことをずいぶんいいように思《おも》っててくれたみたいだけど、あたしだってさ、あたしのこと特《とく》に好《す》きでなかったもの。ぜんぜん自分《じぶん》のこと大事《だいじ》じゃなかった。今思《いまおも》うとね。マジ子《こ》のマジメでさ、自分《じぶん》についてよく考《かんが》えたり反省《はんせい》したりする、そういうちゃんとしたハートが入《はい》ってきてくれたおかげで、自分《じぶん》のことを少《すこ》しは大切《たいせつ》にしようって気持《きも》ちが生《う》まれたんだもの。だからもういいよ。」

サギノのひたいから、ふわっと白《しろ》いハートがはなれて、頭上《ずじょう》に舞《ま》いあがった。

「もういい。あたし、マジ子《こ》のぶん、生《い》きることにしたから。マジ子《こ》の体《からだ》とハートとどっちも大事《だいじ》にする。ちゃんとおしゃれしてうんとモテるようにがんばるし。だからさ、そんなに自分《じぶん》を責《せ》めないでよ。あんただって、完全《かんぜん》にあたしになっちゃったら、それはそれでたいへんだよ。だらしないし、ふつうの子《こ》ができるようなことでも飽《あ》きて投《な》げだしちゃうし、かえってあんたのほうが、かわいそうかも。」

「サギノちゃん。」

マジ子《こ》のひたいから、するっと透明《とうめい》のハートが飛《と》びあがって、空中《くうちゅう》で長《なが》く、澄《す》んだ小川《おがわ》のように流《なが》れてのびた。

「サギノちゃん、やさしいね。わたし、サギノちゃんになっても、きっとそんなにやさしくなれないよ。どっか、きっと、マジ子《こ》のままかも。」

「よしてよ。あたしは、考《かんが》えこんだり悩《なや》んだりするのがめんどくさいだけよ。あきらめがいいっていうのかなあ。あたしはマジ子《こ》になっても、そんなふうにきちんとものごとを考《かんが》えられなくて、いつまでも、こんなふうかもね。」

サギノが笑《わら》った。

「コクニくん、わたしたちのハートは今《いま》どうなってる？」

マジ子《こ》がぼくにきいた。

「……二人《ふたり》の頭《あたま》の上《うえ》で、ふわふわ舞《ま》ってるよ。いっしょにダンスしてるみたいに。」

「もうすぐ入《い》れ替《か》わりそう？」

「ええと、まだ。」

言《い》いかけたそのとき、それぞれのハートが、もつれあってダンスするのをやめ、さっとはなれた。

いよいよだ。

ぼくは、くっと息《いき》をのんで、言葉《ことば》を失《うしな》った。

ぼくの様子《ようす》を見《み》ていたサギノとマジ子《こ》は、きゅっと顔《かお》をひきしめた。

「いよいよみたいね。」

マジ子《こ》が深呼吸《しんこきゅう》して、サギノの顔《かお》を見《み》つめた。

「そうね。じゃあ、もう、いいよね？」

サギノがマジ子《こ》の瞳《ひとみ》を見《み》つめかえした。

マジ子《こ》が、こくんとうなずいて、小《ちい》さな声《こえ》でごめんなさい、とつぶやいた。

返事《へんじ》の代《か》わりに、サギノがマジ子《こ》の背中《せなか》にうでをまわして、そっとマジ子《こ》を抱《だ》きしめた。

「……サギノちゃんになれてうれしい。」

マジ子《こ》がサギノの胸《むね》に顔《かお》をうずめて、言《い》った。

「ありがとう。あたしも、入《い》れ替《か》わるのがマジ子《こ》でよかったよ。」

サギノが、マジ子《こ》の髪《かみ》にほおを寄《よ》せて、低《ひく》い声《こえ》で言《い》った。

ハートは空中《くうちゅう》で、すいっと別《わか》れ、それぞれの相手《あいて》の頭上《ずじょう》に向《む》かった。

「いよいよだ。」

ぼくは言《い》った。

白《しろ》いハートがマジ子《こ》の、透明《とうめい》のハートがサギノの、頭《あたま》にそれぞれのしっぽをくっつけたのを見《み》た。

ぼくは、耐《た》えられなかった。

こんなのってない。あんまりだ。この子《こ》たちがなにをしたっていうんだ。

ぼくは、入《い》れ替《か》わる前《まえ》の、サギノとマジ子《こ》のすがたを思《おも》いだした。

サギノのド派手《はで》でおかしなかっこう。ウソつきで部屋《へや》が噴火《ふんか》したみたいにぐっちゃぐちゃ。でも、男子《だんし》がとろけるあの抜群《ばつぐん》の笑顔《えがお》がサギノだ。

マジ子《こ》のメガネがふっとんで、転《ころ》んだときのかっこうときたら。そう、あの生真面目《きまじめ》でいつでもいっしょうけんめいで、天然《てんねん》でかわいい。それがマジ子《こ》だ。

「ううう。」

気《き》がついたらぼくは、しぼりだすような泣《な》き声《ごえ》をあげていた。

「だいじょうぶだ。二人《ふたり》とも、すごくいい子《こ》だし。どっちもいいよ。かわいいしさ。みりょくがあるんだから、い、い、い、入《い》れ替《か》わったって、二人《ふたり》ともぜんぜんだいじょうぶだ。」

ひいっく、ひいっくと、しゃくりあげながら、ぼくは叫《さけ》んだ。涙《なみだ》があふれて、もう前《まえ》が見《み》えない。

「だ、だ、だ、男子代表《だんしだいひょう》として言《い》う。二人《ふたり》ともステキだ！　だから、だから、完全《かんぜん》に入《い》れ替《か》わっても、と、友達《ともだち》でいてくれよ。」

服《ふく》のそでで涙《なみだ》をふこうとしたが、レインコートを着《き》たままだったので、涙《なみだ》がぬれたビニール生地《きじ》にこすれて、顔《かお》がよけいにぐじゅぐじゅになってしまった。

「コクニくん、ありがとう。」

「景《けい》くん、あんたって、最高《さいこう》にいい人《ひと》よ！」

マジ子《こ》とサギノがそう言《い》ってくれたので、

「ありがとう、ありがとう。」

お礼《れい》を言《い》いながら、ふと目《め》を開《あ》けると、

「あれ？」

ぼくは、目《め》を疑《うたが》った。

二人《ふたり》の頭上《ずじょう》に、またハートが湧《わ》いて出《で》てきたのだ。

「どうしたの？」

サギノがきいてきた。

「ハートが、もう入《い》れ替《か》わってしまったの？」

マジ子《こ》もきいてきた。

「いや、あの。」

ぼくは、二人《ふたり》の頭《あたま》の上《うえ》で、再《ふたた》びダンスを始《はじ》めた白《しろ》と透明《とうめい》のハートに首《くび》をかしげた。

「どうしたんだろ？」

20 最後《さいご》の入《い》れ替《か》わり

ぼくは、そのおかしなハートの動《うご》きに首《くび》をかしげた。

いつもだったら、それぞれの頭《あたま》にのっかったハートが、すーっと体《からだ》の中《なか》にもぐりこんで、それでおしまい。入《い》れ替《か》わり完了《かんりょう》のはずだった。

それなのに、今日《きょう》はちがった。いったん、サギノとマジ子《こ》の中《なか》に入《はい》りかけた、それぞれのハートがまた頭上《ずじょう》でおどりはじめたのだ。

サギノの、白《しろ》いハートが天井近《てんじょうちか》くまでふわーっと舞《ま》いあがると、それを追《お》いかけて、マジ子《こ》の透明《とうめい》のハートが、噴水《ふんすい》みたいにしゅわっと長《なが》くのびあがった。

「どうしたの？」

サギノがきいてきた。

「うん。ハートがおどってさ、なかなか体《からだ》に入《はい》らないんだよね。」

「ハートがおどってるの？」

マジ子《こ》も不思議《ふしぎ》そうに、天井《てんじょう》あたりを見上《みあ》げた。しかし、二人《ふたり》にはやはり、自分《じぶん》たちのハートが見《み》えないようで、目《め》をこすったり、あらぬ方向《ほうこう》に目《め》をやったりしている。

いったいどうしたのか……と思《おも》っていると、今度《こんど》はマジ子《こ》の頭《あたま》のてっぺんから、ついっと、うすいピンク色《いろ》のハートが出《で》てきた。

「え⁉」

びっくりしてサギノのほうを見《み》ると、こっちからも、あわい水色《みずいろ》のハートがするするっと現《あらわ》れた。

平《ひら》べったくて大《おお》きめのそのハートは、ぼくの見《み》ている前《まえ》で、軽《かる》く重《かさ》なりあった。

するとそれは、見覚《みおぼ》えのある、ラベンダー色《いろ》に透《す》けた。

あのときのハートだ！　たしかエレベーターの中《なか》で二人《ふたり》がぶつかったときの！

その二つのハートは、白《しろ》と透明《とうめい》のハートの高《たか》さまで飛《と》びあがると、重《かさ》なりあったまま、くねくねっと横向《よこむ》きにしっぽをくねらせておどりだした。

「前《まえ》のハートが出《で》てきてるってことは……。」

ぼくは、はっとした。鏡《かがみ》を見《み》ると、あの女《おんな》の子《こ》が、奥《おく》のほうに立《た》ったまま、じいっとぼくを見《み》ていた。

「きみ！　ひょっとして、二人《ふたり》をもとに戻《もど》してくれるのか？」

女《おんな》の子《こ》は、答《こた》えてくれなかった。そればかりか、ぼくが近寄《ちかよ》れば後《あと》ずさりする。

ぼくは、クリスマスキャンドルをかかげて、鏡《かがみ》を照《て》らした。

鏡《かがみ》には、階段《かいだん》の踊《おど》り場《ば》とぼくら三人《にん》がうつっているのだが、彼女《かのじょ》の後《うし》ろには、ぼくらの後《うし》ろにはないはずの、小《ちい》さなドアがあった。

彼女《かのじょ》はそのドアの金色《きんいろ》のノブに手《て》をかけた。

「きみ！　待《ま》ってくれ！」

ぼくは怒鳴《どな》った。

「ありがとう！　きみのこと、悪《わる》く言《い》ってごめんよ！　友達《ともだち》が苦《くる》しんでると思《おも》ったら、ついかっとなって言《い》ってしまった。本当《ほんとう》にごめんよ！」

すると、彼女《かのじょ》はちょっとだけ、ほんのかすかだけど、首《くび》を横《よこ》にふった。

そして、ドアを開《あ》けた。

そこから、瞬間《しゅんかん》、真《ま》っ白《しろ》い光《ひかり》がもれた。

それは、真昼《まひる》のような、まばゆい日《ひ》の光《ひかり》のようにも見《み》えたし、冴《さ》えきった月《つき》の光《ひかり》のようにも見《み》えた。

彼女《かのじょ》はドアをぱたんと閉《し》め、行《い》ってしまった。

鏡《かがみ》の中《なか》の世界《せかい》はまた闇《やみ》におおわれた。

ぼくは、そーっと天井《てんじょう》を、キャンドルで照《て》らした。

今《いま》や踊《おど》り場《ば》の天井《てんじょう》は、ハートでいっぱいだった。

白《しろ》、透明《とうめい》、うすいピンク、あわい水色《みずいろ》のにまじって、さくら色《いろ》の、大《おお》きな花《はな》びらのようなハートとぽてっとした水色《みずいろ》の丸《まる》っこいハートがいっしょに、体《からだ》をゆすって上下《じょうげ》している。それらの間《あいだ》をぬって、濃《こ》いピンクの、手《て》のひらぐらいのハートが、しゅんしゅんと楽《たの》しげに飛《と》びまわり、丸《まる》くてかわいいブルーのハートがそれを追《お》いかけて遊《あそ》んでいる。

「……きみらの、今《いま》まで入《い》れ替《か》わったハートが、みんなそこのところに集《あつ》まってるよ。」

ぼくがそう言《い》って、二人《ふたり》を見《み》ると、二人《ふたり》とも目《め》を見開《みひら》いたまま、時間《じかん》が止《と》まったように固《かた》まっていた。

ああ、そうか。ハートが今《いま》、二人《ふたり》ともぬけちゃってるんだからしょうがないな。

そう納得《なっとく》したとたん。

バリバリ、バリンバリン！

空《そら》が破《やぶ》けそうな音《おと》がして、窓《まど》の外《そと》に白《しろ》い閃光《せんこう》が走《はし》った。

いなずまだ。

そう思《おも》ったとき。

ハートが、ふいにささっと整列《せいれつ》して、ブルーとピンクの組《くみ》に分《わ》かれた。

「もう、戻《もど》れ。」

ぼくは、ハートたちに呼《よ》びかけた。

「まちがえないで、もとの体《からだ》に戻《もど》るんだぞ。」

すると、ハートは、すいーっと二組《ふたくみ》に分《わ》かれて、順序《じゅんじょ》よく、外《そと》に飛《と》びだした順《じゅん》にそれぞれの場所《ばしょ》に入《はい》った。

ピンクのは、サギノの中《なか》に。

ブルーのは、マジ子《こ》の中《なか》に。

頭《あたま》や肩《かた》や首筋《くびすじ》や、ハートどもは好《す》き勝手《かって》な方向《ほうこう》から、二人《ふたり》の体《からだ》に入《はい》りこんだ。

最後《さいご》の一つの、短《みじか》いピンクのしっぽがするっとサギノの中《なか》に消《き》えたとたん、ぱちっと階《かい》段《だん》に灯《あか》りがともった。つかないとばかり思《おも》っていた、壁《かべ》の蛍光灯《けいこうとう》がいっぺんについて、ぼくはそのまぶしさに手《て》で顔《かお》をおおった。

「やっぱり、ここにいたな！」

叫《さけ》んだのは、校務員《こうむいん》さんだった。

「こんな夜《よる》にだめじゃないか！　きみらが行方不明《ゆくえふめい》だって、おうちの人《ひと》たちが心配《しんぱい》してるんだぞ！　怪談《かいだん》の調査《ちょうさ》はもうおしまいにしなさい！」

「すみませんでした。」

ぼくがあやまる前《まえ》に、だれかが先《さき》にそう言《い》った。見《み》ると、マジ子《こ》が立《た》ちあがって、ぼくより前《まえ》に出《で》て、深々《ふかぶか》と頭《あたま》を下《さ》げていた。

「委員長《いいんちょう》のわたしとしたことが、ご迷惑《めいわく》をおかけいたしました。すぐに、サギノさんとコクニくんのおうちの方《かた》のところにあやまりにいきます。」

「マジ子《こ》ったら！　べつにあんたがあやまらなくっていいのよ。だって三人《にん》がここに来《き》たくて来《き》たことなんだし。あんたの責任《せきにん》じゃないって。」

サギノがメガネをうるさそうにはずして、くしゃっと髪《かみ》をかきあげた。

「いえ、もとはといえばわたしがここに来《き》たのを心配《しんぱい》して、二人《ふたり》がさがしにきてくれたんです。だからやっぱり、わたしが原因《げんいん》です。」

マジ子《こ》が、生真面目《きまじめ》にくちびるをかんで、そう言《い》った。

「だれが原因《げんいん》とか、だれが悪《わる》いとか、そんなことはきいてないよ。ただ、きみらは三人《にん》ともおうちの人《ひと》にとても心配《しんぱい》をかけている。一刻《いっこく》も早《はや》く帰《かえ》りなさい。きみらは三人《にん》とも同《おな》じマンションなんだって？」

校務員《こうむいん》さんが、きいてきた。

「は、はい。」

「とにかく、おうちの人《ひと》に連絡《れんらく》して、迎《むか》えにきてもらうよ。」

「……は、はい。」

返事《へんじ》はしたものの、ぼくらは、顔《かお》を見合《みあ》わせた。いったいこれから、親《おや》たちにどんな言《い》い訳《わけ》をしようか？

「……とにかく、ついてきなさい。熱《あつ》いお茶《ちゃ》でもいれてあげるから。」

校務員《こうむいん》さんの言葉《ことば》に、ぼくは、はっと顔《かお》をあげた。

「きみらもきみらで、親御《おやご》さんたちに会《あ》う段取《だんど》りがいるだろ。お茶《ちゃ》を飲《の》みながら相談《そうだん》するといい。『学校《がっこう》の怪談《かいだん》』の取材《しゅざい》だって話《はなし》なら昼間《ひるま》聞《き》いたがね、それだけじゃ、親御《おやご》さんたちは納得《なっとく》してくれないだろうしね。」

校務員《こうむいん》さんは笑《わら》ってはいなかったが、なんとなく、おもしろがっているような目《め》つきでそう言《い》った。

「あ、ありがとうございます。」

「すみません！」

サギノとマジ子《こ》が同時《どうじ》にお礼《れい》を言《い》った。

ぼくもお礼《れい》を言《い》おうとしたが、

「あちい！」

急激《きゅうげき》な熱《あつ》さに飛《と》びあがった。ずっと手《て》にしていたクリスマスキャンドルがどろどろに溶《と》けていて、くぼみにたまっていた熱《あつ》いろうが手《て》の甲《こう》にかかったのだ。

「景《けい》くん、どうしてろうそくなんか持《も》ってるの？」

サギノがきいてきた。目《め》の高《たか》さがぼくと同《おな》じぐらいになっている。丸《まる》くてくりくりした大《おお》きな目《め》が、ろうだらけになっているぼくの手《て》をあきれたように見《み》ている。

「マジ子《こ》が持《も》ってきてたやつだよ！　マジ子《こ》、あぶないじゃないか。なんでこんなとこでろうそくなんかつけてるんだよ。しかも、座布団《ざぶとん》なんか敷《し》いてさ。」

すると、マジ子《こ》がぱしぱしと何度《なんど》も目《め》を細《ほそ》めたまま、まばたきをした。その目尻《めじり》のあがった細《ほそ》い目《め》に、サギノがすっと、あずき色《いろ》のフレームのメガネをかけさせた。

「あ、サギノちゃん、ありがとう。あー、これをかけたらほっとするわ。」

マジ子《こ》は、メガネを人《ひと》さし指《ゆび》で鼻《はな》の上《うえ》に押《お》しあげながらぼくを見《み》た。

「コクニくん、熱《あつ》かった？　ごめんなさい。出《で》るときに懐中電灯《かいちゅうでんとう》が見《み》つからなくて、つい。」

「座布団《ざぶとん》はなんで？」

「鏡《かがみ》の中《なか》の彼女《かのじょ》との話《はなし》が、長《なが》いものになると思《おも》ったから……。腰《こし》をすえて話《はなし》をしようと思《おも》って……。それに踊《おど》り場《ば》にじかに座《すわ》ったら冷《ひ》えるだろうし。」

マジ子《こ》が、申《もう》し訳《わけ》なさそうに上目《うわめ》づかいにぼくを見《み》た。

「それで座布団《ざぶとん》！　あはは！　マジ子《こ》ってば天然《てんねん》！」

サギノが、腹《はら》をおさえて爆笑《ばくしょう》した。

「すっかりサギノとマジ子《こ》だなあ。」

ぼくは感心《かんしん》して、二人《ふたり》を見比《みくら》べた。顔《かお》も髪《かみ》も背《せ》の高《たか》さも話《はな》し方《かた》も表情《ひょうじょう》も、なにもかもがもとの二人《ふたり》だった。

「本当《ほんとう》にもとに戻《もど》れたんだな……。よかった。」

ぼくは、目《め》をこすった。

また、涙《なみだ》があふれてきた。

「やだ、景《けい》くん、また泣《な》いてる。泣《な》かないでよ。」

サギノがレインコートのポケットから、ハンドタオルを取《と》りだし、ぼくに貸《か》してくれた。

「コクニくん。ありがと……。本当《ほんとう》にごめんね。」

マジ子《こ》がそう言《い》って、ぼくの手《て》からハンドタオルを抜《ぬ》きとって、自分《じぶん》の涙《なみだ》をふいた。

「おおい、きみら、いつまでも話《はな》してないで、来《き》なさい！」

先《さき》に立《た》って歩《ある》きだしていた校務員《こうむいん》さんが、階段《かいだん》の下《した》から大声《おおごえ》で呼《よ》びかけてきた。

「はあい、どうもすみません！」

「今《いま》、行《い》きます。」

「ごめんなさい！」

ぼくらはそれぞれに答《こた》えると、三人《にん》で顔《かお》を見合《みあ》わせて、今度《こんど》は同時《どうじ》にぷっとふきだしたのだった。

21 小国部長《おぐにぶちょう》と呼《よ》んでくれ

翌日《よくじつ》。

水曜日《すいようび》。

マンションの一階《かい》エントランスにはぼくが一番乗《いちばんの》りだった。

すぐに現《あらわ》れたのはサギノだった。

サギノは茶色《ちゃいろ》い巻《ま》き毛《げ》を思《おも》いきりくるんくるんに巻《ま》きあげ、ピンクのフェイクファーのついたミニスカートに、黒地《くろじ》にピンク色《いろ》のハート模様《もよう》のシャツ、それにじゃらじゃらっと、アメ玉《だま》みたいなネックレスを何重《なんじゅう》にも首《くび》にかけている。

「久々《ひさびさ》に、実《じつ》にサギノらしい、かっこうだなあ。」

ぼくは感心《かんしん》して、派手《はで》さ全開《ぜんかい》のその服装《ふくそう》をながめた。

「マジ子《こ》は？　もとに戻《もど》ったのに、マジ子《こ》のほうが遅《おく》れてるのか？」

「マジ子《こ》は、ゴミ置《お》き場《ば》の掃除《そうじ》を手伝《てつだ》ってたら、遅《おそ》くなったの。もう来《く》るわ。」

そんなことを話《はな》していたら、エレベーターのドアが開《ひら》いて、中《なか》から、白《しろ》いフード付《つ》きパーカーをはおったマジ子《こ》が現《あらわ》れた。

灰色《はいいろ》のチェックのプリーツスカートに白《しろ》いソックス。それに髪《かみ》はきっちりと二つに分《わ》けて、耳《みみ》の横《よこ》で短《みじか》い三《み》つ編《あ》みにしていた。メガネはもちろん例《れい》のあずき色《いろ》のフレーム。

「マジ子《こ》もすっかり、もとに戻《もど》ったなあ。」

ぼくが言《い》うと、サギノとマジ子《こ》が、目《め》と目《め》を合《あ》わせて、にこーっと笑《わら》いあった。

「うん。でも、せっかくだからね。」

「そう、せっかくだから。」

「せっかくだから、なに？」

「せっかく仲良《なかよ》くなったからさ。おそろいにしたのよ。ほら、マジ子《こ》。それ、ぬいで。」

マジ子《こ》がパーカーをぬぐと、中《なか》に、紺地《こんじ》にブルーのハートのシャツを着《き》ていた。

「あ、サギノとの色《いろ》ちがいだ！　それ、どうしたの？」

「ゆうべ、ママがさ。あれから深夜営業《しんやえいぎょう》のアウトレットショップに連《つ》れていってくれたの。『嵐《あらし》の夜《よる》に、学校《がっこう》に集《あつ》まるなんてわくわくするわー！　いいわねえ、ハート部《ぶ》。青春《せいしゅん》って感《かん》じ！』なんて言《い》って喜《よろこ》んじゃって。ハート部《ぶ》のユニフォームにしたらって言《い》って、このシャツをね。」

「それで、買《か》ってくれたの？　本当《ほんとう》にサギノのお母《かあ》さんはノリがいいなあ。」

「あたしにこんなに仲《なか》のいい友達《ともだち》ができたの、初《はじ》めてだから。ママは、お祝《いわ》いしたい気持《きも》ちなんだって。」

「ふーん。そういえば……。」

お母《かあ》さんもお父《とう》さんも夜遅《よるおそ》くにだまっていなくなったことを、最初《さいしょ》はすごく怒《おこ》っていたけれど、マジ子《こ》が、自分《じぶん》のことを心配《しんぱい》してさがしにきてくれたんですとあやまり、サギノも女《おんな》の子《こ》が夜学校《よるがっこう》に行《い》くのはあぶないと、景《けい》くんがいっしょに来《き》てくれたんですなどと言《い》ってくれたおかげで、なんだか急《きゅう》にぼくの株《かぶ》があがってしまった。

夜中《よなか》のダイニングキッチンで、お母《かあ》さんとお父《とう》さんが、しんみりと話《はな》しあっているのを聞《き》いた。

「あの子《こ》、サワノちゃんや真美子《まみこ》ちゃんに甘《あま》えてばかりで、情《なさ》けない……なんて思《おも》ってたけど、そればかりじゃなかったのね。」

「あいつも、なかなかの男《おとこ》なんだな。女《おんな》の子《こ》を守《まも》るために熱《ねつ》があるのに飛《と》びだすなんてな。いいとこあるじゃないか。」

「あの子《こ》も知《し》らない間《ま》に、成長《せいちょう》してたのねえ……。」

二人《ふたり》の会話《かいわ》があまりにも恥《は》ずかしかったので、ぼくは今朝《けさ》、両親《りょうしん》の顔《かお》をまともに見《み》ることができなかった。

「サギノがピンクのハートで、マジ子《こ》がブルーのハートなんて、ぴったりじゃないか。よく、そんなにちょうどいいのがあったよなあ。」

ぼくが、二人《ふたり》のシャツのハートの色《いろ》が、実際《じっさい》の二人《ふたり》のハートの色《いろ》にとてもよく似《に》ていることにおどろきながら、そう言《い》った。

「景《けい》くんのもあるのよ。」

サギノがかかえていた、ビニールの袋《ふくろ》を、ぼくの前《まえ》につきだした。

「ぼく？　え？　なんで？」

「なんでって、ハート部《ぶ》の一員《いちいん》じゃないの。」

「そうよ。ハート部《ぶ》のメンバーだったら、ハート部《ぶ》のユニフォームを着《き》るのはあたりまえでしょ。」

「そ、そんなことといったって、ええ？　ぼくもおそろいのシャツを着《き》なくちゃいけないの？　そ、そんなハートの模様《もよう》のシャツなんて男《おとこ》が着《き》られないよ。」

「ほら、サギノちゃん。やっぱり言《い》ったとおりでしょ？　コクニくんは昭和感覚《しょうわかんかく》なんだから、フェミニンとかキュートとか無理《むり》なんだって。」

「そう言《い》わずに、まずシャツを見《み》てみてよ。」

「う、うん。」

ぼくは、サギノから黄色《きいろ》いビニール袋《ぶくろ》を受《う》けとり、おそるおそる中《なか》のシャツを引《ひ》っ張《ぱ》りだした。それは、丸首《まるくび》の、まったくふつうの真《ま》っ白《しろ》いシャツだった。

「あれ？　ハート模様《もよう》がない？」

前《まえ》も後《うし》ろも、ハートはついていなかった。

「こ、これじゃ、ハート部《ぶ》のユニフォームにならないんじゃないの？」

ぼくがそう言《い》うと、くくくっと、サギノとマジ子《こ》が口《くち》を手《て》でおさえて、ふるえ笑《わら》いをしていた。

「やっぱりね。絶対気《ぜったいき》がつかないと思《おも》った。」

「あまりにも予想《よそう》どおりだよね。」

「なにがだよ！」

ぼくが言《い》うと、サギノがシャツをつかんで、さっと裏返《うらがえ》した。

「あ！」

シャツの裏地《うらじ》には、金色《きんいろ》の小《ちい》さなハートがいっぱいプリントされていた。

「裏《うら》がハートなのか！　こいつは一本取《いっぽんと》られたな！」

ぼくは感心《かんしん》して、ううーんとうなった。

「一本取《いっぽんと》られたって、なんの本数《ほんすう》？　棒《ぼう》とか？」

マジ子《こ》にマジメな顔《かお》できかれてぼくは、「それは……。」と口《くち》ごもってしまった。おじいちゃんがよく言《い》うから、ぼくも言《い》っていたけど、本当《ほんとう》になんの本数《ほんすう》なんだろう？

考《かん》えこんでいたら、サギノが、

「さ、ほら、さっさとね。」

と言《い》いながら、ぼくが肩《かた》からさげていた通学《つうがく》かばんを取《と》りあげた。

「え？　なに？」

きき返《かえ》そうとしたら、マジ子《こ》がぼくのジャンパーを後《うし》ろからまくってつるっと、バナナの皮《かわ》をむくようにぼくからはぎ取《と》った。

「早《はや》くこれ着《き》てよ。ユニフォームなんだから、部長《ぶちょう》が着《き》てくれないと、しまらないでしょ？」

「えっ、部長《ぶちょう》？」

ぼくは固《かた》まった。

「そうよ。コクニくんがハート部《ぶ》の部長《ぶちょう》だから。はい、ばんざいして。」

マジ子《こ》が、ぼくのシャツをまくりあげた。これまた、手早《てばや》くぬがされた。

「ぼく、部長《ぶちょう》なの？　いつから？　知《し》らなかった。」

「早《はや》く着《き》ちゃって。風邪《かぜ》がぶりかえしちゃいけないから。」

手際《てぎわ》よく裏《うら》がハートでいっぱいの新《あたら》しいシャツを着《き》せられながら、ぼくは二人《ふたり》にたずねた。

「いつからって、景《けい》くん、しぜんとそんな感《かん》じだったじゃない。」

サギノがぼくの髪《かみ》を、折《お》りたたみブラシでしゃっしゃっと整《ととの》えた。

「そうそう。リーダーっぽいっていうのかしら？　最初《さいしょ》から、部長《ぶちょう》の貫禄《かんろく》があったわよ。」

「……部長《ぶちょう》の貫禄《かんろく》かあ。そういうの、ぼくにあったの？」

「あったわよー。」

「貫禄《かんろく》……。」

つぶやいているぼくの、シャツのそでやすそをマジ子《こ》が引《ひ》っ張《ぱ》った。

「あら、そでがちょっと長《なが》かったわね。」

「いいのよ。そのシャツはそでをめくって着《き》るとかわいいんだから。」

「そでをめくる？」

サギノに言《い》われたとおり、そでを折《お》りあげてみると、金《きん》の小《ちい》さなハートがそで口《ぐち》にだけ現《あらわ》れた。

「あ、かわいいじゃない。似合《にあ》うわ。おしゃれー。」

「ちょっとこれで平成《へいせい》っぽくなったわよ。」

言《い》われて、ぼくはじーっと、ハートのそで口《ぐち》の模様《もよう》をながめた。

サギノのハートはピンクで大《おお》きめ。マジ子《こ》のハートはブルーで、透明感《とうめいかん》がある。で、ぼくのハートは金色《きんいろ》で細《こま》かいのか……。

もし、ぼくが自分《じぶん》のハートを見《み》ることができたら、こういう感《かん》じなんだろうか？

「部長《ぶちょう》は、やっぱり、そういうのいやですか？」

「ハート模様《もよう》なんて、男《おとこ》が着《き》るものじゃない感《かん》じ？」

マジ子《こ》とサギノが、不安《ふあん》そうにじーっとぼくの顔《かお》を見《み》つめた。

ぼくは、その二人《ふたり》の様子《ようす》を見《み》て、思《おも》った。

この二人《ふたり》は、このシャツをぼくに着《き》せるために、きっといろいろ作戦《さくせん》を練《ね》ったんだろうな。ひょっとして、急《きゅう》に「部長《ぶちょう》」だなんて、ぼくを持《も》ちあげてるのも、このシャツを着《き》せるために、ぼくをきげんよくさせようとして、そう言《い》ってるのかもしれない。

末《すえ》っ子《こ》とか弟《おとうと》とか言《い》われたときにキレたことを、この二人《ふたり》なりに気《き》にしてくれているのかもしれないしなあ。

ぼくは、ふーっとため息《いき》をついた。

なんでそうなったのかわからないけど、今《いま》やこの二人《ふたり》はぼくの大事《だいじ》な友達《ともだち》だ。

ぼくはこの二人《ふたり》の、いいところやステキなところをよく知《し》ってるし、やりにくかったり、ヘンだったり、だめな部分《ぶぶん》もわかっているように、この二人《ふたり》もぼくのいろんなところを知《し》っているはずだ。

その二人《ふたり》がどうしても、このおかしな男《おとこ》らしくないシャツを着《き》てほしいって言《い》うのなら、着《き》てやろうじゃないか。

「いいさ。着《き》るよ。ハート部《ぶ》の部長《ぶちょう》だからな。上着《うわぎ》、くれ。」

ぼくはマジ子《こ》からジャンパーを受《う》けとると、シャツの上《うえ》からさっとはおった。

サギノとマジ子《こ》がぼくの後《うし》ろで、やったーっ！　と声《こえ》に出《だ》さずにタッチしあっているのが、エントランスのガラスのドアにうつって見《み》えた。

そして、ぼくらは学校《がっこう》に向《む》かった。

サギノとマジ子《こ》はゆうべのテレビの話《はなし》なんかを気楽《きらく》そうに話《はな》していたが、歩《ある》きながらぼくはずっと考《かんが》えていた。

「……なあ、なんで、もとに戻《もど》れたんだろうな。」

ぼくがつぶやくと、サギノとマジ子《こ》が顔《かお》を見合《みあ》わせた。

「あの鏡《かがみ》の中《なか》の彼女《かのじょ》は、なんで急《きゅう》に二人《ふたり》をもとに戻《もど》してくれる気持《きも》ちになったんだろう？ ぼく、彼女《かのじょ》をいやな気持《きも》ちにさせたのにさ。」

「なんでって……。コクニくんが言《い》ってたじゃない。もともとは彼女《かのじょ》のいいところを見《み》つけてほめちぎれば、自信《じしん》がついて、入《い》れ替《か》わるのをやめるんでしょ？ それの応用編《おうようへん》として、あたしとマジ子《こ》がおたがいをほめあえば、ハートが入《い》れ替《か》わるのやめる気《き》になるんじゃないかって。あたしはあのとおりになったと思《おも》うよ。」

サギノが言《い》った。

「え、それがもとに戻《もど》る方法《ほうほう》だったの!?」

マジ子《こ》がおどろいて口《くち》に手《て》をあてた。

「そうなんだって。『学校《がっこう》の怪談《かいだん》』にくわしい校務員《こうむいん》さんが、教《おし》えてくれたって。」

「でもあのとき、わたしたちって、ほめあってないわよ?」

マジ子《こ》が不思議《ふしぎ》そうに言《い》った。

「サギノちゃんはともかく。わたしはそんなに。」

「いや、マジ子《こ》、こう言《い》ったじゃない。『サギノちゃんになれてうれしい。』って。あれって最高《さいこう》のほめ言葉《ことば》よ。」

サギノが、真顔《まがお》で言《い》った。

「それは、サギノちゃんが、わたしになってわたしのぶんも生《い》きるって言《い》ってくれたからよ。だから……。」

マジ子《こ》が首《くび》を横《よこ》にふった。

「わたしはきっと……、コクニくんのあの言葉《ことば》が、もとに戻《もど》してもらえた理由《りゆう》だと思《おも》う。」

「あの言葉《ことば》って?」

「コクニくん言《い》ったじゃない。あの子《こ》のこと、すっげえかわいいって。」

「ああ! そういえば、景《けい》くん言《い》ってたね! ぼくのタイプの女《おんな》の子《こ》だと思《おも》ったって!」

サギノが、ぱん! と手《て》を打《う》った。

「彼女《かのじょ》、その言葉《ことば》で自信《じしん》がついたんじゃないかな。ほかの子《こ》と入《い》れ替《か》わる気《き》なんかなくなっちゃうと思《おも》う。男《おとこ》の子《こ》にそんなこと言《い》われたら。」

マジ子《こ》が、真剣《しんけん》にそう言《い》うので、ぼくはとまどった。

「いや、だってあのときぼくは、そんなふうに思《おも》った自分《じぶん》がバカだったたって言《い》ったんだよ？　それでもほめたことになるの？」

「まあ、同性《どうせい》にかわいいって言《い》われるより、男《おとこ》の子《こ》に言《い》われたほうが説得力《せっとくりょく》あるものね。じゃあ、戻《もど》れたのは、景《けい》くんの勇気《ゆうき》ある恋《こい》の告白《こくはく》のおかげね。」

「よしてくれって！　ちがうよ。きっときみらが入《い》れ替《か》わる決心《けっしん》をしたのに、彼女《かのじょ》が心《こころ》を動《うご》かされたんだよ！　きっと。」

わあわあ言《い》いながら、歩《ある》いているうちに、校門《こうもん》が近《ちか》づいてきていた。

校門《こうもん》のわきには、竹《たけ》ぼうきを持《も》った校務員《こうむいん》さんのすがたが見《み》えた。

ぼくは思《おも》った。

このまま三人《にん》でおそろいのハートのシャツを着《き》て、教室《きょうしつ》に入《はい》っていったら、今度《こんど》はみんなに、いったいなんて言《い》われるのだろうか？

なんて説明《せつめい》したら、ぼくらの関係《かんけい》がみんなにわかってもらえるのだろうか？

——ぼくらは、えーっと三角関係《さんかくかんけい》とかじゃありません。

これは部活《ぶかつ》なんです。「ハート部《ぶ》」といいます。それぞれのハートを毎日観察《まいにちかんさつ》したり、記録《きろく》をつけたりして、ハートの研究《けんきゅう》をしている部《ぶ》なんです。

とでも言《い》おうか。

そんなことを言《い》ったら、またまた、ややこしいことになるだろうな。

今《いま》の話《はなし》の具合《ぐあい》だったら、マジ子《こ》とサギノは、

「コクニ部長《ぶちょう》には、わたしたちのほかに好《す》きな女《おんな》の子《こ》がいたのよ。」

「それもユーレイなの。」

なんてまた、おかしなことを言《い》うかもしれない。

ぼくはクラスのやつらの混乱《こんらん》を想像《そうぞう》しただけで、おかしくなって、もう大《おお》きな声《こえ》で笑《わら》いだしたい気分《きぶん》になった。

そうだ、そのときにはいい機会《きかい》だから、はっきりこう言《い》おう。

——今《いま》まで、だまってたけど、ぼくの名前《なまえ》はコクニじゃなくって小国《おぐに》なんだ。小国景太《おぐにけいた》。これからはみんなぼくのことを、「ハート部《ぶ》の小国部長《おぐにぶちょう》」と呼《よ》んでくれ。

顔《かお》をあげると、ゆうべの雷雨《らいう》がウソのように晴《は》れわたっていた。
すみずみまで掃除《そうじ》をされたように、雲《くも》のかけらも青《あお》い空《そら》には見当《みあ》たらず、ぼくのシャツのハートみたいに金色《きんいろ》をした太陽《たいよう》が、あたたかくぼくらを照《て》らしていた。

♡おわり♡

あとがき

令丈《れいじょう》ヒロ子《こ》

まだ幼稚園児《ようちえんじ》だった頃《ころ》のことですが、わたしは、ものすごくハートが好《す》きでした。

ハートの形《かたち》を見《み》るたびに、「なんてかわいいんだろう！」と、うっとりしてしまうのです。特《とく》に、トランプのハートのカードを見《み》るたびにじーんと感動《かんどう》していました。だって大好《だいす》きなハートが、たてに並《なら》んだり、横《よこ》に並《なら》んだり、いろんな配置《はいち》なのが、たくさんあるんですから！

そのうち、ハート好《ず》きがさらに進行《しんこう》して、「ハート」というカタカナの文字《もじ》まで、好《す》きでたまらなくなりました。

「ハート」という字《じ》は、字画《じかく》も少《すく》なく、書《か》きやすいし、ハートの絵《え》をうまく描《か》けなかったこともあり、わたしは「ハート」という字《じ》を自分《じぶん》で書《か》いては、じーっと見《み》つめるようになりました。ハートは形《かたち》もかわいいけど、字《じ》で書《か》いた「ハート」もたまらなくいい！と思《おも》っていたようなのです。

その時《とき》の気持《きも》ちを想像《そうぞう》するに、絵《え》のハートを見《み》たら、それはその形《かたち》と色《いろ》のハートでしかないのですが、字《じ》の「ハート」の場合《ばあい》、頭《あたま》の中《なか》で、いろんな色《いろ》や大《おお》きさや形《かたち》のハートを思《おも》い浮《う》かべることができて、とっても楽《たの》しかったのではないでしょうか。

そして、ある日《ひ》、「ハート」という字《じ》を紙《かみ》に書《か》くだけでなく、家《いえ》のあちこちに書《か》きました。

おそらく、好《す》きでたまらない「ハート」に囲《かこ》まれてくらしたいと思《おも》ったんでしょうね。

女《おんな》の子《こ》は好《す》きな色柄《いろがら》のものを身《み》につけたり、部屋《へや》に飾《かざ》ると、とてもハッピーな気持《きも》ちになれます。だから、ハート模様《もよう》の服《ふく》を着《き》たり、ハート模様《もよう》のカーテンを窓《まど》につけて、「かわいいー！」っと喜《よろこ》ぶのが、女子《じょし》としてはまっとうな道筋《みちすじ》だと思《おも》うのですが……。

わたしの場合《ばあい》は、家《いえ》のろうかや階段《かいだん》、居間《いま》の壁《かべ》に、油性《ゆせい》マジックの太《ふと》くて黒々《くろぐろ》とした文字《もじ》で、「ハート」と書《か》きちらしたのですから家族《かぞく》にあきれられました。

当時《とうじ》、両親《りょうしん》はとても忙《いそが》しく、また、ちょっと面倒《めんどう》くさがりでもあったせいか、落書《らくが》きを洗《あら》い落《お》とすこともしませんでした。

そのため、壁《かべ》の「ハート」はずっと残《のこ》り、小学《しょうがく》三年《ねん》になるころには、その字《じ》を見《み》ると、「あぁー、わたしはなんて変《へん》なことをしたんだろう。」と恥《は》ずかしく思《おも》うようになりました。

その後《ご》、ハート熱《ねつ》はすっかりさめてしまいましたが……。

このお話《はなし》には、ハートがたくさん出《で》てきます。

ピンクやブルーや白《しろ》や透明《とうめい》なのや。形《かたち》も長細《ながぼそ》かったり、丸《まる》っこかったりいろいろで、それらが宙《ちゅう》をとびかいます。

そういうハートのシーンを描《か》いているとき、ものすごく楽《たの》しかったのです。

自分《じぶん》でも、これはどうしたことか!と思《おも》うぐらい気持《きも》ちがはずみました。どうやら遠《とお》い日《ひ》の思《おも》い出《で》だったはずの、ハート熱《ねつ》が再燃《さいねん》したようなのです。

描《か》いているうちに夢中《むちゅう》になり、もっとハートを出《だ》したい!　ハートを描《か》きたい!　という思《おも》いがあふれだし、ついついハート形《がた》のテーブルとか、ハートの形《かたち》のサンドイッチとか、ハートがびっしり並《なら》んでいる裏地《うらじ》のシャツとか、お話《はなし》に出《で》てくるグッズもハートづくしになってしまいました。

このお話《はなし》のタイトルをつけるときも「〇〇・ハート」とか「ハートが〇〇」とか、必《かなら》ず「ハート」の入《はい》ったタイトルにしようと思《おも》いました。

ですが、なかなかお話《はなし》に沿《そ》った、いい言葉《ことば》が思《おも》いつかず。

結局《けっきょく》、「大好《だいす》きなハートがいっぱい、いっぱい描《か》けたぞ!」という熱《あつ》い喜《よろこ》びを表《ひょう》しまして、「many《メニー》（たくさんの、大量《たいりょう》の）」の意味《いみ》で「メニメニハート」というタイトルにしました。

このたび、その「ハート愛《あい》の結晶《けっしょう》」のような作品《さくひん》が青《あお》い鳥文庫《とりぶんこ》の仲間《なかま》に加《くわ》えていただけることになり、また、結布《ゆう》さんのかわいい挿絵《さしえ》、表紙絵《ひょうしえ》で彩《いろど》っていただけて大変《たいへん》うれしいです。

このお話《はなし》の中《なか》の「ハート」は、けしてかわいいだけのものではなく、自分《じぶん》の中《なか》のいろんな要素《ようそ》が含《ふく》まれている、自分《じぶん》の一部《いちぶ》、自分《じぶん》を作《つく》る大事《だいじ》なものとして描《か》いています。

「ハート」という言葉《ことば》は、心《こころ》や熱意《ねつい》、情熱《じょうねつ》をあらわすのによく使《つか》われますし、心臓《しんぞう》という意味《いみ》もあります。絵《え》のハートは、だれかへの好意《こうい》や恋《こい》する気持《きも》ち、愛情《あいじょう》をあらわすことが多《おお》いですね。

そんな意味《いみ》を考《かんが》えながら「メニメニハート」というタイトルをながめると、なかなか味《あじ》わい深《ぶか》いものがあります。

また、みなさんにこのお話《はなし》の感想《かんそう》を教《おし》えもらえたら、うれしいです。

二〇一五年《ねん》一月《がつ》

まだまだぴりっと寒《さむ》い、お正月《しょうがつ》あけの仕事部屋《しごとべや》より

＊著者紹介

令丈《れいじょう》ヒロ子《こ》

1964年，大阪市生まれ。嵯峨美術短期大学（現・京都嵯峨芸術大学）卒業。講談社児童文学新人賞に応募した作品で，独特のユーモア感覚を注目され，作家デビュー。おもな作品に，「若おかみは小学生！」シリーズ，『パンプキン！　模擬原爆の夏』『りんちゃんともちもち星人』（以上，講談社），「なぎさくん、女子になる　おれとカノジョの微妙Days」シリーズ（ポプラ社），「笑って自由研究」シリーズ（集英社），「ブラック・ダイヤモンド」シリーズ（岩崎書店），「Ｓ力人情商店街」シリーズ（新潮文庫）などがある。

＊画家紹介

結布《ゆう》

1985年生まれ。イラストレーター。児童書の装画・挿画に「100％ガールズ」シリーズ，『ラッキィ・フレンズ　アキラくんのひみつ』『ひとりって、こわい！』『好きって、こわい？』（以上，講談社）ほかがある。令丈ヒロ子氏とコンビを組んだ作品に，『なりたい二人』（PHP研究所）がある。

★この本《ほん》は、二〇〇九年《ねん》三月《がつ》二十五日発行《にちはっこう》の『メニメニハート』を青《あお》い鳥文庫《とりぶんこ》化《か》したものです。

講談社 青い鳥文庫 171-31

メニメニハート

令丈《れいじょう》ヒロ子《こ》

2015年3月15日 第1刷発行

(定価はカバーに表示してあります。)

発行者 鈴木 哲

発行所 株式会社講談社

東京都文京区音羽2-12-21 郵便番号112-8001

電話 出版部 (03) 5395-3536

販売部 (03) 5395-3625

業務部 (03) 5395-3615

N.D.C.913 290p 18cm

装 丁 城所 潤 (ジュン・キドコロ・デザイン)

久住和代

印 刷 図書印刷株式会社

製 本 図書印刷株式会社

本文データ制作 講談社デジタル製作部

■この本についてのお問い合わせは, 講談社児童局「青い鳥文庫」係にご連絡ください。

ISBN978-4-06-285475-7

巻末付録《かんまつふろく》

作《さく》文《ぶん》おなやみ相《そう》談《だん》室《しつ》

読者《どくしゃ》のみなさんから寄《よ》せられた「作文《さくぶん》のなやみ」に、令丈先生《れいじょうせんせい》がお答《こた》えします！　すぐに役立《やくだ》つアイデアがいっぱいです。

Q

作文《さくぶん》をうまく書《か》くにはどうしたらいいでしょうか？

（小《しょう》6・若《わか》おかみ大好《だいす》きさん）

A

うまくまとまった作文《さくぶん》とは、読《よ》み手《て》にとって読《よ》みやすくて、書《か》いた人《ひと》の言《い》いたいことがよくわかるものかな、と思《おも》います。

たとえば、自分《じぶん》の「夢《ゆめ》」をテーマにした作文《さくぶん》でしたら、みんなはどんなことを思《おも》い浮《う》かべるでしょう？

看護師《かんごし》さんになりたいなど将来《しょうらい》なりたい職業《しょくぎょう》が思《おも》い浮《う》かぶ人《ひと》もいれば、習《なら》い事《ごと》をもっと

デザイン／MarbleKei-もはらけいこ

上手《じょうず》になりたいなど身近《みぢか》な目標《もくひょう》を夢《ゆめ》とする人《ひと》もいるでしょう。また、宇宙《うちゅう》に行《い》きたいとか、すごい発明《はつめい》したいなどの大《おお》きな夢《ゆめ》が浮《う》かぶ人《ひと》もいるでしょう。

同《おな》じテーマでも、人《ひと》によって、思《おも》い浮《う》かぶことがぜんぜん違《ちが》うはず。ですから、こんなことを書《か》くのはヘンかなとか、こんなことはおもしろくないかなとか、かっこ悪《わる》いかなとか、考《かんが》えすぎず、ふだんから自分《じぶん》が思《おも》っていること……興味《きょうみ》があったり、よく考《かんが》えていることや大好《だいす》きなことを**素直《すなお》に書《か》く**のがいいんじゃないでしょうか。

そして、「○○になりたい。」「○○をしたい。」という夢《ゆめ》の後《あと》に、どうしてそう思《おも》うようになったのか**(理由《りゆう》)**、○○が実現《じつげん》したらどういうことをしたいのか**(目標《もくひょう》)**など、**自分《じぶん》の気《き》持《も》ちや考《かんが》えを順序《じゅんじょ》よく書《か》く**と、読《よ》む人《ひと》がわかりやすくて、内容《ないよう》がよく伝《つた》わると思《おも》います。

また、「おもしろかった」「楽《たの》しかった」「悲《かな》しかった」「おどろいた」などの自分《じぶん》の気持《きも》ちを書《か》くときは、どんなふうにおもしろかったのか、……たとえば「大笑《おおわら》いしすぎておなかがいたくなるほどおもしろかった。」とか、「後《あと》で何回《なんかい》も思《おも》い出《だ》し笑《わら》いするほど楽《たの》しかった。」など、自分《じぶん》の気持《きも》ちにぴったりの言葉《ことば》を探《さが》して**「どんなふうに」の部分《ぶぶん》を書《か》くようにがんばる**と、文章《ぶんしょう》が生《い》き生《い》きすると思《おも》います。

Q 書《か》き出《だ》しがむずかしい……。何《なに》かポイントはありますか？

（中《ちゅう》2・クラリネット☆さん）

A

文章《ぶんしょう》の書《か》き出《だ》しというのは、とても大事《だいじ》だと思《おも》います。今《いま》から、お話《はなし》（作文《さくぶん》の場《ば》合《あい》も）の世界《せかい》に読者《どくしゃ》を案内《あんない》する、道案内《みちあんない》の人《ひと》のようなものかなと思《おも》います。お話《はなし》の場合《ばあい》、理想的《りそうてき》な案内《あんない》を考《かんが》えると、長《なが》くなりすぎない言葉《ことば》で、これから行《い》く世界《せかい》のイメージにあったことをほんの少《すこ》し教《おし》える、そのことによって、早《はや》くそのお話《はなし》の世界《せかい》に踏《ふ》み込《こ》みたくなるようなことを言《い》う……そんなところでしょうか？

作文《さくぶん》の場合《ばあい》でも、読《よ》み手《て》がおやと興味《きょうみ》を持《も》つような工夫《くふう》をすると、いいかなと思《おも》います。

わたしは学校《がっこう》の先生《せんせい》になりたいです。それは友《とも》だちにすすめられたからで……

というのが、正統《せいとう》な書《か》き方《かた》としたら、

「○○ちゃんって、学校《がっこう》の先生《せんせい》になったらいいんじゃない？」

ある日《ひ》、友《とも》だちにそう言《い》われてびっくりしました。

と、**セリフで始《はじ》めてみる**だけで、書《か》き手《て》が学校《がっこう》の先生《せんせい》になりたいと考《かんが》えるきっかけのシーンが思《おも》い浮《う》かび、同《おな》じ内容《ないよう》でも、とても印象《いんしょう》が強《つよ》くなります。

わたしは、叔父《おじ》さんにはげまされて、学校《がっこう》の先生《せんせい》になろうと決心《けっしん》しました。叔父《おじ》さんは美術《びじゅつ》の先生《せんせい》をしていて……

という内容《ないよう》なら、

「よーし！　やっぱり絵《え》の先生《せんせい》を目指《めざ》すぞ！　叔父《おじ》さんみたいに、生徒《せいと》に人気《にんき》の先生《せんせい》になるんだ！」

その日《ひ》、わたしは決心《けっしん》しました。叔父《おじ》さんはそのとき……

というふうに、**ポイントとなるところを、説明《せつめい》ではなく、自分自身《じぶんじしん》の言葉《ことば》にする**と、書《か》き手《て》の性格《せいかく》とか夢《ゆめ》に向《む》かう熱《あつ》い気持《きも》ちが、強《つよ》い印象《いんしょう》になりますね。

書《か》き出《だ》しが上手《じょうず》になるためには、**いろんなお話《はなし》の書《か》き出《だ》しを読《よ》みくらべてみる**のも、参《さん》考《こう》になって、おもしろいんじゃないでしょうか。

Q どうやったらおもしろい話《はなし》を書《か》けますか？

（小《しょう》5・もももももこさん）

A

お話《はなし》を書《か》く前《まえ》に、まず「自分《じぶん》がとてもおもしろいと思《おも》うこと」をとにかく集《あつ》めて、**「マイおもしろノート」のようなものを作《つく》る**といいんじゃないかなと思《おも》います。

雑誌《ざっし》や新聞《しんぶん》、広告《こうこく》のチラシなどで、「なんか、これおもしろいな。」と感《かん》じた言葉《ことば》を切《き》り取《と》っておく。テレビや映画《えいが》、本《ほん》、友《とも》だちの言《い》った言葉《ことば》、家族《かぞく》で話《はな》していて耳《みみ》にしたことなど。絵《え》や写真《しゃしん》でもいいですね。お話《はなし》を作《つく》るときに助《たす》けになると思《おも》います。

そして、おもしろいお話《はなし》が書《か》けるようになるには……。とにかくたくさん書《か》いてみるしかないですね。書《か》いて書《か》いて、何度《なんど》も書《か》き直《なお》しているうちに、なにがおもしろいのか、おもしろくないのか、わからなくなってくるときがあります。

こういうときにも、「マイおもしろノート」が役立《やくだ》ちます。見《み》ると、なにがおもしろいのか、はっとひらめいたり、新《あたら》しいアイデアが出《で》たりすることがありますよ。

Q テンポとリズム感《かん》のある文章《ぶんしょう》を書《か》くには、どうしたらいいですか？

（高校生《こうこうせい》・Vanilla《バニラ》さん）

A

まずは、**自分《じぶん》が理想《りそう》とするテンポ、リズム感《かん》を持《も》つ作品《さくひん》**（コミック、アニメ、音楽《おんがく》、ドラマなど）**を見《み》つけてみましょう。**それと同《おな》じようなテンポとリズム感《かん》を目指《めざ》すとよいのではないかと思《おも》います。

具体的《ぐたいてき》には、頭《あたま》の中《なか》に、アニメや映画《えいが》のように、映像《えいぞう》が次々《つぎつぎ》に動《うご》くシーンを思《おも》い浮《う》かべ、それを言葉《ことば》に置《お》き換《か》えてみるのがいいかもしれません。音楽《おんがく》のようにテンポのいいフレーズを重視《じゅうし》して、ノリのいい言葉《ことば》を大事《だいじ》にするのがいいかもしれません。どういうやり方《かた》がいいかは、人《ひと》それぞれなので、いろいろためしてみるといいと思《おも》いますよ。

わたしの場合《ばあい》は、「、」は0・5秒《びょう》、「。」は1秒《びょう》ぐらいの間《ま》を、感《かん》じながら書《か》いています。

また、アメリカのコメディドラマのように、セリフがぽんぽん飛《と》び交《か》う会話《かいわ》テンポが理《り》想《そう》なので、頭《あたま》の中《なか》で声《こえ》にして、ひっかからない、読《よ》みにくくない、そして映像《えいぞう》になった画《が》面《めん》が思《おも》い浮《う》かべやすい言葉《ことば》を選《えら》ぶようにしています。

Q **小説《しょうせつ》を書《か》くときにつながらないヘンな文章《ぶんしょう》になり、キャラの話《はな》し言葉《ことば》もつかめず……。最終的《さいしゅうてき》にあきてしまい、終《お》わりのないストーリーがゴロゴロと……。まず、何《なに》を一番《いちばん》に重要《じゅうよう》に考《かんが》えたらいいでしょうか？**

（中《ちゅう》3・だぁみむさん）

A

考《かんが》えたお話《はなし》の筋《すじ》と、主人公《しゅじんこう》の性格《せいかく》がかみあわないと、うまくお話《はなし》が盛《も》り上《あ》がらなかったり、テンポが悪《わる》くなったりします。

そういうときは、まず、お話《はなし》の中《なか》で何《なに》を一番《いちばん》に書《か》きたいかを考《かんが》えるといいんではないかなと思《おも》います。優先《ゆうせん》したいのは、主人公《しゅじんこう》なのか、お話《はなし》の筋《すじ》なのか……？

その上《うえ》で、お話《はなし》の設定《せってい》や筋《すじ》、もしくは登場人物《とうじょうじんぶつ》の性格《せいかく》のどちらかを修正《しゅうせい》して、お話《はなし》と登《とう》場人物《じょうじんぶつ》がいい感《かん》じに寄《よ》り添《そ》っていくようにします。

たとえば、とてもおとなしい主人公《しゅじんこう》が、危険《きけん》な事件《じけん》にどんどん自分《じぶん》から飛《と》び込《こ》んでいく……のは不自然《ふしぜん》ですよね。それを無理《むり》なく展開《てんかい》させるには工夫《くふう》がいります。いちばん書《か》きたいのは、「危険《きけん》な事件《じけん》がつぎつぎ起《お》こるお話《はなし》」だとします。その場合《ばあい》、

1. お話《はなし》の設定《せってい》や筋《すじ》を変《か》える。

おとなしい主人公《しゅじんこう》が危険《きけん》に飛《と》び込《こ》んでもおかしくない理由《りゆう》が必要《ひつよう》です。たとえば、その主人公《しゅじんこう》がとてもかわいがっている弟《おとうと》が危険《きけん》な目《め》にあい、弟《おとうと》を助《たす》けるために戦《たたか》う決意《けつい》をするとか。その主人公《しゅじんこう》は、ネットを通《とお》しての仲間《なかま》が全国《ぜんこく》にいて、ネット仲間《なかま》からより多《おお》くの情報《じょうほう》を得《え》て、部屋《へや》から出《で》ずに事件《じけん》を解決《かいけつ》していくとか。ユーレイや妖精《ようせい》や魔女《まじょ》などの、人間《にんげん》にはない力《ちから》を持《も》った友《とも》だちが、特別《とくべつ》な力《ちから》で助《たす》けてくれるという方法《ほうほう》もあります。

2. 主人公《しゅじんこう》の性格《せいかく》を変《か》える。

主人公《しゅじんこう》を好奇心《こうきしん》いっぱいで、大胆《だいたん》な性格《せいかく》に変《か》えれば、興味《きょうみ》を持《も》ったものにどんどん近《ちか》づいていって、思《おも》わぬ事件《じけん》に巻《ま》き込《こ》まれる……という展開《てんかい》でも、読《よ》み手《て》は不自然《ふしぜん》に感《かん》じませんし、書《か》きやすくなると思《おも》います。

もちろん、1、2どちらも変《か》えてみるのもいいですよ。主人公《しゅじんこう》の性格《せいかく》を変《か》えて書《か》き直《なお》してみたら、もともと考《かんが》えていたお話《はなし》も変《か》わってしまったけど、結果的《けっかてき》にそのほうがずっとおもしろいお話《はなし》になった……なんてことも、わりとあります。途中《とちゅう》でヘンだなとか、どうも続《つづ》きを書《か》きにくいなと思《おも》ったら、無理《むり》に続《つづ》けず、お話《はなし》の設定部分《せっていぶぶん》から考《かんが》え直《なお》してみるといいと思《おも》います。

PART 6

ウリケンは、ウリ坊《ぼう》の弟《おとうと》の孫《まご》だった！
人気《にんき》占《うらな》い師《し》・グローリーさんは、おっこのことを好《す》きな男《おとこ》の子《こ》が近《ちか》くにいる、って！

PART 7

おっこはウリケンとけんかばかり。
そんなとき、気《き》が合《あ》うクラスメイト・
鳥居《とりい》くんのおじさんを泊《と》めることになって……。

PART 8

「若《わか》おかみ研修《けんしゅう》」で、おっこは小藤原旅《こふじわらりょ》館《かん》へ。そこには、やる気《き》がない従業員《じゅうぎょういん》、どケチな大《おお》おかみが待《ま》っていた。

PART 9

「デリバリー温泉旅館《おんせんりょかん》」の依頼《いらい》で、あれはてた洋館《ようかん》へでかけたおっことウリケンたち。
古《ふる》い友人《ゆうじん》を待《ま》つ依頼人《いらいにん》の秘密《ひみつ》とは？

PART 10

あかねのお嫁《よめ》さん候補《こうほ》として、 誕生《たんじょう》パーティに招《まね》かれたおっこ。 会場《かいじょう》には真月《まつき》や、ウリケンもやってきて……。

PART 11

鈴鬼《すずき》のところに、同級生《どうきゅうせい》の美少女鬼《びしょうじょおに》・沙々《ささ》夜化《やか》と真鬼葉《まきば》がやってきた。子魔鬼寺子屋《こまおにてらこや》時代《じだい》の鈴鬼《すずき》の初恋《はつこい》の相手《あいて》とは？

PART 12

クリスマスイブに東京《とうきょう》でウリケンとデートすることになったおっこ。いいムードになりかけたところに、ライバル登場《とうじょう》！

PART 13

友《とも》だちに「魔骨鶏《まこっけい》」の卵《たまご》をまちがえて配《くば》ってしまった！　食《た》べると、その人《ひと》の「黒性格《くろせいかく》」が出《で》るという。どうなってしまうの？

PART 14

鈴鬼《すずき》のために、子魔鬼寺子屋《こまおにてらこや》の同窓会《どうそうかい》を春《はる》の屋《や》で引《ひ》きうけることにしたおっこ。打《う》ち合《あ》わせからトラブル続出《ぞくしゅつ》で……。

PART 15

子魔鬼寺子屋《こまおにてらこや》の同窓会《どうそうかい》がもりあがりすぎて、真月《まつき》が大変《たいへん》なことに！　たいせつな友《とも》だちのために、おっこはある決断《けつだん》をする。

PART 16

真月《まつき》を助《たす》けるため、おっこは魔界《まかい》へ！　目的《もくてき》を忘《わす》れそうになったり、性格《せいかく》がかわってしまったり……おっこの願《ねが》いはかなえられるの？

PART 17

魔界《まかい》の温泉旅館《おんせんりょかん》のおかみを１週間《しゅうかん》だけお試《ため》しすることになったおっこ。楽《たの》しいけれど、ぐったりするほどいそがしくて……。

PART 18

女子会《じょしかい》に、デート。毎日《まいにち》が充実《じゅうじつ》しているおっこに、心配《しんぱい》ごとが。ときどき、美陽《みよ》ちゃんやウリ坊《ぼう》の姿《すがた》が見《み》えなくなるのは、なぜ？

PART 19

ちょっと前《まえ》の自分《じぶん》にもどるため、魔界《まかい》で「思《おも》い出接客《でせっきゃく》」をはじめたおっこ。つぎつぎに、なつかしいお客様《きゃくさま》がやってくるが……。

PART 20

おっこは、危険《きけん》のないかたちで「思《おも》い出接客《でせっきゃく》」を続《つづ》けることに。一方《いっぽう》、ウリ坊《ぼう》と美陽《みよ》はある決断《けつだん》をしていた。感動《かんどう》の完結編《かんけつへん》！

スペシャル

おっこのTAIWAN《タイワン》おかみ修業《しゅぎょう》！
クジ引《び》きで当《あ》たって台湾旅行《たいわんりょこう》へ行《い》ったおっこは、鬼《グイ》が見《み》える少女《しょうじょ》・佳鈴《かりん》の夢《ゆめ》と、古《ふる》い温泉旅館《おんせんりょかん》を守《まも》るために奮闘《ふんとう》する！

スペシャル 短編集《たんぺんしゅう》 1

新聞連載《しんぶんれんさい》で大好評《だいこうひょう》の「若《わか》おかみは中学生《ちゅうがくせい》！」のほか、鳥居《とりい》くんの告白《こくはく》、ウリ坊《ぼう》と美陽《みよ》の生《う》まれ変《か》わりをテーマにした豪華《ごうか》3本立《ぼんだ》て。

スペシャル 短編集《たんぺんしゅう》 2

「若《わか》おかみは中学生《ちゅうがくせい》！」の続編《ぞくへん》が登場《とうじょう》！ 作《さっ》家《か》・鈴鬼《すずき》と担当編集者《たんとうへんしゅうしゃ》・真鬼葉《まきば》の日々《ひび》、ユーレイになったばかりの美陽《みよ》のお話《はなし》など3話《わ》を収録《しゅうろく》。

「講談社《こうだんしゃ》 青《あお》い鳥文庫《とりぶんこ》」刊行《かんこう》のことば

太陽《たいよう》と水《みず》と土《つち》のめぐみをうけて、葉《は》をしげらせ、花《はな》をさかせ、実《み》をむすんでいる森《もり》。小《こ》鳥《とり》や、けものや、こん虫《ちゅう》たちが、春《はる》・夏《なつ》・秋《あき》・冬《ふゆ》の生活《せいかつ》のリズムに合《あ》わせてくらしている森《もり》。森《もり》には、かぎりない自然《しぜん》の力《ちから》と、いのちのかがやきがあります。

本《ほん》の世界《せかい》も森《もり》と同《おな》じです。そこには、人間《にんげん》の理想《りそう》や知恵《ちえ》、夢《ゆめ》や楽《たの》しさがいっぱいつまっています。

本《ほん》の森《もり》をおとずれると、チルチルとミチルが「青《あお》い鳥《とり》」を追《お》い求《もと》めた旅《たび》で、さまざまな体験《たいけん》を得《え》たように、みなさんも思《おも》いがけないすばらしい世界《せかい》にめぐりあえて、心《こころ》をゆたかにするにちがいありません。

「講談社《こうだんしゃ》 青《あお》い鳥文庫《とりぶんこ》」は、七十年《ねん》の歴史《れきし》を持《も》つ講談社《こうだんしゃ》が、一人《ひとり》でも多《おお》くの人《ひと》のために、すぐれた作品《さくひん》をよりすぐり、安《やす》い定価《ていか》でおおくりする本《ほん》の森《もり》です。その一さつ一さつが、みなさんにとって、青《あお》い鳥《とり》であることをいのって出版《しゅっぱん》していきます。この森《もり》が美《うつく》しいみどりの葉《は》をしげらせ、あざやかな花《はな》を開《ひら》き、明日《あす》をになうみなさんの心《こころ》のふるさととして、大《おお》きく育《そだ》つよう、応援《おうえん》を願《ねが》っています。

昭和《しょうわ》五十五年《ねん》十一月《がつ》　講談社